キリング・スクール 特殊戦狙撃手養成所

THE KILLING SCHOOL

上

ブランドン・ウェッブ
ジョン・デイヴィッド・マン

村上和久訳

原書房

左：完全迷彩姿のロブ・ファーロング。（ロブ・ファーロング提供）

下：ギリー・スーツ姿の学生に教えるロブ。（ロブ・ファーロング提供）

最下段：ロブのライフルの銃身が見えるだろうか？（ヒント――銃身はまっすぐこちらを狙っている。）（ロブ・ファーロング提供）

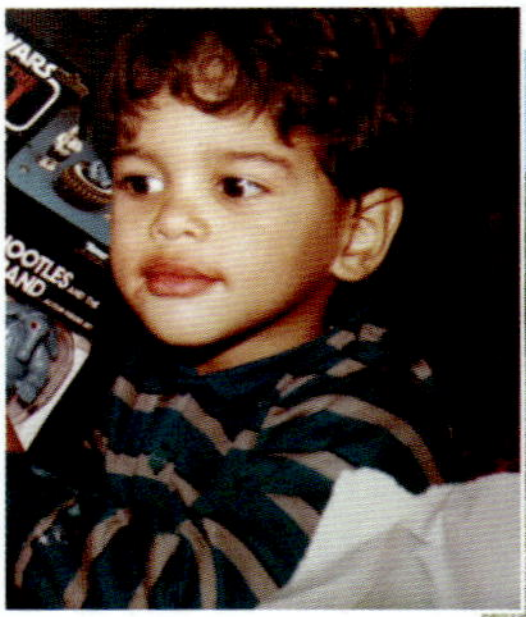

４歳のジェイスン・デルガード。（ジェイスン・デルガード提供）

新米ＰＩＧとして沖縄ではじめて展開任務中の19歳のジェイスン（左から２番目）。左端はジェイスンにいちばんよく力を貸したＨＯＧのジェフ・ランカスター。左から３人目は、2003年、ディヤラ川橋のあの凄まじい銃撃戦のあいだ、通りをはさんでジェイスンの向かい側にいた狙撃手のひとりだった、ダグ・キャリントン。（ジェイスン・デルガード提供）

2004年、イラクのキャンプ・フサイバで自分の狙撃小隊員をしたがえたジェイスン。後列左から右へ、マット・トンプスン、ブランドン・デルフィオレンティーノ、ジョシュ・マヴィカ。前列左から右へ、ルーカス・マンズ、スティーヴ・ライフェル（シエラ4チーム・リーダー）、グレッグ・スラムカ、ジェシー・チェオン、ジェイスン・デルガード（シエラ3チーム・リーダー）。後方に監視塔が見える。（ジェイスン・デルガード提供）

2010年の海兵隊ダンスパーティに出席するために、海兵隊予備役隊員の正装を身に着けたジェイスン。(ニューヨーク市内のジェイスンの最初のタトゥー・ショップ内で撮影された写真。)(ジェイスン・デルガード提供)

フォート・ディックスの射場で、自分の予備役小隊といっしょのジェイスン。学生のために、銃をかまえてなにかをチェックしているところ。(ジェイスン・デルガード提供)

2013年、イラク北部のエルビルで民間請負業者として仕事中のジェイスン。(ジェイスン・デルガード提供)

５歳のニック·アーヴィング。（ニック・アーヴィング提供）

重要な筋肉をいくらかつけたあとで訓練中の〈棒人間〉。（ニック・アーヴィング提供）

出撃準備をととのえたニックと彼の小隊員たち。（ニック・アーヴィング提供）

狙いをつける〈死神〉。（エリック・デイヴィス提供）

タリバンの支配地域であるヘルマンド地方の奥深くで、約８時間つづけて戦ったのち、隠れ家〈アラモ砦〉へダッシュした直後のニックとマイク・ペンバートン。（ニック・アーヴィング提供）

ＢＵＤ／Ｓ訓練中、完璧に正常な飛行機から飛び降りる準備をととのえた、わたしとエリック・デイヴィス。（ブランドン・ウェッブ提供）

2001年秋、カンダハルの市内を見回り中のわたし。（ブランドン・ウェッブ提供）

上段左:狙撃学校のクラスに隠密行動と隠蔽の基本を教えるわたし。(ブランドン・ウェッブ提供)

上段右：訓練の忍び寄りと隠蔽の段階で、いままさに忍び寄りをはじめようとする狙撃学生たち。(ブランドン・ウェッブ提供)

下段左：木のなかに偽装する狙撃学生。(ブランドン・ウェッブ提供)

下段右：われわれのＳＥＡＬ狙撃学校で標的まで 200 ヤードの最終射撃地点について射撃態勢を取る狙撃学生。遠くでは、エリックとわたしが彼を待ちかまえている。(ブランドン・ウェッブ提供)

9・11同時多発テロ事件の少し前に、ペルシャ湾でVBSS(臨検・乗船・捜索・拿捕)作戦のために、これから監視狙撃手をつとめようとするエリック。(エリック・デイヴィス提供)

海軍特殊戦狙撃手課程で狙撃学生のひとりに力を貸すエリック。(エリック・デイヴィス提供)

最終射撃地点についた学生を反対側から見る。(エリック・デイヴィス提供)

特殊戦狙撃手養成所　［上］

目次

THE CRAFT

第2部 技能

下巻目次

本書を、戦士から身を転じて軍事関係の著書を執筆するようになった仲間たちに捧げる。彼らは同僚たちから大きな圧力を受けながら、著述家の闘技場に足を踏み入れて、文学上の戦いをくりひろげ、(テディ・ローズヴェルトが7ページの引用でいったように)顔を「ほこりと汗と血で汚し」ながら、その過程で自分が全力をつくしたことを知って、ふたたび戻ってくる勇気を持っていた。

こうした戦士たちの多くは、敵の軍勢から撃たれながらかろうじて生きのびた者たちだ。その彼らが、やっとアメリカに帰国したというのに、今度は言葉の戦争で標的にされて撃たれ、多くの場合、自分自身の部隊のメンバーないしは元メンバーから非難されるのは皮肉な話だ。

軍関係者の一部から批判されるのは予想できる。とくに二〇〇一年九月十一日以前には大部分、影の集団だった特殊作戦関連の組織に勤務している者たちから。しかし、記述を精査するのと、人を馬鹿にした発言や、あからさまな誹謗中傷とはべつものだ。わたし自身、それを経験したことがあるし、じつに不愉快なものだ。クリス・カイルも、マーカス・ラトレルも、ハワード・ワーズディンも、ほかのたくさんの仲間たちも同様だ。本書でその体験談を明かしている四人も、疑いなくそうだろう。

今度、そうした「寡黙なプロたち」のひとりがソーシャルメディアかどこかで、自分自身の関連する組織の誰かをこき下ろしているのを見たら、このことを心に留めておいてもらいたい。人を批判する人間や、誹謗中傷しようとする人間のほとんどは通常、ふたつの特徴を共通して持っている——自分の能力に自信が持てず（この場合には軍務にかんして）、職業上の嫉妬心をいだいているのだ。

いまから一世紀以上前、ねたみの激しい攻撃と自分も無縁ではなかった、ある老騎兵で名誉勲章の叙勲者は、それをわたしよりはるかにうまくいい表わしている。

重要なのは、人を批判する者ではない。強い人間がどのようにつまずいたかを指摘したり、偉業を成し遂げた者がどの部分でそれをもっとよく成し遂げられたかを指摘したりする者では。功績は実際に競技場にいた者のものである。その顔はほこりと汗と血で汚れている。その者は、果敢に努力し、あやまちを犯し、何度もあと一歩のところで及ばない。なぜなら、どんな努力にもあやまちと至らなさがあるからだ。しかし、その者は偉業を成し遂げるために実際に努力する。大いなる熱意と大いなる献身を知っている。価値のある大義のために身を粉にして働く。その者は、うまくいけば、最後に目ざましい大勝利を知るし、最悪の場合、失敗しても、その者は少なくとも危険に大いに挑んで失敗したのであって、その地位は、ああいう勝利も敗北も知らない薄情な小心者たちとけっして同列になることはない。

テディー・ローズヴェルト

モガディシオ空港
一九九五年、アレックス・モリスンの戦場

シャヒコト峡谷
二〇〇二年、ロブ・ファーロングの戦場

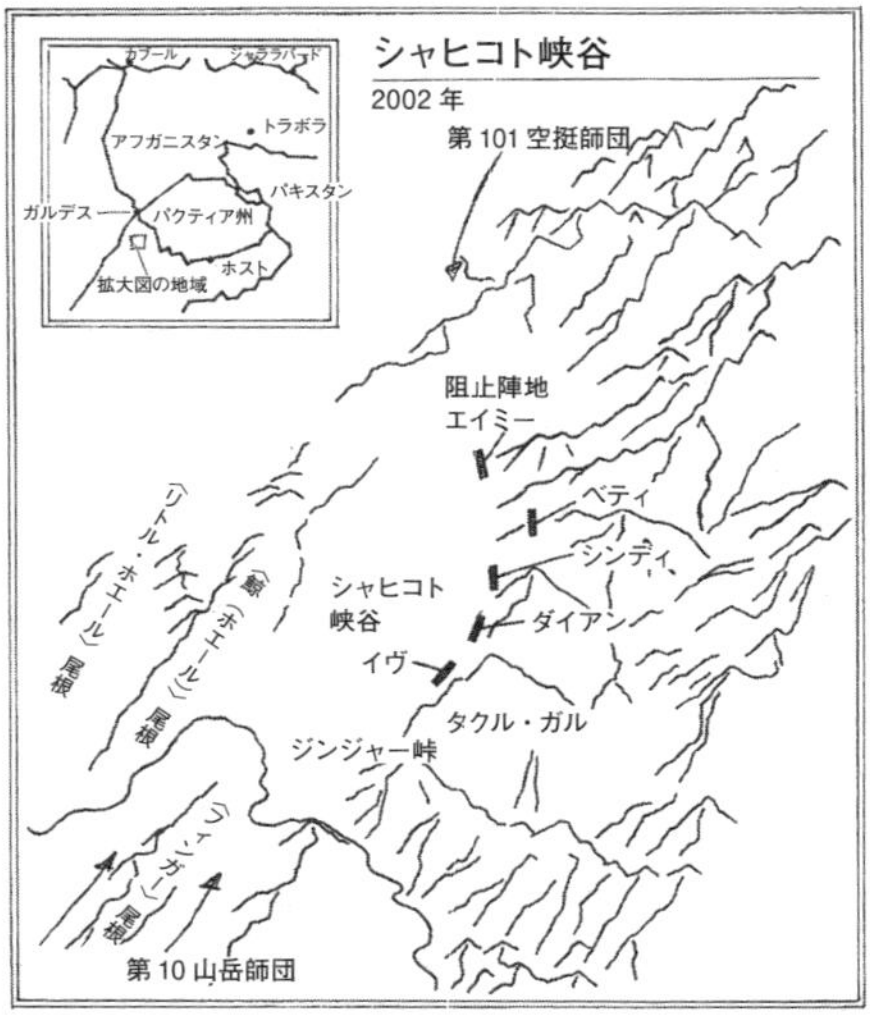

フサイバ

二〇〇四年、ジェイスン・デルガードの戦場

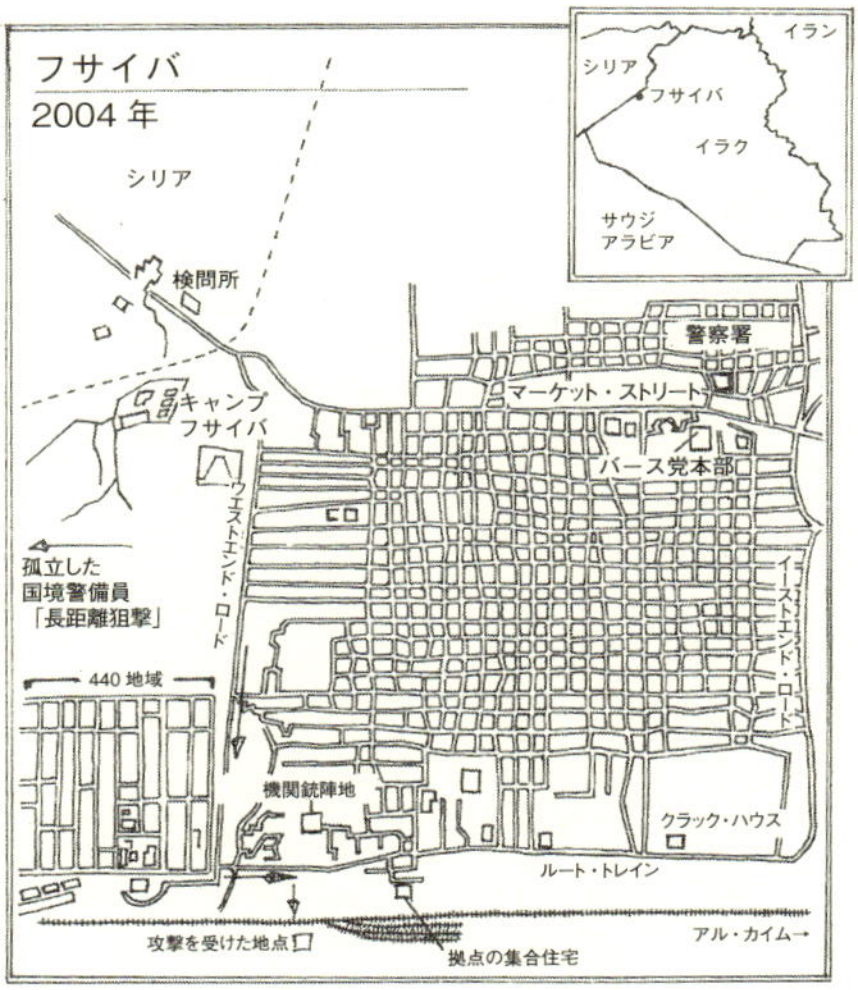

ヘルマンド地方

二〇〇九年、ニック・アーヴィングの戦場

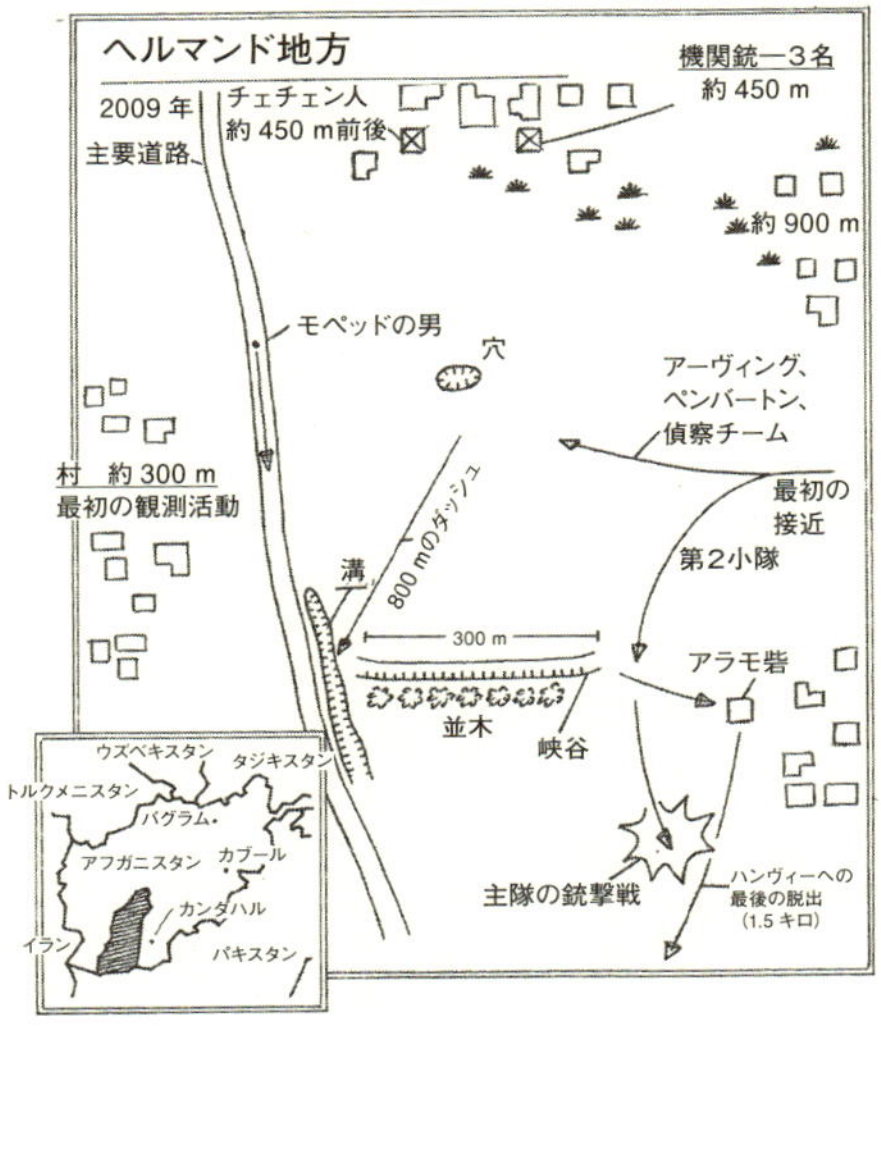

著者の覚書

本書中のあらゆる出来事は事実であり、わたしの知識や回想のおよぶかぎり、ここで描写されている。いくつかの場合では、名前を変えてある。われわれはつねに、特定の手法などの任務に関係する機密情報を明かさないように努めてきた。本書は出版前に国防総省の審査委員会に提出され、一部編集されて、最終的に審査を通過している。

プロローグ 死とともに生きる

人は誰しも死という荷物を背負っている。そこに例外はない。——スティーヴン・キング『グリーン・マイル』

わたしは死と特別な関係にある。

おおかたの人間にとって死は謎である。人は死を恐れ、それを避けたり、まぬがれたり、否定しようとしたりして、死など存在しないふりさえするものだ。少なくとも、自分が六十代か七十代になって、死が知っている人たちや愛する人たちの命を奪いはじめるまでは。

しかし、わたしにとって、死神の顔は近所のコーヒーショップのバリスタと同じぐらい見慣れたものだ。

二〇〇二年三月四日の凍えるような朝、わたしは〈レイザー1〉というコード名のMH-47

チヌーク・ヘリコプターの機内に七名のチームメイトといっしょに座っている。移動中ではない。アフガニスタン北部のバグラム航空基地に待機して、出撃命令を待っている。緊急対応部隊（ＱＲＦ）として、ここから約一六〇キロ南のパキスタン国境に近いシャヒコト峡谷に飛び、その山頂で撃ち落とされたニール・ロバーツという仲間の海軍特殊部隊ＳＥＡＬ隊員を救出するために展開中なのだ。ロバーツを救いだしにいったＳＥＡＬチームもまた撃墜され、敵の銃砲火で釘づけにされている。

やっと命令が下る――ただし「出撃」ではなく、「降りろ」という命令だ。

いよいよというときになって、まったく知らされない理由で（疑いなく政治的なものだ）、われわれはヘリから降ろされ、アメリカ陸軍レインジャー部隊のチームと交代させられる。彼らはわれわれのかわりに飛び立ち、こっちは手を束《つか》ねて見守る。その救出チーム――われわれと交代したチーム、われわれだったはずのチーム――の五名のメンバーは、結局、帰ってこない。ロバーツも帰ってこない。それどころか、彼は人々がすでに〈テロとの戦い〉と呼んでいる新たな紛争で戦死した最初のアメリカ海軍ＳＥＡＬ隊員となる。

その数週間後、マシュー・ブアジュワーというべつのＳＥＡＬ隊員がカンダハル郊外でハンヴィー高機動多目的装輪車から降りたとたんに地雷を踏みつける。奇怪なことに、わたしは二カ月前、まさにその同じ場所に立っていた。乗っていたハンヴィー高機動車がちょうどそこで停まったのである――生きた対戦車地雷の真上に。その代物がわれわれを粉々に吹き飛ばさなかった唯一の理由は、それを仕掛けた誰かさんが手抜き仕事をしたからである。

しかし、今度はちがう。わたしのハンヴィーの車輪が踏みつけた地雷とちがって、マシューがたったいま踏んだやつは、正しく仕掛けられていた。コンマ何秒か後に、彼はアフガニスタンの海軍ＳＥＡＬ隊戦死者第二号となる。

またしてもわたしは死をうまく逃れたといえるが、自分ではそうは思わなかった。竪琴の名手オルペウスは黄泉の国の支配者ハーデースをたぶらかしたかもしれない。イングマール・ベルイマンは映画〈第七の封印〉でマックス・フォン・シドーに死神とチェスをさせたかもしれない。しかし、これらは物語にすぎない。実生活では、死は、人が逃れたり、裏をかいたりするものではない。死は風のようなもので、吹きたいところに吹く。人は死と議論することも、それを止めることもできない。船乗りなら誰もがいうように、人にできるのはせいぜい、死をせいいっぱい押さえこむことだ。

われわれは実際には一度もアフガニスタンから離れずに、じきにイラクにも送られ、それ以外の世界の多くの場所にも派遣されて、さらに多くの死があとにつづいた。二〇一二年、わたしはテロとの戦いの過程で命を捧げた友人たちを称えるために『英雄たちのあいだで』という本を書きはじめた。まだその第一稿に取り組んでいるあいだに、世界一の友人であるグレン・ドハティがベンガジで殺された。原稿が完成する前に、もう一人のＳＥＡＬ狙撃手の友人クリス・カイルが、苦しむ帰還兵に救いの手をさしのべようとするあいだにテキサスで亡くなった。わたしはその本が自分の思いつきだと思っていたが、死はわたしといっしょにそれを書いていたのである。

長年、多くの思想家が指摘してきたように、死との関係は生との関係に影響をあたえ、それを左右しさえする。スー族の族長クレイジー・ホースは、「きょうは死ぬのにいい日だ」といって、リトル・ビッグホーンの戦いに赴いた。これはたんなる度胸と勇敢さの宣言ではない。死を受け入れることによってのみ、生を完全に享受することが可能になるのだ。「死の恐怖は生の恐怖から生まれる」とマーク・トウェインはいっている。「せいいっぱい生きている人間は、いつでも死ぬ心構えができている」

いったように、わたしは死と特別な関係にあるが、しかしまた、あらゆる特殊作戦部隊狙撃手もそれは同じである。

狙撃手は現代戦において多くの役割を演じている。観測と偵察の達人であり、多くの場合、指揮官にとって敵戦線後方で詳細な情報を収集するもっとも重要な手段である。狙撃手は追跡の達人で、しばしば一発も撃つことなく、何時間も何日もかけて痕跡をたどり、人々の動きを観察する。さらに心理戦において価値ある存在ともなる。ひとりの狙撃手が何千という敵兵の心に混乱と不安をまき散らすことができるのだ。高度な軍狙撃手の訓練は、おそらく地球上のあらゆる場所のどんな訓練課程よりも過酷で耐えがたいもので、デジタル写真や衛星通信から物理学、さらにはラスヴェガスの詐欺師ならどんなことをしてでも手に入れようとするであろう記憶術まで、驚くほど広範囲の技能を学生に教え、訓練をほどこす。

しかし、これらはすべて、複雑さでは世界トップクラスのこの技能一式のまぎれもない真の側面ではあるが、狙撃手の根本的な任務が残酷なまでに単純であるという事実に変わりはない。狙撃手の仕事とは、死を作曲し、振り付けて、演奏することである。

もちろん殺しの経験は狙撃手特有のものではない。それは戦争の本質だ。陸海空のあらゆる兵士は、死と直面する立場に置かれ、多くの者が実際に死と直面する。戦車の縦隊、飛行機の編隊、歩兵の中隊。これらはすべて、死をもたらす任務をあたえられている——しかし、そのやりかたは、もっと乱雑で、場当たり的で、大がかりだ。彼らは莫大な量の金と軍需品を戦場につぎこみ、何百何十と殺戮し、建物や街を破壊し、環境を荒廃させる。

狙撃手の責務は、個人に単独で即座に死をもたらすことである。

狙撃手がもたらす殺しは、それ以外の戦争の殺しとはちがう。一例をあげれば、はるかに正確で、効率がよく、正直なところ、ずっと経済的である。ヴェトナム戦争では、北ヴェトナム軍兵士あるいはヴェトコンをひとり殺すために、アメリカ軍歩兵は二千ドルをゆうに超える費用をかけて、およそ五万発の銃弾を発射した。アメリカ軍狙撃手が敵戦闘員ひとりを始末するのには、平均一・三発を要する。総経費は二十七セントだ。

狙撃手の殺しはまた、もっと個人的である。銃撃戦のさなかに戦場へ突撃したり、壁ごしに手《て》榴弾《りゅうだん》を投げたり、筋肉繊維や神経の末端にアドレナリンをみなぎらせて建物を走り抜けながら、拳銃で誰かを撃つのでさえも、まったくべつの体験である。何時間も、いや何日も隠れ場所にじっと身をひそめ、誰かを監視し、相手のあらゆる動きに気を留め、相手の毎日の習慣や癖にくわしくなり、徹底的な観察で相手の性格と意図の全体像をまとめるのとは。狙撃手は引き金を絞る瞬間がおとずれる前に目標のことを詳細に知っている場合があるのだ。

最後に、狙撃手がべつの人間を殺すやりかたは、はるかに意図的である。より意識的だ。「より冷酷」といってもいい——しかし、そういうのは、狙撃手の立場に身を置いたことがない人間である。おそらく二一世紀でもっとも有名な狙撃手であるクリス・カイルはしばしば自分が殺した人々全員についてどう思うかとたずねられたが、かならずその質問の視点を変えさせた。肝腎なのは自分が殺した人間ではなく、自分が殺されるのを防いだ兵士たちなのだ。ほとんどの軍狙撃手は話をすると同じことをいうだろう。戦場における彼らの目標は、命を奪うことではなく救うことなのだ。

しかし、勘違いしてはいけない。目的は命を守ることかもしれないが、その手段は死をもたらすことである。狙撃手はたぶんほかのどんな軍関係者よりも戦争につきものの矛盾と皮肉を体現している。戦争の目的は、紛争を押さえこむ、あるいは解決することである。いいかえれば、戦士が代表している人々が平和に暮らせるようにすることだ。人が戦争をはじめるとき、その最終的な目的は、社会が正常な生活を送るのをさまたげる障壁を取りのぞくことである。平和を促進して、生活を保護し、それを守ることだ。

人はそれを殺すことで遂行する。

狙撃手の任務は、死をもたらすことによって生をもたらすことである。

本書はそれを実際に遂行する人々の物語だ。彼らがどういう人間で、どういうことをどうやって遂行するか、そして彼らを生みだす訓練についての物語である。

THE MISSION

第1部

任務

あなたは、これからこの地球上で屈指の生命の危険をともなう紛争多発地域に潜入することになっている。事前に、現時点の情報の範囲内で可能なかぎり状況の説明を受けてはいるが、わかっていることよりわかっていないことのほうがずっと多いだろう。

あなたはわれわれの作戦の目となり耳となり、レーダーとなり潜望鏡となる。あなたは、現地で実際になにが起きているのかを完全に知っているのは自分だけという状況に遭遇するだろう。そして、たとえ自分にかならずしも明白にその権限がなかったとしても、どう対応するかを自分自身で判断しなければならない。

この紛争の成り行きと、それが上首尾に終わる可能性は、これまでのいかなる時代の戦争よりも大きな割合で、あなたの双肩にかかっているのだ……。

1 戦士、暗殺者、スパイ

べつの種類の戦争が存在します――その激しさにおいて新しく、その起源において古い戦争が。ゲリラや破壊活動分子、反政府勢力や暗殺者による戦争。戦闘ではなく待ち伏せによって、侵略ではなく侵入によって、敵と交戦するのではなく敵をむしばみ疲労させることによって、勝利を得ようとする戦争です。――ジョン・F・ケネディ大統領。一九六二年六月六日、アメリカ陸軍士官学校の卒業式における訓示

ソマリア海岸沖数海里
一九九五年二月二十七日、月曜日、午前零時近く

わたしはおぼれて死んだことはないが、それに近い経験をしたことはある。われわれの訓練の課程では、かならずしも水責めを受けるわけではないが、こういういいかたをしよう。わたしは水にかこまれ、押し寄せられて、飲みこまれるのがどういう感じか知っていると。あの死の一歩手前の身近な感覚を。わたしはすでに長年それを知っている。十三歳のころ、わたしはよく真夜中にインクのような緑色の暗黒に深くもぐって、自分が働いている船についている錨のからまり

をなんとかほどこうとしたものだ。水に圧倒されるのには、どことなく原初的なところがある。恐ろしいくせに、どこかひどく安らげるところが。「塵は塵に」と、おなじみの葬式の口上はいう。「灰は灰に……」――しかし、実際はそうではない。人間は塵から生まれたわけではない。われわれは水から生まれ、そして水はいつでもわれわれをふたたび迎え入れる用意がある。

たったいま、アレックス・モリスンは、自分の舟艇が真夜中のアフリカの海のうねりに持ち上げられたり沈んだりするのを感じながら、死と水についてじっくり考えていた。

アレックスは一九八九年以来、海軍特殊部隊ＳＥＡＬ隊員をつとめ、一年弱前の九四年なかばに海軍特殊戦狙撃手課程を修了していた。海兵隊将校を父に持ち、冒険への抑えがたい渇望からＳＥＡＬ隊にくわわっていた。彼は自分がいまからちょっとした冒険にありつこうとしていると感じた。

彼は周囲を見まわし、闇に目を走らせた。

四十名ほどが、闇のなかでベンチシートに押しこまれ、まだ数海里先のソマリア海岸に向かって突っ走る水陸両用ホバークラフトの甲板に固定された波形鋼板製〈ＭＩＬＶＡＮ〉輸送用コンテナーのなかに、重武装のサーディンのように詰めこまれていた。外は見えなかったが、真夜中の大洋にそれほど見るべきものがあるわけではなかった。それでも、もし甲板に出ていれば、少なくとも星が見え、水平線の感覚がつかめただろう。もしなにかが起きても、なにかできただろう。

だめだ。彼らにできるのは目の前の任務に思いをめぐらすことだけだった。

〈希望回復《リストア・ホープ》〉作戦。去る一九九二年にはじまったとき、彼らはこれをそう呼んだ。戦争に引き裂かれ、飢餓に見舞われたソマリアに秩序と安定をもたらす国際的な試みである。その計画が結果的にどうなったか知るには、一九九三年十月のモガディシオの戦いを見るだけでいい。

〝むしろ〈絶望的《ホープレス》〉作戦といったほうがいいな〟とアレックスは思った。

そして、彼らはその作戦を中止したので、誰かが突入して、まだあそこに残って沿岸の空港とその周辺の施設に収容されている最後の数千名の国連要員をつれださねばならなかった。空から運びだすことは不可能だった――カートという麻薬性植物の葉っぱを嚙《か》むイカれたソマリア人民兵があまりにも多く地対空ミサイルを持って走りまわっているからだ。民間の船舶で去ることもできない。迫撃砲やＲＰＧ携帯式対戦車ロケット弾といったものがあまりにも多すぎる。これは軍事作戦、それも細心の注意を要するものでなければならない。だからアレックスと彼の小隊がここにきたのである。

作戦は合計で約一万四千名の人員を動員したが、実際の上陸部隊にはこのうちのごく一部しか使われなかった。大半は四海里沖で二十数隻の多国籍艦隊の艦上にとどまって、撤収する要員を受け入れ、任務を支援することになる。これは一九五〇年に北朝鮮から撤収して以来最大の、敵対的な条件下での水陸両用撤収作戦となる。

上陸部隊の約半分は空港のすぐ北にあるモガディシオの海港に大型の揚陸艇で上陸する。さらに数百名が水陸両用強襲車輛で乗りつける。これは実質的に、大型の防水戦車のようなものだ。一部はヘリコプターで空から降り立つことになる。アレックスはそうではない。彼とほかの〝サーディン〟たちは、空港の滑走路近くの浜に直接ホバークラフトで乗り上げることになっている。そこで彼と小隊のほかの狙撃手たちは、支援チームとともにすぐさま散開して、任務の期間中、掩護態勢を敷く。任務は順調にいくはずだ――一発も撃つことなく。なんといっても、モハメド・アイディードをはじめとするソマリアの軍閥たちは、すでに話し合いのうえ、国連部隊を平和的に立ち去らせることに同意していた。しかし、もちろん、と彼らはつけくわえていた。民兵や分派の行動に責任は持てないよ、なあ、そうだろう?

わかりやすくいえば、いったん撤収がはじまったら、どうなるかはまったくわからないということだ。

アフガニスタン東部某所上空

二〇〇二年三月四日、月曜日、夜明け前

ロブ・ファーロングは凍えるように寒い輸送ヘリのなかでしゃがんで、チヌーク・ヘリの金属製の機体が振動するのを背中で感じていた。とりとめのない思いが頭をよぎる。ジェット燃料の臭いと凍てつく空気の流れが、気付け薬を嗅いだように作用して、脳味噌を揺さぶる。まるでつねに油断なくかまえているためには、余分な刺激が必要であるかのように。油圧液がそこかしこでヘリの機内の壁をつたい落ち、じめじめした洞窟のような外観を作りだしている。収納できる赤いナイロン張りのパイプ製シートに座る二列の戦闘員たちは、金属の床をはさんで向き合っていた。チヌークのタービンのたえまない高音のうなりと、双ローターのバタバタという音のせいで、会話は不可能に近く、男たちはほとんどが物思いにふけっていた。

ヘリ前方のドア銃手近くに座ったロブは左に目をやって、ヘリの自分の側にいるさまざまな戦闘員の列を見わたし、それぞれが正確にどの部隊に所属しているのかを解き明かすことに集中した――デルタ・フォースか、第一〇一空挺師団か、第一〇山岳師団か？　機内には約三十名ほどがいて、さらに全地形型の四輪車が一輌、後部貨物ドアから積みこまれている。ほかに七機のチヌークが同じ編隊で飛んでいる。合計二百名以上の兵士たちは、まだはじまったばかりの戦争ではじめての大規模な攻勢であるこの作戦に投入された二千名の一部だった。

この男たちは（ロブもふくめ）これまでに実戦を経験したことがなかった。それはアメリカ軍とカナダ軍の将兵の九五パーセント以上についてもいえた。世界は十年間、相対的にいって、平和だった。

ロブは首をめぐらせて、逆方向の機体前方を見た。そこでは、ドア銃手がＦＮ ＭＡＧ Ｍ２４０機関銃のそばに座り、かなりそれらしく居眠りのふりをしている。ＭＡＧはフランス語で「多用途機関銃」を意味するミトライユーズ・ダピュイ・ジェネラルの略だ。Ｍ２４０は毎分六百五十発から千発を発射できる。ロブの数学好きな頭は無意識にすばやく計算した。あの銃手が引き金を引けば、大きな機関銃は毎秒十発から十五発を発射することになる。多用途にしては悪くない。

使用する弾薬は七・六二ミリ弾だ。ロブが携行している五〇口径弾の「五〇」は、銃弾の直径を（より正確にはそれを発射する銃身の直径を）インチ単位で表わしているが、それとちがって、「七・六二」は直径をミリ単位でしめしている。四五口径や三八口径、二二口径は、すべてアメリカの伝統的な銃器と弾薬の命名法であるインチ表示の口径だ。人気の九ミリ口径は（ロブが携行している拳銃のような）、ヨーロッパのメートル表示にしたがっている。ロブの戦闘用ライフルであるC8と、その近い親族であるアメリカ軍の働き者M4ライフル、ヴェトナム戦争以来、アメリカ軍の制式ライフルであり、不動の人気を誇るM16につきものの五・五六ミリ弾も同様だ。

ヘリに搭乗する前に、ロブはSR－25ライフルを携行するデルタ・フォースの若い狙撃手と話をした。ロブはその銃が好きだった。半自動式のSR－25は、M16ライフルと同様の構造だが、銃身がもっと長く、五・五六ミリ弾ではなく、ずっとパンチ力のある七・六二ミリ弾を発射する。

それにくわえて、ロブの左足のとなりでは、大きな五〇口径狙撃銃がヘリの床に銃床をつけていた。彼がやがて歴史に名を残すのに使用することになる五〇口径が。この長い銃は、銃床を下にして立てると、ロブ自身とほとんど同じぐらいの高さになり、宇宙船のような形の弾薬一発一発はコーラの缶と同じぐらいの高さがある。五〇口径の銃弾は、一キロ半以上先から誰かに手をのばしてタッチすることができる。しかも、エンジン・ブロックを破壊できる力でそうするのである。それは、ロブがいうように、「神から顔にパンチを食らうようなもの」だ。

「十分前！」と、前方から貨物室に声がかかった。

ロブ・ファーロングは、前方銃手の可動式銃架に装着されたM２４０機関銃にふたたび目をやって、あのでかい銃が実戦で火を噴いたらどんな音がするのだろうと思った。

フサイバ、イラク
二〇〇四年四月十七日、土曜日、早朝

ジェイスン・デルガードが四月十七日の朝、銀行のオフィスで目をさましたとき、最初に思ったのは、「おい、やめてくれ」だった。これからの一日についてあまりいい感じはしなかった。ジェイスンは銀行屋ではないし、ここは普通の銀行ではない。彼は海兵隊偵察狙撃小隊の先任斥候で、彼とそのチームは、イラン・シリア国境として知られるケツの谷間にへばりついた無人のオフィスや倉庫の広がりを、もう数カ月も我が家と呼んできた。

彼は簡易ベッドの上で起き上がると、足をくるりとまわして床につけ、自分の目をさまさせた銃声の出どころを探してあたりを見まわした。開いたドアから、自分の班のほかのふたりの狙撃手、ジョシュ・マヴィカとブランドン・デルフィオレンティーノが二段ベッドに座って人々を撃っているのが見えた。

自分たちの〈Ｘｂｏｘ〉で。やっているのは〈グランド・セフト・オート：サンアンドレアス〉だ。

男の子はいつまでたっても男の子だ。ジェイスンはやれやれと首を横に振った。「そういうのは昼間の仕事でうんざりするほどやっているんじゃないのか？」彼は前進基地の壁の外に広がる都市のほうへうなずいた。ジェイスンは、ふたりよりわずか六カ月しか年上ではないが、このふたりと、小隊のほかの隊員全員にも、父親の責任のようなものを感じていた。彼自身まだ二十三歳にもなっていないが、ジェイスンは第七海兵連隊第三大隊リマ中隊の狙撃小隊で小隊軍曹をつと

め、このいまいましい都市の不安定な状態を管理するのをまかされていた。

ロブ・ファーロングが夜明け前にヘリでアフガニスタン東部に乗りこんでからまだ二年もたっていなかったが、いまや世界は大きく変わっていた。一年前の二〇〇三年三月、ジェイスン・デルガードは、サダム・フセインから首都バグダッドを取り上げ、それを民衆に返すためにイラク国内を北上した部隊の一員だった。いま彼は新たな展開任務でイラクに戻り、今回は大西部の国境の町フサイバにいる。シリアから文字どおり石を投げればとどくほどの距離にある彼の作戦基地に。

フサイバ。この三音節の言葉は、おおむね「自分たちの置かれたくそいまいましい状況が信じられない」という意味だった。イラク西部の麻薬密輸と武器密輸と汚職の中心地であるフサイバにくらべれば、サム・ペキンパーのバイオレンス映画〈ワイルドバンチ〉など花嫁学校のようなものだった。

ジェイスンは手をのばして、自分のM40A3狙撃銃をつかんだ。ファーロングの五〇口径の怪物ほどではないが、それでも油断ならない銃だ。ボルトアクション式のM40は三〇-〇六弾を発射する。「サーティ・オー・シックス」の名称は、その口径（三〇）と、これがアメリカ軍に採用された年度（一九〇六年）の両方をしめしている。ボルトアクション式であるため、M16やSR-25のような半自動式銃の速射性は発揮できないが、ものすごいパンチ力を驚異的な精確さでお見舞いする。

彼は銃を持ってプレハブ式の簡易仮設トイレへ向かった。いつ高潔な市民が壁ごしに迫撃砲弾を撃ちこんでくるかわかったものではないからだ。

ジェイスンはいらだち、腹を立てていた。もっと悪いことに、彼は心配していた。六週間以上ずっと、彼は街角でやっかいな問題が起ころうとしているといいつづけていた。たんなる日常のありふれた都会の肥だめの問題ではなく、重大な問題が。誰も彼のいうことを信用していないようだったし、彼が目にしているものを見ていないようだった。ほんの数日前、部下の狙撃手のひとりが両脚を撃ち抜かれていた。べつの海兵隊員は死亡し、さらにもうひとりが昏睡状態でアメリカに戻っていて、たぶん助からないだろう。ジェイスンにとって、これは一連の不運な出来事とは思えなかった。これらは無作為の攻撃ではなかった。

ジェイスン・デルガードは街角で育った。だから、まずいことが起きようとするときにどんな臭いがするかを知っている。彼はいままさにその臭いを嗅いでいた。

アフガニスタン、ヘルマンド地方某所
二〇〇九年七月九日、木曜日、正午

ニック・アーヴィングは立ち上がって、背筋をのばし、あくびをした。自分が眠っていた場所を見おろす。砂漠の藪の突端で、小さな岩が枕がわりだった。〈ヒルトン・ホテル〉とはいかないが、それでも眠れた。どれぐらい寝こんでいたのだろう？　彼は腕時計に目をやった。二時間以上だ。すばらしい。過去四日間、ニックはほとんど一睡もしていなかった――あちこちでこっそり数分間、うとうとしただけで、過去九十時間で合計三時間にも満たない。

彼はかがむと、毛布にていねいに横たえた〈ダーティー・ダイアナ〉を持ち上げた。彼の愛用するSR－25は、もちろん、マイケル・ジャクソンの歌（アーヴィングがまだ二歳にもなっていない一九八八年に発売された）にちなんで名づけられた。働き者のM4の近い親戚であるSR－25は、ジェイスン・デルガードのM40より小さな銃だ。ニックはそのせいでこの銃が気に入っていた。彼自身と同様、より小さく軽量だ。半自動式の機構も気に入った点だ。彼がイラクとアフガニスタンでアメリカ陸軍レインジャー隊員として五回展開するあいだに見てきた種類の、熾烈な速射戦に向いている。ニック・アーヴィングに、長時間のゆっくりとした忍び寄りや、ヴェトナム戦争式の一発必中の任務はなかった。すくなくとも、いまのところは。いや、彼が見てきた状況は、人が狙撃手の任務と聞いてまず連想するものよりも、彼らがレインジャー訓練で何日もぶっつづけで訓練してきた典型的な近接戦、手かげんなしの熾烈な戦闘に近かった。

レインジャー部隊は人数からいうと比較的小規模な特殊作戦部隊で、ずば抜けて高い頻度で作戦を遂行する傾向がある。イラクでは、ニックの部隊は日常的に、ひと晩に二回の任務に出撃し、四回または五回も出ていく場合もあった。目標を叩きにいって、休憩して軽く飯を食べるために戻ってくる途中で、無線に指揮官が出て、新しい目標の最新情報をつかんだばかりだといい、また彼らは引き返して出ていくのである。

それ以前の九〇年代には、レインジャー部隊は、第三レインジャー大隊（ニックの部隊）がデルタ・フォースの戦闘員を支援した一九九三年のモガディシオの戦いのように、だいたい支援任務をつとめた。新世紀の非対称戦では、それがすぐに変化し、レインジャー部隊は独立して活動し、自前で情報を収集して、独自に任務を開始し、自分で価値の高い目標（HVT）を襲った。レインジャー部隊の狙撃手であることは、SWATチームの狙撃手であるようなものになっていた。すばやく近距離で激しく攻撃し、つねに移動する。擬装用のギリー・スーツ姿で屋外に陣取って、一週間ずっと目標を探し、パンツに小便をしながら待ち伏せするのではない。ニックは狙撃手としては比較的近い射距離の三〇〇メートルに〈ダーティー・ダイアナ〉の照準を調節しておき、それよりも近い射撃をたくさんしてきた。

　彼は海兵隊員の一団が座ってポーカーをしているほうへぶらぶら歩いていった。ここではニック・アーヴィングと彼の観測手のマイク・ペンバートンだけがレインジャー隊員だ。ヘルマンド地方と呼ばれる辺鄙な場所のどこかにある海兵隊の前哨地で、一時的な客人となっている。

　アフガニスタンの南部国境のまんなかからつきだしたヘルマンドは、アフガニスタン国内でも、ロブ・ファーロングが七年前の二〇〇二年、戦争がまだはじまったばかりのころに見た地方とはかなりちがう地域だった。ここには山と呼べるようなものはなく、低い藪と砂漠、そして都市の地形があるだけだ。それに罌粟《けし》が。無数の罌粟。ヘルマンド地方には世界のどの場所よりも大規模に罌粟栽培が集中していた。いいかえれば、ヘロインの中心地であり、それはつまりタリバンの本拠地ということでもあった。そして、しだいに外国のイスラム過激派勢力の安全な隠れ場所となっていった。

　アメリカ軍のここへの駐留はこの時点までほとんどゼロに近かった。

「なあ、あんたたちがどこを目指しているのか聞いたぜ」と海兵隊員のひとりがいった。「あの向こうのどこか遠く離れたひでえ場所だ」

そのとおりだった。ニックとペンバートンは敵戦線の後方深くを目指していた。ニックがじきに知るように、海兵隊でさえ全兵力を挙げなければ行かない地域を。

「チェチェン人に気をつけろよ」と、もうひとりの海兵隊員がいった。

〝チェチェン人だって〟とニックはいぶかった。〝チェチェン人っていったい誰だ？〟

一九九五年のソマリア。二〇〇二年のアフガニスタン。二〇〇四年のイラク。二〇〇九年のアフガニスタン。

戦うアメリカのグラフ上に記された四つの点。この十五年という歳月は、現代の狙撃手の本質を定義しなおし、そしてアレックス・モリスンやロブ・ファーロング、ジェイスン・デルガード、そしてニック・アーヴィングのような特殊作戦狙撃手はこうした転回点で決定的な役割を演じてきた。

アレックス・モリスンが暗闇のなかで座って、モガディシオの海岸線との会合を目指していたとき、わたしはサンディエゴに配属されて、対潜ヘリコプター飛行隊の救難水泳員として働いていた。BUD／S（基礎水中処分／SEAL訓練）に参加するのは、まだ二年半先の話である。狙撃手になろうとはこれっぽっちも思っていなかった。その七年後、ロブ・ファーロングがチヌーク・ヘリに乗りこんでアフガニスタンでの戦闘に空からおもむいたとき、わたしもそこにいた。ほんの数キロ離れた場所で、いまやSEALチーム・スリーのエコー小隊の狙撃手をつとめ、自分たちがニール・ロバーツやほかの人間たちをつれだすために派遣されるのかどうか聞かされるのを待っていた。ジェイスン・デルガードが二〇〇四年四月十七日、フサイバで目をさまそうとしていたころには、BUD／Sの同期生エリック・デイヴィスとわたしはアメリカに戻り、海軍特殊戦（SEAL）狙撃手課程の全面的な刷新を実行していた。そこでわたしは数年間、コースマスターをつとめることになった。そして、ニック・アーヴィングが二〇〇九年、ヘルマンド地方のタリバンの支配地域の奥深くに入りこんだとき、わたしは民間部門にいて、狙撃手にかんする本を書き、軍事問題と外交問題にかんするアナリストとメディア解説者としての仕事をはじめていた。内から外を見るにせよ、外から内を見るにせよ、特殊作戦狙撃手という世界は十五年間、わたしの家であり、努力の対象であり、心惹かれるものだった。

しかも、これはじつに心惹かれる世界である。

〝狙撃手〟というと、たぶん人は謎につつまれた人物を思い浮かべるだろう。完璧に偽装してあらゆる探知をのがれ、何時間も、ときには何日間も潜伏をつづけて、蛇のように攻撃する瞬間を待ちかまえ、極大の射程から致命的な一弾をお見舞いする。人は伝説的な海兵隊狙撃手のカーロス・ハスコックを連想するかもしれない。帽子につけていた羽根から、ヴェトコンが〈ロン・チャン〉、つまり〝白い羽根〟と呼んだ男を。ハスコックは九十メートル進むのにまるまる三日かけ、ただの一発で心臓をつらぬいてヴェトナムの将軍を倒したことでよく知られている。一九六七年、ハスコックは二五〇〇ヤード（約二二八六メートル）で目標に死をもたらし、それから何十年もやぶられることのない最長の致命的な命中弾の世界記録を樹立した。

あるいは映画〈スターリングラード〉で（ジュード・ロウが演じて）有名になったソ連軍の狙撃手ワシーリイ・グレゴリエヴィチ・ザイツェフを連想するかもしれない。羊飼いの少年から転じたこのロシア人狙撃手は、一九四二年のスターリングラード防衛戦で二百名以上を倒した。あるいは、二百名以上を倒したと信じられている（そして、多くの者が三百名に近いのではないかと考えている）、かの中国系オーストラリア人の狙撃手ビリー・シンを思い浮かべるだろうか。彼は一九一五年のガリポリの戦いで、相手の狙撃手もまた自分に狙いをつけようとしているその瞬間に、トルコの狙撃手アブドゥル雷帝の眉間に一弾を命中させた。

狙撃手の任務がまさにそのようなものである場合もある。だが、それはごくまれな例だ。

こうした古典的なヴェトナム戦争時代のイメージは、カードの切り札としての狙撃手の見かたである。しかし、二一世紀の戦闘の現実においては、特殊作戦狙撃手はむしろ、ひと揃いのカードとして機能することをもとめられる。

軍狙撃手を取り巻く神秘的な雰囲気と魅惑には理由がある。狙撃術とは一連の確固たる技能と訓練であるが、しかし同時に、それ以上のなにかでもある。精鋭狙撃手の訓練は、この戦士のなかに、人間が可能なかぎり全知全能に近い、一連の能力を発達させることを目指している。戦闘狙撃手は、戦術の全体像からささいな細部まで、戦争という領域のあらゆる側面を誰よりも理解し、軍事作戦全部の万能選手のような働きができなければならない。ひとりだけの軍隊のように。

現代の狙撃手は近接戦や近距離強襲、殺害／逮捕、そして強襲チームの見張り／警護の達人である必要がある。もちろん、長距離射撃術の技能とそれに付随するあらゆる技能を完全に理解していなければならない。そして最後に、危険度の高い偵察と監視の能力一式がある。狙撃手はなによりもまず情報収集の有益な手段だからである。狙撃手のもっとも重要な任務の多くは、敵戦線の後方で、銃弾を一発も撃つことなく遂行される——ただし、そうするようもとめられたときには、彼（あるいは彼女）は、即座にその一発を、しかも超人的な精確さで、射程が一・五キロ以上であろうが一〇〇メートル以下であろうが、発射する準備を完璧にしていなければならない。しかも、たんなる能力はここでは役に立たないも同然だ。現代の狙撃手は三つの広範囲な一連の技能すべてに完璧に精通している必要がある。高度な襲撃者、完璧に信頼できる射撃の名手、そして偵察作戦要員の。

戦闘員、暗殺者、スパイ。

モリスンとファーロング、デルガードとアーヴィングはこれら三つの役割を、これから何日間も何週間も、ときに数分たらずでひとつの役割からべつの役割へと変わりながら、演じることになる。ときには数秒のあいだに。

ソマリア海岸、一九九五年二月二十七日

アレックス・モリスンは、時間をかけて、これからの数日間に直面する可能性のある各種の状況を検討した。

彼は五〇口径のマクミランM88狙撃銃を携行していた。そのちょうど七年後にロブ・ファーロングがアフガニスタンに持っていくことになる大きなマクミランTAC-50の元になった

モデルである。M88はTAC－50ほど大きくも重くもないが、きわめて近い。最大で射距離二〇〇〇ヤード（約一八〇〇メートル）までの目標に的中できると謳われるアレックスのLRSW（長距離狙撃兵器《ロング・レンジ・スナイパー・ウェポン》）は、秒速三〇〇〇フィート（約九〇〇メートル）近い初速でラウフォス・マーク211徹甲焼夷榴弾を発射する。

　これはSEAL隊がパナマ侵攻作戦中にマヌエル・ノリエガ将軍の飛行機を飛行不能にするのに使った銃だ。それを使用したべつのSEAL隊員の言葉を借りていえば、〈野獣《ザ・ビースト》〉である。

　この狙撃銃は同時に、取り扱いがひどくやっかいだった。単発銃で、われわれが後年、知って愛用する（そして信頼する）ようになる、すばらしく有能な半自動機構とは正反対のしろものだった。M88では、ボルトを引き抜き（これは、ただ引くのではなく、ライフルから実際にボルトを取り外すときの要領で引っぱりだすのである）、それから弾薬を装着し、ボルトを銃にふたたび取りつけ、そして銃を持ち上げ、狙いをつけて撃つのだ。そのあとボルトを取り外して、空薬莢を取りのぞき、新しい弾薬を押しこんで撃つ。速射とはほど遠い――それに、まちがいなく銃撃戦に入ったときに必要とされるほど迅速でもない。

　しかし、そのことが問題になるはずはない、そうだろう？　彼らが受けた状況説明によれば、大きな暴力行為は予想されていなかった。これは部隊の平和的な撤収だ。彼らの役目は戦うことではなく、戦術的な武力の誇示の役割をはたすことだった。いいかえれば、抑止だ。暴力行為を遂行することではなく防ぐことである。

　ただし、ここはソマリアだった。この地は完全な狂乱状態にあった。アレックスと暗闇のなかでベンチシートに腰掛けたほかの者たちは全員、どんなことが起きてもおかしくないし、たぶん起きるだろうとわかっていた。〝じきにわかるだろうさ〟と彼は思った。〝それまでは……〟

自分がなにもできない立場に置かれることほどSEAL隊員をいらいらさせるものはない。しかし、さしあたり、ここに選択の自由はほとんどない。サーディン状態しか。

こうして彼らは暗闇のなかに座って、ボブルヘッド人形のように揺れながら、荒れていく海面を突き進んでいった。頭のなかでは、どこかが故障して、このいまいましいホバークラフト全体が〈MILVAN〉輸送用コンテナーからなにからいっしょくたに沈没する事態を想像しながら。SEAL隊員は一般的に、自分の差し迫った死の可能性に大げさに悩んだりはしないが、アレックスはソマリア海岸沖でブリキ缶に乗っておぼれるのは、あきらかに満足のいかない死にかただろうなと考えずにはいられなかった。

シャヒコト峡谷、二〇〇二年三月四日

〈アナコンダ〉作戦。この作戦は世界屈指の大蛇にちなんで命名された。この蛇は、獲物にぐるぐる巻きつき、締め上げて降参させ、相手を殺す。それが新たな戦争で最初の大規模な攻勢となるこの作戦の全体的な思惑だった。

アメリカは9・11同時多発テロ事件のあと、テロ攻撃をたくらんだ首謀者たちを追いつめ、殺すか捕まえるために、直接アフガニスタンに乗りこんだ。当時、われわれは大きな存在感を持って乗りこむことには及び腰だった。ソ連が一九八〇年代にこの岩と罌粟《けし》の国を侵略して占領したと

きの様子を記憶によみがえらせるようなことはなにひとつしたくなかった。ソ連の熊公は占領の最盛期には十二万の将兵をこの戦地に置いていた。われわれがいまのところ投入していたのは、数百名の特殊作戦要員にすぎなかった。われわれはひじょうに慎重だった――のちに多くの者が指摘するように、少し慎重すぎた。

十二月のトラボラにおけるアル・カーイダの指導者とタリバンの要人を一網打尽にしようとする試みは、みじめな失敗に終わった。悪者たちは全員、罠をすり抜けた。その解決策は、もっといい罠を作ること。アメリカと有志連合軍の武装した腕っ節の強い連中をもっと使った罠を。それが〈アナコンダ〉作戦だった。

作戦計画はこのようなものだった。〈ハンマー〉という暗号名の一グループは、重要な指導者が何人か潜伏していると思われるシャヒコト峡谷を北西から攻撃し、〈アンヴィル〉という暗号名のもっと大きな第二のグループの待ちかまえる腕のなかに敵を追いやり、〈アンヴィル〉グループは敵の逃走を阻止する――アナコンダのとぐろのように。〈ハンマー〉グループは大半がアフガニスタン人部隊で構成され、アメリカ軍特殊部隊の「顧問」の支援を受け、航空兵力に掩護される。南と北東から侵入して、南西の脱出路を取り囲んで半円形で待ちかまえる〈アンヴィル〉グループは、数百名の通常部隊、ほとんどがアメリカ第一〇一空挺師団と第一〇山岳師団の歩兵で構成され、オーストラリア軍特殊空挺隊（ＡＳＡＳ）、海軍ＳＥＡＬ隊、そしてデルタ・フォースの匿名の特殊秘密作戦要員に掩護される……それに六名のカナダ軍狙撃手に。

そのうちひとりは、狙撃学校を出たばかりだった。

カナダの奥地出身の猟師であるロブ・ファーロングは、一見ごく普通の容姿の男だ。身長一八〇センチ、平均的な体格で髪の毛はブロンド（もっとも最近は頭をつるつるに剃っているが）、瞳は水色。口調はおだやかで、言葉を慎重に選び、おちついた声で話す。その水面のおだやかな池のひんやりとした底に横たわっているのは、乱闘のなかでもコンピューターのコンソールに向かっているのと同じぐらい心地よくくつろげる戦士である。おそらく、けんかをはじめそうな男ではないが、けんかを終わらせる方法を知っていることは疑いない。五年前には、彼はコンピューターのキーを叩く仕事についていた。いま彼は自分の国で最高の軍戦闘員のひとりだった。

　パトリシア王女カナダ軽歩兵連隊、略称ＰＰＣＬＩは、隊員数約二千名の規模だった。ロブが所属する第三大隊はその職掌の面で、ニック・アーヴィングが所属するアメリカ陸軍第七五レインジャー連隊におおむね相当する。パトリシア連隊は一九一四年、第一次世界大戦で最初に戦地に派遣されたカナダ軍部隊だったために、「戦場一番乗り《ファースト・イン・ザ・フィールド》」のモットーを獲得した。いま、その一世紀後に、彼らはふたたびそれを実行しつつあった。

　九月十一日の連続テロ事件後、約九百名のカナダ軍部隊が、真新しいテロとの戦いを支援するため派遣された。この九百名のうち、六名だけが厳選されて、シャヒコト峡谷の極秘作戦に参加することになった。ロブ・ファーロングは、狙撃学校の修了証明書のインクがほとんど乾いてもいない二月一日、妻といっしょに新しい家を買って、アルバータ州エドモントンにいた。その翌日、彼はドイツ行きの飛行機に乗っていた。目的地はアフガニスタンである。

「五分前！」

ロブと五名の仲間たちが三月三日にバグラムへ発ったとき、巨大なC－17輸送機には彼らしか乗っていなかった。薄気味悪い光景だった。大きな貨物ドアが降りてきて、あの深い洞穴のような機内があらわになると、彼ら六人だけが、まるで〈未知との遭遇〉で宇宙船に入る地球人のように上がっていく。操縦士と搭乗員以外には、機内には彼らだけだった。

これは二十四時間の任務の予定だった。少なくとも、状況説明で聞いた話はそうだった。〈アナコンダ〉作戦の計画立案の責任者たちは、峡谷に数百名以上の戦闘員がいるとは思っていなかった（実際には、むしろ数千名に近かった）し、大した抵抗も予期していなかった（これもまちがいだった）。反政府勢力は二日以内に降伏の交渉をするだろうと予想されていたが、これは指揮系統の食物連鎖のてっぺんの見解を反映していた。アフガニスタンはそろそろほぼ終わりだという見解を。

彼らがC－17の貨物ドアのてっぺんにたどりつき、サーボモーターがうなりをあげて息を吹き返し、ふたたびドアを引き上げはじめると、ひとりのカナダ軍将校が装備を腕いっぱいにかかえて駐機場に駆けだしてきた。「おい！」と彼は輸送機に向かって走りながら叫んだ。「おまえたち！　ヘルメットをかぶらなきゃだめだ！」彼は輸送機にたどりつくと、立ち止まってひと息ついた。「それに――さあ」彼は息を切らしながら装備の山を差しだした。「これも必要だ――防弾ベスト」

ロブとほかの狙撃手たちはおたがいに顔を見合わせ、それから将校に視線を戻した。

「ああ」とひとりがいった。「おれたちは、そういうじゃまなやつは着ないんで」

貨物ドアが閉まり、将校と装備を駐機場に置き去りにした。

フサイバ、二〇〇四年四月十七日

ジェイスン・デルガードは、人が思いつくかぎりでもっともロブ・ファーロングと正反対に近い人物だった。身長一七五センチ、痩せ型で、千ボルトの電流が走るコイルばねのような男だ。彼はただしゃべるのではなく、コメディ・クラブ〈インプロヴ〉の舞台上で芸を見せるワンマン機関銃チームよろしく、罰当たりな言葉をちりばめたプエルトリコなまりのブロンクスっ子の早口のおしゃべりをつづけざまに浴びせかける。しかし、もっとよく聞けば、その言葉の裏に、絶妙に調整された知性が聞き取れるだろう。

ジェイスン・デルガードはスラム地区育ちのラテンアメリカ系住民の不満を山ほどかかえて人生をはじめた。しかし、アメリカ海兵隊のきびしい訓練の年月はその不満を消し去り、興奮しやすい気性を、気分にむらのない剃刀の刃へと研ぎ澄ました。この男は、なにを見ても、誰を見ても、どんな状況を目にしても、見た目にごまかされずに、ものごとの核心を見抜くすべを知っている。この技量と気性の組み合わせによって、彼はいまの地位についた。彼の小隊の長に——そしてその組み合わせはさらに、ほかの誰がなんといおうと、フサイバの街角でなにか邪悪なことが起きようとしていると彼に告げていた。

フサイバからはじめて、南東にまがりくねって流れるユーフラテス川をたどってみよう。三二〇キロほどいくと、一連の大都市につきあたるだろう。ラマディ、ファルージャ、バグダッド。これは二〇〇四年じゅうずっと、密輸品と戦争遂行に必要な物資のたえまない流れがたどっていたまさにその道だった。麻薬がマイアミ経由で持ちこまれ、東海岸を北上して、ニューヨークの街角にいたるように、戦闘員と武器弾薬はシリアから国境を越えて流れこみ、フサイバを経由して、ユーフラテス川にそって進み、その先何年もくりひろげられる反政府活動の主要な引火点となる地域へと運ばれていた。

しかし、われわれはまだそれに気づいていなかった。ジェイスン・デルガードが二〇〇四年四月十七日、歯を磨いて一日をはじめるために愛用のM40をトイレに持っていったとき、サダム・フセインが死んでからまだ一年もたっていなかった。侵攻はとうの昔に終わっていた。われわれは勝利をおさめた。そうとも、ジェイスンはあのバグダッドのフィルドス広場にいて、指揮官のブライアン・マッコイがサダム・フセインの像にロープをかけて引き倒したとき、警戒に当たっていたのだ。彼はイラクの熱狂した市民が歓喜の叫びをあげ、アメリカ兵に花を投げ、籠いっぱいの食料を持ってくるのを自分の目で見ていた。一九四四年のパリ解放時のアメリカ軍GIになったようだった。〝ピンポーン、独裁者は死にました〟いや、完全に死んだとはいえなくても、まちがいなく失脚した。あとは社会基盤を再建し、民心を掌握し、国家が立ち直るのを手助けするだけの問題だ。

すくなくとも、それが筋書きだった。ジェイスンと彼の部下たちは、アメリカ政府が地元の学校にコンピューターを、サッカー場にサッカーボールを提供するあいだ、もう二カ月近く、国境の町の警察官を演じて平和の維持につとめていた。対イラク作戦の「戦争」段階は遠い過去の話で、いまここでの自分たちの任務は純粋に援助と新しい市民社会への移行のそれだといまだに信じながら。

ジェイスンはその感じが変わろうとしていることを本能的に感じていた。

ヘルマンド地方、二〇〇九年七月九日

ニック・アーヴィングはかなり背の低い男だ。「前は一八八センチあったんだがね。飛行機から飛び降りたり、完全装備で背嚢背負って行軍したりしていたら、一七〇センチにちぢんでしまったのさ」というのが彼のお気に入りの口上だ。十代のころ、彼はあまりにもがりがりだったので、ほかの子供たちは彼に〝棒人間〟というあだ名をつけた。しかし、ニックは肉体的な逆境を気力で乗り越えるという考えかたの典型的な例だ。彼は長年の訓練をとおして、TVドラマ〈フルハウス〉で痩せっぽち役を演じたスティーヴ・アーケルではなく、映画〈ロッキー3〉で敵役ボクサーを演じたミスターTを連想させるまでに身体を作り上げた。この男にちょっかいを出してはならない。

彼はわたしが出会ったなかで屈指の射撃の名手でもある。彼は自宅のいたるところに標的を掲げて、つねに空撃ちをしている。この男ならオリンピックの射撃競技にも出られるだろう。彼はそれほどこの技能に打ちこんでいる。この男は生まれついての狙撃手である。

それでも彼が現在の域に達するには何年もの歳月が必要だった。最初の何度かの展開任務では、家のドアを蹴り開ける役から、ストライカー装輪装甲車輛の操縦手、機関銃手に五〇口径銃

手までつとめ、それからレインジャー学校を修了して、レインジャー資格章を手に入れた。彼がやっと正式な狙撃手の訓練を修了したのは、ついこの一年のことだった——何カ月も何カ月もの狙撃訓練を。いま彼は、最後の展開任務で、自分の狙撃隊の長であり、戦士としての本領を発揮しようとしていた。

これ以上いいタイミングはありえなかっただろう。ニックが二〇〇九年春に投げこまれた状況は例のないものであり、彼のような技能を持つ者をなによりも必要としていたからである。

その年の早くに、ホワイトハウスは、アフガニスタンにおそらく一万七千名ものアメリカ軍部隊を増派することを計画していると発表した。同国の状況が悪化しているからである。その夏の終わりには、その数は二万名を超えることになる。

七月二日の夜明け直前、四千名以上の海兵隊員が、来たるべき同国の大統領選挙前に地域から反政府勢力を一掃しようとして、ヘルマンド地方北部に殺到した。これはヴェトナム戦争以来最大の海兵隊による空輸攻勢だった。作戦は公式には〈カンジャル〉作戦、つまり〈剣の攻撃〉と呼ばれた。しかし、こうした事柄の例にもれず、じきにもっとおぼえやすいあだ名がつけられた。

「諸君はこの夏、世界を変えることになるが、それは今朝はじまるのだ」と第八海兵連隊第二大隊の大隊長はヘリコプターに乗りこもうとしている部下たちにこう告げた。「合衆国と世界が見ている。彼らの期待はこの決断の夏のあいだ、きわめて高い」

それは〈決断の夏〉だった。

報道機関によれば、この地域に西側諸国の兵士はいなかった。ある大尉の言葉を借りれば、「われわれはいわばここに新たな地を築こうとしている。これまで誰も行ったことがない場所へ行こうとしているのだ」感動的だが、完全に正確とはいえない。ニックと彼の仲間のレインジャー隊員たちはすでに何カ月間もそこにいて、できるだけ多くの反政府勢力と価値の高い目標を仕留め、家屋を掃討して、この地方の海兵隊の掃討作戦に道を開いてきた。〈カンジャル〉作戦が開始されたのと同じ日、ニックはむさ苦しい外見の遠距離偵察作戦要員の一隊にたのまれて、彼らといっしょに無人地帯へ、西欧人がたとえいたとしてもほとんど勇を鼓して歩いたことがない地域の奥深くへと、危険を冒して出かけ、彼らの長射程の殺し屋となった。

現時点で、彼は海兵隊の掃討作戦の約五〇キロほど南にいた。まともな道路があれば、車で三十分ほどの距離だ。しかし、まともな道路などなかった。

ニックは、このより大きな戦略的状況についてなにも知らなかった。そういったことは彼の階級の完全に埒外だったし、戦闘では将軍たちは戦場の戦士たちにより大きな全体像をくわしく説明したりしないきらいがある。ニックが知っていたのは、自分たちができるだけ多くの悪者を殺すか捕らえるためにそこにいることだけだった。そして、その数はかなり多いことがわかっていた。彼は自分の部隊がきょうまでの月日で千名近い敵戦闘員を倒したと計算していた。ある作戦では、彼とペンバートンは、ひと晩でタリバンの指揮官を六名殺害し、マルジャにおけるタリバンの活動を実質上、一週間半、停止させた。

しかし、いままでやってきたどんなことも、たったいま彼が置かれている状況への完全な心の準備にはならなかった。

彼は人生最大の戦闘に足を踏み入れようとしていたのである。

シャヒコト峡谷、二〇〇二年三月四日

「三分前！」

チヌーク・ヘリが事前に割り当てられた降着点に近づくと、ロブ・ファーロングは前方銃手のM240機関銃が轟音とともに息を吹き返すのを耳にした。そのガ・ガ・ガ・ガ・ガ・ガ・ガという衝撃音が彼の物思いをこなごなにした。あいつはいったいなにを撃っているのだろうと思ったちょうどそのとき、あざやかな緑の曳光弾の条が自分たちのほうにびゅんびゅん撃ち上げられて、ヘリの小さな機窓を横切るのが見えた。

彼は機体がすばやく右へそれるのを感じた。彼らは銃撃を受けていた。まだ降着地帯についてもいないのに、任務はすでに失敗しつつあった。戦争がはじまった。

2 銃を撃つために生まれ

少年のころ、わたしはよく森に出かけては、腰を下ろして、そのままずっと待ったものだ。兎と栗鼠《リス》をじっと待っていた。遅かれ早かれ、栗鼠がちょうどあの木に現われるか、兎がちょうどあの丸太にやってくるからだ。わたしはそのことをなんとなく知っていた。理由はわからないが、なんとなく知っていたんだ。――カーロス・ハスコック

本書で紹介するアメリカ海軍特殊戦（ＳＥＡＬ）狙撃手課程やアメリカ海兵隊偵察狙撃手基礎課程、アメリカ陸軍狙撃手課程をはじめとする軍民両方のあらゆる狙撃手教育課程は、世界屈指の高度で困難で徹底的な訓練課程である。しかし、それ自体が狙撃手を狙撃手にするわけではない。熟練した狙撃手は大部分、作られるより以上に生まれつくのである。

狙撃手を養成する〈キリング・スクール〉には三つの段階があるが、そのすべてがかならずしもそのように認識されるわけではない。人は初等学校、高等学校、大学院を思い起こすかもしれない。最初の初等学校段階は、軍に入隊するときにはすっかり終わっている。

これは通常の社会では〝子供時代〟と呼ばれるものだ。

六人きょうだいのいちばん上だったロブ・ファーロングは、ニューファンドランドのフォーゴ島で育った。カナダ東海岸の沖に浮かぶ小さな島で、あまりにも辺鄙な場所なので、独自の時間帯がある。彼の町は、総人口がたぶん三百人で、漁師の町だった。きびしい天候とつらい暮らしでタフになった男たちである。ロブの親父さんは漁業海洋省の一員だった。地元でいうところの、魚の警察官である。文明の端っこに引っかかっている町で法律を守らせるのは、そうたやすい仕事ではない。ロブは幼少期から拳の使いかたを学んでいた。

ロブは広大なアウトドアで子供時代の大半を過ごし、魚釣りをしたり、森で父さんといっしょに篦鹿《へらじか》を狩ったり、一家の家を暖めるために薪を切ったりした。歩けるようになったときから、星々の位置や植物の育つ方向、そのほか熟練の獲物猟師の知恵のあれこれを使って、荒野を歩きまわることができた。

はじめて銃をもらったのは七歳のときだ。ポンプアクションのBB銃である。ロブにとってそれはまるでフェラーリをもらったような気分だった。BB銃以上に大事なものは想像もつかなかった。それでも、自分のポンプアクション銃が威力不足であることに気づくのにはさほど時間はかからず、九歳までに、ロブの関心はペレット銃に移っていた。いまや、父親が時間をかけて、正しい照準の合わせかたや、より長い距離で撃つための狙いの調整法を彼に教えこみはじめた。ロブは「射撃術の原理」という言葉を聞いたことがなかったし、聞いてもなんのことかさっぱりわからなかっただろう。彼の望みは銃をじょうずに撃って鳥に命中させることだけだった。

ロブは毎日、学校から帰ってくると、ペレット銃とペレット弾の缶を持って、裏庭に出ていき

——そして、ロブの場合、〝裏庭〟というのは柵のない広大な森のことだった——鳥や木製の標的など、目に入るものを片っ端から撃って練習した。よく弟が自分の銃を持って同行し、ロブとならんで撃った。ふたりはよく北太平洋の魚である小さなトムコッドを釣っては、射撃の練習のために木片の上に置いた。しばらくすると、小さな魚には蝿が寄ってきた。

ある日、ロブは弟にいった。「おい、なんで魚を撃つんだ？　蝿を撃てないかやってみようぜ！」そこでふたりは、魚に向かって撃つ段階から、蝿に向かって撃つ段階へと進んだ。ときどきどちらかが「当たったみたいだ！」と叫ぶと、ふたりで走っていき、新しいペレット弾の穴と蝿の破片がないかと板切れを調べる。「あったぞ」とひとりがいう。「ほらそこになにかあるみたいだ！」ロブは自分たちが実際にあのぶんぶんいう小さな蝿に命中させたのかどうか正直なところわからないといっている。しかし、ときどきたしかに小さな蝿の残骸を見つけたとも、つけくわえている。

狙うのがだんだんうまくなると、ふたりは標的をどんどんむずかしくした。ロブは古い油缶と瓶を釣り糸で高いところに吊しはじめ、その釣り糸をペレット弾で切って缶を落とそうとした。ロブは一発ごとに、たえず精度を向上させる努力をした。釣り糸に見事命中させて切るのには百五十発もかかるかもしれなかったが、缶のひとつが突然、落ちるのを見るたびに得られる達成感と満足感を思えば、その努力はじゅうぶんそれに値した。

ロブの家族は裕福というわけではなかった——一家は小さな町の警官の給料だけで六人の子供を食べさせていた——ので、ペレット銃をあたえられるというのは、彼と弟にとって大変なことだった。ふたりは銃を大事にした（さらにいえば、その銃はいまもなお、彼の実家の、子供時代にいつもしまっていたまさにその場所に置かれている）。ロブははじめて銃を手に入れたとき、銃床にていねいに紙やすりをかけ、漆黒に塗装して、表面を再仕上げし、それから負い革をつけられるように銃床に鋲をいくつか打った。ときどき七人か八人かの子供たちが全員集合して、みんなで射撃に出かけることもあった。しかし、時間をかけて自分の銃の再仕上げや改装をしていたのはロブひとりだった。

彼はなぜそうせずにはいられない気持ちになったのだろう？

「わからない」と彼はいう。「そうしただけさ。わたしのなかに狙撃手がいたんだ」

ロブ・ファーロングの初等学校は北の荒野だったが、ジェイスン・デルガードの学校はブロンクスのスラム街だった。八〇年代、ニューヨークのブロンクスはおもにクラックコカインと犯罪、そして暴力が支配する世界だった。デルガードの少年時代の風景は、廃品置き場と廃墟が散乱していた。年少の子供たちはそれを〝クラブハウス〟と呼んでいた。年長の子供たちにとって、それは仕事場だった。ナイフで刺したり、切りつけたり、銃を撃ったりは、ジェイスンと友人たちにとって日常茶飯事だった。英雄として尊敬する有力な人物といえば普通は、馬鹿でかいキャディラックを乗りまわし、ミンクの毛皮で飾り立てたけばけばしい衣装を身につけた大物の麻薬密売人だった。

ジェイスンが五歳だったころのある日、彼は、叔父が父さんのミントグリーンのキャディラックをいじっているあいだ、父さんの車体修理工場の向かいで、いとこたちと車のなかに座っていた。ヤク中のような見てくれの男が歩いてきて、銃身を切り落とした散弾銃を引き抜くと、叔父の後頭部につきつけ、引き金を引いて、それから来た方角へ逃げていった。ジェイスンの母親は子供たちをひっつかんで、一ブロック離れた自宅に押しこんだ。彼らがそこに座ってしばらく泣いたり、抱き合ったり、なぐさめあったりしていると、大人たちが全員無事か確かめるために駆けつけた。もちろん無事とはいかなかった。

その二年後のある夜、ジェイスンは双方向無線機のやかましい雑音とキーキー声に目をさました。眠たい目をこすりながらよろよろとリビングルームへ歩いていき、リビングの明かりに目を細めると、ふたりの警察官が彼の母親を見張っていた。母親は一貫性のある話ができないほど取り乱していた。なにかの縄張り争いが麻薬密売人のライバル同士で勃発していて、ブロック全体に自動火器の銃撃を浴びせ、彼らの家を銃弾で蜂の巣にしたのである。一発の銃弾は彼らの家に入って、リビングのカウチで寝ていた母親の頭をかすめ、奥の壁にめりこんでいた。

ジェイスンの母親と父親はいい親だったが、家計をやりくりするためにたえまなく働かねばならなかった。したがって、デルガード家のふたりの少年は多くを街角で過ごし、自力で生活して、都会式ジャングルの掟を学ばざるを得なかった。

犯罪稼業はこの少年たちに開かれた数少ない将来の道のひとつに思えたし、ジェイスンには法の反対側を歩く親戚もいた。しかし、叔父の殺害のような事件は、一種の世代交代のきっかけとなった。彼らのなかのなにかが、こんなのは公平じゃない、自分たちはもう犠牲者になりたくないといっていた。彼らは銃がほしかったが、悪事から母親や家族を守るために銃を持つ人間になりたかった——悪事をしでかす人間ではなく。彼のいちばん年長の従兄ふたりは、大人になって警察官になった。ひとりはニューヨーク市警の巡査部長に。ジェイスンはそのことも考えた。しかし、近所の警官との口論やいざこざのせいで、法執行機関は虫が好かなかった。

ジェイスンが九歳だったある日、同年代のアフリカ系アメリカ人の友だちといっしょにフォーダム・ロードの〈ボーイズ・アンド・ガールズ・クラブ〉から歩いて帰る途中、一台のパトロールカーが猛スピードでやってくると、急ハンドルを切って歩道に乗り上げて、ふたりの行く手をさえぎった。白人の警察官がふたり、飛びだしてきて、彼らを壁に乱暴に押しつけると、服の上から身体検査をはじめた。ジェイスンの友だちが警官になぜ調べられるのかとたずねると、警官のひとりはこういった。「黙れ、小僧」

友だちはいった。「おれたちにこんなひでえことしていいのかよ」

警官は彼をくるりと向き直らせると、横っ面を張った。「口のききかたに気をつけろ、このくそ坊主」と彼はいった。警官たちはふたりの子供を解放した。ジェイスンは、涙を流しつつ、友だちと話し合って、いま起きたことの意味を理解しようとしながら、歩いて帰ったことをいまだにおぼえている。

ジェイスンは十四歳のとき、ヴェトナム戦争で戦ったアメリカ海兵大隊にちなんで命名された〈第三偵察大隊〉という士官候補生組織に入った。

ショーン・ゴドボルトという帰還兵の発案である〈第三偵察〉は、子供たちに放課後になにかすることをあたえるために設立された。より具体的には、彼らが問題に巻きこまれないようにするなにかを。世話人は全員がヴェトナム帰還兵で、組織は軍隊を隅から隅まで正確に模して、高度に構築されていた。ジェイスンと仲間たちは、五段落の命令書を書き、任務を計画遂行し、装備点検をすませ、軍人のように規律正しく行動する方法を学んだ。使われる頭字語はすべて本物の軍隊と同じだった。彼らは軍人らしいふるまいかたのあれこれを学んだだけでなく、もっと重要なことに、強い自尊心と奉仕の心を植えつけられた。

子供たちはよくヴァン・コートランド・パークに出かけては、数日間、野営し、計画を立案して、ほかの士官候補生グループの偵察を行なった。週のあいだはずっと情報を探し求め、校庭や近所で小耳にはさんだどんなことにも注意深く耳をそばだて、ほかの子供がいつどこでパトロールを行なうかつきとめて待ち伏せできるようにした。それはペイントボール銃を使った完全なゲリラ戦だった。

「われわれはよく外に隠れ場所を作り、わたしはそこでスコープをつけた愛用のティップマン・プロライト・ペイントボール・ライフルを持ってギリー・スーツ姿で待ちかまえた」とジェイスンはいう。「われわれはほかの士官候補生組織がそこにやってきて野営地を設営するのを待ち、彼らが射程内にきたら、わたしはその連中をスコープに捉えて、一発ぶっ放すんだ。

わたしは将来、軍狙撃手になるために訓練されていたが、そのことに気づいてもいなかった」

教育プログラムの創設者であるゴドボルトは、ジェイスンにとって、麻薬密売人ではない最初の重要なお手本ともなった。カリスマ性があり、人にやる気を起こさせる力を持つ彼はたぶん、この当時のジェイスンの人生で、両親をのぞけば唯一のあきらかにいい影響をあたえた人物だった。

「彼はわれわれをけっして子供とは見なかった」とジェイスンはいう。「彼はわれわれを若者としてあつかった」

ロブ・ファーロングと同じように、ニック・アーヴィングは早くに射撃を初体験した。六歳のとき、彼の父親は息子をジョージア州西部の森につれていき、二十番径の散弾銃の撃ちかたを教えた。ニックは自分ひとりではそのしろものをかまえることや狙うことはおろか、持ち上げることさえできなかった。父親が後ろに立って、フォアグリップを両手で持ち、息子の肩のくぼみに銃床を押し当てて、ニックが引き金を引くあいだしっかりとささえていた。

その最初の一発から、ニックは恋に落ちた。彼はじょうずでもあった。小さすぎてひとりでは銃を持ち上げられないこの幼少期から、彼は狙っているものにたいてい命中させた(「もちろん、撃つのはバードショット弾だから、つまりはかなり広い散弾の網を投げるようなものだがね」と彼は指摘する)。

ほどなく父親は彼に二二口径をあたえ、彼は機会があるたびにそれで練習した——彼にはそれでも物足りなかった。ニックはメリーランド州の、父親が働いているフォート・ミード陸軍基地のすぐそばで育ったが、彼の母方の一族はジョージア州の片田舎の出で、一家はたいがいそこで夏を過ごした。ニックは狩猟や魚釣りのやりかた、森を歩きまわる方法、そして射撃のやりかたを学んで夏の日々を過ごした。

学期のあいだは、腕が錆びつかないように、数え切れないほど空撃ちをしてがまんするしかなかった。しかし、毎年夏になると、彼と二二口径はいつもいっしょだった。彼はよく祖父の煙草をくすねて、外に出ると、それを慎重に立てた。それから一〇〇歩歩いて戻り、ふりかえって、煙草に狙いをつけ、引き金を引く。高等学校に上がるころには、煙草を撃ってまっぷたつにするのがかなりうまくなっていた。

彼は二二口径にくわえて、散弾銃の練習もつづけていた。彼の父親は自分の父からのプレゼントで二十番径をもらっていて、ニックの十五歳の誕生日にそれが今度は孫のものになった。ニックはこのころにはかなりの射撃の名手になっていた。そこで父親はこの大きな銃の分解方法を彼に教えた。ニックは学校が終わると毎日、散弾銃を分解して、それからまた組み立て、時間を計ってどれだけ速く正確にそれができるかをためした。じきに彼はほとんど眠っていても分解組み立てができるようになった。

ニックは狩猟自体にはとくに夢中にならなかった。彼が好きだったのは、あの制御された精確さの感覚、熟練の射撃術に不可欠な専門的技能と明快な単純さだった。長年、彼は〈ヒストリー・チャンネル〉で戦争や軍事作戦、とくにヴェトナム戦争についての番組を見ていた。現代における狙撃手の技術を定義しなおしたカーロス・ハスコックは、ニックの英雄になった。少年はハスコックのインタビューを何度も何度も見た。彼は中学校のとき、黒いジャンプスーツの背中に母さんの長いミシン糸を何本もテープで貼りつけて、はじめて自分のギリー・スーツを作った。いまや彼は図書館に足繁く通いはじめ、自分の技能と理解を高めてくれそうな本を片っ端からむさぼり読んだ。そのなかには、数学の教科書から、ヴェトナム戦争の特殊部隊にかんする本まで、ありとあらゆるものがふくまれていた。

「わたしは記憶にあるかぎりずっと狙撃手になりたいと思っていた」とニックはいう。

こうしたほかの者たちとちがって、わたしは子供のころ銃を撃ったりしなかったし、狙撃手になるという大望もなかった。十代のころ働いていたダイビング・ボートの船首からクレー・ピジョンの標的を撃った以外には、BUD／S訓練のさなかにライフルを握らされるまで、実際に一度もあつかったことがなかった。

わたしにとって、それは水中銃だった。

ダイビング・ボートで働きだしたとき、わたしは知識に飢えていて、船長のマイク・ローチと副船長のジム・フラルバクのあとにくっつき、このふたりを追いかけ回して、彼らが獲物に忍び寄って撃つのを近くから見守った。いっしょに泳いでいると、突然、なんの前触れもなしに――シューーッ、バシン！――彼らのひとりがわたしが見てもいないなにかを撃っているのである。あれはいったいどこからきたのだろう？　しかし、じきにわたしにもそれがわかりはじめた。

水中銃の漁は、きわめて直感的であるという点で、肉体がものをいう漁だ。のぞきこむスコープも、十字線もない。伝統的な弓の狩りのように、自然の照準点だけを使うことになる。そのうえ、比較的太い鉄棒を発射することになるが、水中にいるので、その棒は、それが突き進む媒体から、空中を飛ぶ銃弾よりもずっと大きな抵抗を受ける。その結果、射距離三・六メートル以上は撃てないのだ。それはつまり、獲物をまずおどかさずに撃てるほど近くに忍び寄りたければ、忍びの術の使いかたを身につけなければならないということだ。

わたしはわずか十三歳で漁をはじめ、十四歳になるころには、かなり熟練した水中銃漁師になっていた。狩猟監視官たちはしばらくのあいだわたしにいやがらせをした。わたしの仕留めた魚が本当に全部自分で捕らえたものだと信じなかったのだ。法律では十五歳になるまで入漁許可証は必要なかったので、実際にはほかの人間の釣果であるのに、わたしが身代わりになっていると思ったのである。しかし、それも長くはつづかなかった。彼らがわたしのことを知るようになると、これは全部わたしの獲物だといっても信じてくれるようになりだした。

最高の軍狙撃手になるには、ある種の人となりが必要だが、それは人が予想するような種類ではないかもしれない。ファーロング、デルガード、そしてアーヴィングは全員、幼少期からライフルと射撃に密接に親しんできた——しかしそのことが彼らを生まれついての狙撃手にしたわけではない。少なくとも、完全には。ライフルに天性の能力を持っているというのがその一部であるのはまちがいないが、それだけでじゅうぶんとはとてもいえない。世界にはすばらしい射撃の名手がごまんといる。ライフルの射場ではすごい仕事をやってのけるが、生の戦闘の興奮と混乱のなかでは役に立たない、あるいは大量の情報と観測結果を理解して処理するのに必要な忍耐力と精神力を持たない競技射撃選手が。

狙撃手であるということは、射撃の名手であることと同じではない。現代の戦争では、狙撃手はなによりもまず情報収集の有用な手段である。つまり、狙撃手にとって射撃は重要ではあるが、大切なのは銃の使いかたよりも、目の使いかた、そしてそれ以上に脳味噌の使いかたなのだ。

偉大な狙撃手はすべからく、ある種の資質、技量、あるいは射撃とは無関係だが、狙撃手の技術を身につけることとは大いに関係がある特性を持っているようだ。

ニック・アーヴィングにとって、それはチェスだった。

ニックはその六十四マスの盤上で最初に対戦したときのことをいまだにおぼえている。彼は三歳で、対戦相手は父さんだった。彼の両親はふたりとも、冷戦時代に陸軍の情報機関で働いていて、彼の父親はチェスの熱烈な愛好者だった。彼は息子に、チェスとは「頭脳ゲーム」であり、チェスを指すと頭がよくなるといっていた。ニックはその響きが気に入った。そこでニックの父はことあるごとに美しいドイツ製の古いチェス盤と手彫りの駒を取りだして、息子と対戦した。

それどころか、ふたりはニックの父親が恒例の感謝祭の訪問で泊まりにくるといまだにチェスを指している。

「感謝祭のたびに、われわれはチェスを指すんだ」とニックはいう。「そして感謝祭のたびに、親父はわたしを負かす。いまでもまだわたしは父さんを負かせないんだ」

彼にできたのはこのゲームと、その核にある遠大な戦略的思考を骨の髄まで吸収することだった。レイモンド・チャンドラーの伝説の私立探偵フィリップ・マーロウのように、ニックは何時間もかけて名人たちの勝負を研究し、一人チェスを指した。そして研究すればするほど、チェスは彼に狙撃手の技術を思い起こさせた。なによりも大切なのは戦略と計画だと彼は気づいた。射撃と同じように。

後年、彼のチェス愛は、彼が戦場で任務に取り組む方法を特徴づけた。

「わたしが最終的にじつに多くの戦闘にありついた理由は、わたしが任務の計画立案をチェスそっくりにやったからだと思う」と彼はいう。「チェスでは、つねに二段階先、三段階先、四段階先を考えなければならない。わたしは『では、わたしがこの地点にいるとしよう――ここでなにかが起こったら、わたしなら即座にどこへ行くだろう?』と考えるんだ」

銃撃戦がはじまるまえに、彼は銃撃戦が発生したら敵が行くだろうと推測した場所に自分のチームと自分自身を配置した。自分が相手だったらどこへ行くかを前もって分析して。十中八九、それは敵が実際に行くまさにその場所だった。ニックはこのチェス流に作戦を計画立案するやりかたで百パーセント近い成功率をおさめたといっている。

ジェイスン・デルガードにとって、それは美術だった。

ジェイスンは二年生になると、いつもいたずら書きをして、一コマ漫画や四コマ漫画を書いていた。それ自体は、大したことではない。いたずら書きをしたり絵を描いたりする子供はたくさんいた。しかし、ジェイスンは早くからこの分野にある種の能力があることに気づいていた。彼は色鉛筆のセットで級友にはできないことができた。じきに絵を描くことは、彼の授業中の時間と注意の最大の部分をしめるようになった。それは彼にとってはいいことに思えた。そうしないと、たいてい死ぬほど退屈だったからである。

後年、大学の美術の講座を受講すると、彼は美術の技術的な側面についてさらに多くのことを学んだ。光と影の相互作用、縮尺と遠近法、原色と二次色、第三色の階層といったことを。しかし、その正式な学校教育を受けるずっと前に、彼はすでに自分の技術を完全なものにしつつあった。

絵を描くことは、ある場面のあらゆる細部に残らず注意をはらう方法をジェイスンに教えた。もし彼が描いている娘の髪の毛が一本乱れていたら、彼はその髪の毛が精確に乱れた姿で彼女を描くのである。彼は見たものをそのまま忠実に再現する方法を学んだ——そして、大半の人間よりはるかに精確にものを見る方法を。

視覚的な細部を認識する力は、ジェイスンが戦場で活動するやりかたに多大な影響をあたえた。「わたしの頭のなかには距離計が入っているんだ」とジェイスンはいう。「遠くの物体を指示してもらえれば、数メートル以内までいい当てられる」これはもちろん射撃にも、そして偵察にもとてつもなく役立った。戦場の狙撃手は、銃をいじるよりずっと多くの時間を観測についやす。さらに、場面の精確な略図を作成する能力は、きわめて重要だ。ジェイスンは完全に技術的な意味で、きわめて広い地域の戦場スケッチをほとんど建築的な精度で作成することができた。

さらに彼の芸術は、状況を全体的に見る方法に深い影響をあたえた。細部がどのように組み合わさっていて、それがなにを意味しているか、なにが筋がとおって、なにが筋がとおらないか。

それは複雑な状況をどうやって読み取ればいいかを判断する超人的な能力を彼にあたえた。のちにフサイバできわめて重要であることが証明される技量である。

ロブ・ファーロングは絵を描かなかったし、チェスも指さなかった。ロブにとって、それは芸術的な技能のような特定のなにかではなかった。むしろそれは荒涼として自然のままの環境で育ったことに起因するさまざまな特性だった。それは彼のなかに、あの狙撃手独自の精神構造を生みだした。頭が抜群に切れて、レーザーのように集中し、かたくななまでに独立心の強い。

狙撃手にはあらゆるタイプがそろっている。ラトレル兄弟のような桁外れに外向的な人物もいれば、クリス・カイルのような物静かで賢者は黙して語らずタイプの人間もいる。政治的保守派も、政治的リベラル派も、政治的どうでもいい派も。並はずれて積極的な者も、驚くほど礼儀正しい者もいる。しかし、われわれ全員が共通して持っているように思えるものがひとつある。権力との一種の愛憎感情だ。つまり、真に偉大なリーダーには心から敬意をはらうが、無能なリーダーはいっさい容赦しないのである。SEAL隊は、お行儀のよいいいかたをすれば、体制順応に抵抗するという評判がより高く、海兵隊と陸軍の特殊作戦部隊はそれより低い。しかし、特殊作戦部隊は特殊作戦部隊、狙撃手は狙撃手だ。われわれは本質的に、束縛から離れて働くために存在する。

そして、独立して。それがロブだった。

スポーツ――ホッケーでもバスケットボールでも野球でも、なんでもこいだ――に熱中する以外には、彼の関心は一点に集中していた。彼はアウトドア・ライフを愛していた。魚釣りを愛し、狩猟を愛した。そして、フォーゴ島の荒野で育った彼は、ひどく独立心の強い性質にならざるを得なかった（さらにいえば、ニューヨークやトロントより九十分早い独自のとんでもない時間帯を持つ場所で育ったせいで）。

学校では、彼は言葉よりも数字に心をひかれた。数学と物理はかなり魅力的だった。そして、十代のころに、彼はコンピューターにのめりこんだ。そのおかげで、一生ではないが少なくともしばらくのあいだ、仕事にありつくことになった。しかし、彼が天命を見いだすことになる場所は、数字それ自体、偏流と仰角、射程と終末弾道学の数字だった。

アレックス・モリスンは、わたしと同じように、BUD／S訓練を受けるまでライフルを撃ったことがなかった。しかし、アレックスは、やはりわたしと同じように、水中銃を手にしてカリフォルニア沿岸で育った――ただし、アレックスの場合、それは水中銃ではなく、ポールスピアだった。基本的には、パチンコで銛《スピア》を撃つようなものだ。もしゴムひもで撃ちだされる銛だけを持って魚を捕っている誰かを見かけたら、それは漁に大まじめな人間だ。

そして、それがきわめて重要な点だ。理解してもらいたいが、大事なのは銛を撃つことではない。漁とは撃つことではない。漁とは、ほかのなによりも、忍び寄る技術なのである。銛で魚を捕るのは、忍びの術と、見えなくなる術、そして感情移入の術をひとそろい身につけねばならないことを意味する。

感情移入？　そのとおり。魚は、地球上のなにものにもおとらず、危険探知機としてほぼ完璧に作られた原始的な生き物である。その魚に命中させられる距離内に近づくためは、こっそりやるだけではじゅうぶんではない。その魚が感じ取り、考えていることを生まれながらに感じ取る能力を持たねばならないのだ。狙撃手は獲物自体とほとんど同じぐらい獲物の考えを知らねばならない。いや、それ以上に。

そして、これがアレックスのチェスであり、芸術作品であり、比類ない生まれついての射撃の名手の資質だった。彼は思いだせるかぎり昔から、大自然に飛びこみ、旅行をしたり、冒険を探し求めたりしたいという燃えるような情熱につねに駆り立てられてきた――そして、ほかのなによりも、狩りをしたいという。軍狙撃手はときに「戦場の大物ハンター」と呼ばれる。この言葉は、アレックスをポールスピアから狙撃学校へとみちびいたものがなにかを完璧にいい表わしている。

アレックスにとって、軍に入隊するのはずっとあたりまえのことだった。彼は、海兵隊員《ジャーヘッド》が一流の戦士である海兵隊一家で育ち、いつも自分が海兵隊に入隊して、海兵隊の遠距離偵察隊であり特殊作戦直接行動部隊である部隊偵察隊《フォース・リコン》の一員になるのだと思っていた。一九八四年のある日、彼の両親が彼の空手インストラクターのひとりはＳＥＡＬ隊員としてヴェトナム戦争で従軍したことを指摘するまでは。

「シールってなに？」アレックスはずいぶんおかしな響きのする名前だなと思いながら、そうたずねた。

「朝飯がわりに部隊偵察隊の海兵隊員を食べる連中よ」と母さんはいった。

父さんはうなずいた。「そうとも」（海兵隊の友人たちに一言おことわりを。みなさんをけなすつもりはない――わたしは彼の両親がいったことをそのままつたえているだけだ）

それで決まりだった。アレックスは当時十五歳だった。その三年後、高校を卒業すると、そのまま海軍の新兵訓練所に入り、そこでSEALの選抜を受けた。

ロブ・ファーロングは、アレックスとちがって、自分が軍を目指しているとはまったく気づいていなかった。それはまったくひとりでに進行したように思えた。

一九九七年秋のある日、ロブははっきりとした行先もまったくなく町をぶらぶらしていた。二十四時間寝ていなくて（丸一日、学校で、そのあと警備の仕事で夜勤についていた）、あまり大したことは考えていなかった。正直なところ、人生に少し飽き飽きしていた。大学へいき、コンピューターのプログラミングを少しやって、波止場地区の施設でパートの警備仕事をする。二十三歳の誕生日が近づいていたが、彼は自分の人生が向かっているように思える先にそれほどわくわくしていなかった。ロブはコンピューターが好きで、多くの時間をそれについやしたが、コンピューターのプログラミングはあまり得意ではないことはあきらかだった。やりくりできた時間は残らず外で過ごし、できるときは猟に出かけた。彼はなにかを探していたが、それがなにかがわからなかった。

通りをぶらぶら歩いていくと、歩道に出された大きな広告板に出くわした。彼は立ち止まって、広告板を読んだ。そこにはカナダ軍の募集広告がでかでかと書いてあった。

ロブは小さいころから射撃をしてきたが、陸軍に入隊するという考えはまったく浮かばなかった。田舎のニューファンドランドでは、軍はあまり大した存在ではなかったし、その考えはほとんど異質なものに思えた。しかし、ここでこうして彼の顔を見つめている。のぞいてみたって害はないだろう?

彼は募集センターに入っていった。ひとりの海軍士官がなぜここにきたのかとたずねた。

「興味があるので」と彼はいった。

海軍士官はテレビとビデオデッキ、数脚の椅子、そしてVHSテープが五、六十本テーブルに置かれた一室にロブを案内した。興味のあるテープを自由に再生して、軍内の各部門や特技にかんする短い紹介動画を見ていいという。それから出ていって、カセットとプレーヤーをロブの好きにさせた。

ロブはカセットを出し入れして、断片を視聴しはじめた。なかにはひどく退屈なものもあったが、いくつかは彼の興味をひいた。そのひとつには、グリーンの服を着た一団の若者たちが走りまわり、銃を撃ったり、ものを爆破したり、飛行機から飛び降りたりする様子が写っていた。歩兵だ、と彼は思った。軍隊についてはあまり知らなかったが、歩兵が入り口であることは知っていた。

彼が座って見ていると、つぎの瞬間、彼の背筋を伸ばさせる映像が画面に現われた。そこではひとりの男が、草木の切れっ端を差したある種の迷彩服を着て、地面を這い進んでいた。

その男は忍び寄っていた。

その時点で、ロブは狙撃手についてまったくなにひとつ知らなかった。彼らが何者で、どういうことをしているのかも。カーロス・ハスコックの名前も、「ギリー・スーツ」という言葉も聞いたことがなかった。しかし、狩猟がどういうものかはまちがいなく知っていた。自分の名前を知っているのと同じぐらい知っていて、そのテレビ画面の映像がそれに関係あると即座に気づいた。

その数分後、ロブはその狭い試写室から出て、募集担当者のデスクへ歩いていき、完璧に記入した願書を彼のデスクに置いた。

「はい、これ」と彼はいった。そして募集センターを出ると、ひと眠りするため家を目指した。

その数カ月後、ロブは募集事務所から電話をもらった。「やあ」と男はいった。「歩兵に空きがあるんだが。まだ興味はあるかい?」

〝ああ、もちろんだとも!〟とロブは思った。彼が口にした言葉は、「もちろん。やりましょう」

「いいだろう」と男はいった。「二週間後に出発だ」

それで決まりだった。

ロブはこんなに早くそれが実現するとは思っていなかった。いや、そもそも実現するかどうかさえわからなかった。応募したことは誰にも話していなかった。とても親しくしている家族にさえも。家族にはこれが驚きであることはわかった。彼の生い立ちには軍隊の経歴はなにひとつなかった。ファーロング一族は大半が船乗りで、タンカーや長距離船で船長や航海士をつとめていた。

彼は両親に電話をかけ、こういった。「ああ、もしもし、おれは陸軍に入るよ」

ジェイスン・デルガードにとって、それを実現したのは、ある瞬間だった。彼がまだ九つのときに起きたある瞬間に。

さかのぼること一九九一年の一月中旬、多国籍軍がサダム・フセインの軍隊の爆撃をはじめ、〈砂漠の盾〉作戦が〈砂漠の嵐〉作戦に変わったとき、ジェイスンはテレビに釘づけになった。最初の湾岸戦争は、われわれがあたりまえのこととして見るようになる種類の二十四時間ニュース生放送を確立した画期的な出来事であり、ジェイスンは何時間もニュースを見ていた。ある日、彼は暗視装置の視点で撮影された短いビデオ映像を目にした。その映像には、曳光弾が発射され、建物に降り注ぐなかで、兵士たちのチームが建物に侵入するところが写っていた。

〝すげえ〟と彼は思った。〝こいつは本物だ〟

自宅のリビングルームに座って、ビデオ映像を見ていたデルガードは、興奮で胸が詰まるのを感じた。死が目と鼻の先にあるというのに、この男たちはそこで戦闘に突入していた。彼はもっともむき出しの形の勇気を見ていた。それは自分に愛国心という感情があることにはじめて気づいた瞬間だった。この世界で人がなにをしようと、自分から進んで戦闘地域に足を踏み入れ、つとめを果たすこと以上に勇敢な行為はありえないと彼は気づいた。法執行機関でさえ、そういう任務を彼にあたえることはないだろう。たしかに、警察官だったら、パトロール中に本気でやばい状況におちいる可能性はある。しかし、兵士の場合、その仕事は、進んで地獄に足を踏み入れて、戻ってくることなのだ。

それは彼の心にずっと残った。その数年後、彼はゴドボルトの士官候補生組織に入り、最終的に彼をバグダッドのサダム・フセインの本拠地にまっすぐつれていくことになる訓練をはじめた。

十六歳のとき、ジェイスンは高校を中退した。学校はつねに退屈だった。もたもたして単調に思え、彼の関心を引くものはそこにはなにもなかった。退屈にうんざりすると、彼は授業をさぼって、スケートボード場へいくか、一日中、手すりを攻めた(ニューヨークのほかのおよそ百万人の子供たちと同様、彼はいつかプロのボーダーになるかもしれないと思っていた)。ニューヨークで合法的に学校をやめられる年齢の十六歳になるころには、やめる準備はできていた。

彼は母親と取引をした。もし学校を中退させてくれるなら、一般教育修了検定に合格する。母親は同意した。ジェイスンはその一般教育修了検定を必死で手に入れようとして、学校では一度もやったことがないような態度で勉強に没頭した。代数の教科書を家に持ち帰り、部屋にこもって、教科書の後ろの正解を調べ、それを逆行分析して、どうしたらもとの問題からそこにたどりつけるのかを解明した。一年以内に彼は試験を受け、一発で合格した。

つぎの問題は、さて、どうするかだった。彼はサウス・ブロンクスのエウヘニオ・マリーア・デ・オストス地域短期大学に入学したが、そこで一学期過ごすと、先に進む準備はできていた。十八歳になると、彼は軍に入隊する頃合いだと決心した。陸軍がいい、と彼は思った。とくに理由があったわけではない。ただ入隊するなら陸軍にいこうとずっと思っていた。

しかし、陸軍はことわった。

ジェイスンは十一歳のとき、氷ですべって、ふたつの頸椎のあいだの軟骨を一部、損傷していた。けがは手術で矯正しなければならないほどひどかった。その手順では、尻から組織を少し取って、それを第二頸椎にくっつける必要があった。首の件は問題のひとつだった。もうひとつの問題は、高校を中退したことだった。一般教育修了検定に合格しているという事実にもかかわらず、高校の卒業証書がないということは、彼にたいするワンストライクと見なされ、ふたつのストライクが合わさって、彼は不合格となった。陸軍は彼を求めていなかった。

彼は海軍に入って、SEAL隊の一員となるという考えが気に入った――しかし、ここもだめだった。海軍特殊戦身体検査の承認を受けられず、卒業証書がないことはここでもデメリットだった。

海兵隊は話が別だった。なんらかの理由で、彼らはもっとも寛大な部門であることがわかった。それでも楽勝とはいかなかった。ジェイスンはじつに複雑な過程をへて、さまざまな専門家をたずね、必要な署名入りの権利放棄同意書をもらわねばならなかった。それは永遠につづくように思えた。ひと月のあいだ、彼はまったく入隊しそうになかった。

「海兵隊がわたしを受け入れると告げた日かい？」と彼はいった。「あれは人生最大のニュースだったな」

もしニック・アーヴィングが六歳か七歳のころに出会って、きみは大きくなったらなにになりたいとたずねたら、ニックはクラスの男子の大半と同じことをいっただろう。「宇宙飛行士さ」

しかし、八歳になるころには、彼は自分がいつか軍隊に入るだろうと感じはじめていた。ニックの父親はアクション・スターのチャック・ノリスの大ファンで、グリーンベレー隊員やデルタ・フォース隊員の友人が何人かいた。ニックは映画の〈デルタ・フォース〉シリーズを見ながら育った。十歳になるころには、宇宙飛行士になるという考えは完全に過去のものとなり、大きくなったら海軍のＳＥＡＬ隊員になりたいと心に決めていた。

しかし、それは確たる計画というより子供時代の夢だった。その考えが具体化してしっかりとした現実になったのは、ニックが十四歳のときだった。晴れた火曜日の朝、九時数分すぎにおとずれた、ある一瞬に。

十年生の生物の授業中、席に着いていたニックの目は、教師があわててつけたテレビに釘づけになった。教室中の十年生は全員、〈ワールド・トレード・センター〉のタワーが地面に崩れ落ちるのを無言のままぞっとして見つめた。

その一時限の授業が終わるころには、三機目の飛行機が国防総省につっこんでいた。ニックの学校は、ボルティモア・ワシントン・パークウェイからはずれた、国家安全保障局（ＮＳＡ）本部の近くにあり、つぎのターゲットがいったいどこかは誰も知らなかった。その日、二時限目の授業はなかった。生徒は全員、すぐに席を立って、学校から帰るよう指示された。

ニックはまさにそのときアメリカが戦争を始めることを知った――そして、まさにそのとき自分がそれに参加するつもりであることを知った。〝もちろんさ〟と彼は親友のアンドレといっしょに我が家までの距離を走りだしながら、自分にいい聞かせた。〝ぼくは戦いに行くんだ〟

もちろん、彼はまだ入隊できなかった。当時、十五歳にもなっていなかったし、まだ高校を卒業しなければならなかった。しかし、そのために死にものぐるいで訓練することはできた。そこで彼はそうした。

その年、ニックはアナポリスの海軍海洋士官候補生課程を修了し、そのあとベイビーSEAL隊と呼ばれる一種のSEAL予備校に進んだ。そこでは、実際のSEAL志願者が経験するのと同じ体力テストに合格する必要があった――五〇〇ヤード（約四五〇メートル）を十二分半以内に泳ぎ、ブーツをはいて一・五マイル（約二・四キロ）を十一分半以内に走り、腹筋運動に腕立て伏せに懸垂も全部やって、独自のミニ〈ヘル・ウィーク〉まである。さらに、この猛訓練の前ですら、何百時間もかけてSEAL隊を研究し、〈ヒストリー・チャンネル〉のドキュメンタリーや手に入ったビデオをすべて見て、特殊作戦部隊の関係者についてあらゆることを学んだ。

それと同時に、ニックは性格がまったくことなる戦闘訓練も経験していた。真剣な殴り合いをするようになっていたのである。

彼がわざとそれを引き起こしたのではない。まったくちがう。ニック・アーヴィングは静かなる男で、けんかに明け暮れる人間とはおよそほど遠いように思えた。八年生で子供フットボールをはじめたとき、彼はチームでいちばん背が低かった。ひょろりとした小さな少年で、〝棒人間〟という彼のあだ名は広まって定着した。高校一年生のときには、体重が四〇キロしかなかった。高校の最上級生になっても、四七キロを超えるのがやっとだった。

九年生から彼はいじめを受けた。正確な理由はまるでわからなかった。「わたしはイケてる連中とはかかわらなかった」と彼はいう。「たぶん連中はわたしが偉そうな態度を取っていると思ったんだろう。自分がほかの誰よりもすぐれていると思っていると。しかし、わたしは人付き合いを避けるのが好きなだけだった」十年生で、いじめはひどくなった。十一年生になると、ニックは反撃をはじめ、じきに評判になった。それがさらにいっそう彼を標的にしたようだった。最上級学年になると、殴り合いは毎日の出来事になり、彼の両親は少なくとも週に数回は、仕事を休んでバス停に彼を助けにこなければならなかった。あるときなどは、近くの公営住宅から五十人近い子供の集団がバス停に集まって、彼が放課後帰ってくるのを待ち受けた。何人かはナイフを持ち、数人は銃を持っていた。ニックの父親は、何人かの友人を招集して、こちらも重武装して駆けつけ、集団を解散させなければならなかった。

二〇〇四年夏に卒業のときが来ると、ニックは幼少期におさらばして、SEAL隊員になりにいきたくて、いてもたってもいられなかった。まだ十七歳だったので、両親は彼が軍に入ることを許す権利放棄同意書に署名する必要があった。彼は高校の卒業パーティさえ待たなかった。両親がその権利放棄同意書に署名するや、彼はドアから飛びだしていった。

そこで彼は、デルガードとまったく同じように、障害に突き当たった。海軍が彼を受け入れなかったのである。

じつは、ニックは色覚異常だった。

「思いもよらなかった」と彼はいう。「視覚になにか問題があることはわかっていた。いくつかの色をなかなか区別できなかったからね。しかし、いつも自分の家の照明がひどいせいだとばかり思っていた」

軍人になるというニックの大望はまさにそのときそこで終わっていただろう――しかし、なにごとが起きたかを聞きつけた心ある陸軍の看護師が、ニックのなかになにかを見たにちがいない。彼女は彼をわきへつれていくと、陸軍にはＳＥＡＬ隊と同じような部隊があると教えた。それはレインジャーと呼ばれていた。

強い？　と彼はたずねた。

「もちろん」と彼女は答えた。「すごく強いわ」

狙撃手はいる？

「ええ、狙撃手もいる」

ニックにはそれでじゅうぶんだった。看護師はこっそり彼を手引きして視覚テストに合格させ、自分の職を危険にさらし、彼らが〈死神《ザ・リーパー》〉と名づけた狙撃手に命を救われることになる無数のアメリカ兵の将来の運命を変えた。

「あの女性の名前がわかったらなあ」とニックはいう。「彼女にじかに会って、わたしのために危険な橋を渡ってくれたことにお礼をいえたらいいんだが。彼女がいなかったら、いまこうして話すことなどなにもなかったろう」

高校の卒業証書をもらって二週間後には、彼はジョージア州フォート・ベニングにいて、アメリカ陸軍の基礎訓練課程をはじめていた。

地獄3

諸君ら若者のなかには、戦争とはじつに魅力的で栄光に満ちたものだと考えている者もいるが、いいかね、諸君、戦争は地獄そのものだ。——ウィリアム・テカムセ・シャーマン将軍、一八九七年六月、ミシガン陸軍士官学校の卒業生への訓示

もし軍事訓練の目的が、戦争の地獄に立ち向かう心構えをさせることであるなら、効果のあるやりかたは実際にはひとつしかない。訓練もまた地獄になる必要がある。

軍事訓練とは、ダンテの『神曲』のようなものだ。その基本にあるものは、一段階ごとに厳しさを増す地獄の連続である。軍の部門によってちがいはあるが、おおむね同じパターンを踏襲している。初歩の地獄では、人が見せるだらしなさが徹底的に絞りだされ、命令にしたがい、隊列を組む方法を学ぶ。初歩の地獄は、人が軍人の器になりはじめる段階である。新兵訓練所、基礎訓練、歩兵学校、戦闘学校——名称や教育課程はちがうが、すべては同じ本質的役割に要約される。人を瀬戸際に追いつめ、娑婆《しゃば》っ気を焼き払って、規律正しい戦士に鍛え上げることである。

そのつぎに上級の地獄がある。ここでは人の内部で熱を強め、鉄を焼き戻す――もし焼き戻す鉄があればだが。

特殊作戦学校あるいは上級レベルの軍事課程をやり抜くことに匹敵するものはほとんどない。それは本当の地獄とはどういうものかをじかに知るだけではない。十人のうち七人か八人は課程の最後にたどりつくことすらない経験を切り抜けることが、どういうものかを知るだけでは。この上級の地獄では、人は限界の極致までプレッシャーをかけられ、さらにそれを超えて、その限界がまったく極限ではなかったことを発見するところまで追いやられるのである。あまりの激しい苦痛に気を失い、やがて目をさまして、自分がまだそこにいることに気づくまで。そしてそれから、もう一度はじめからそれを経験する。さらにもう一度。死んでそれからまた生き返るというのがどんなものかがわかる……そして、これはたんに卒業するためなのだ。

それはつまり、卒業したら、さらなる訓練に進めるようになるということだ。それはさらなる地獄を意味する。

こういう表現がある。戦うよりきびしく訓練しろ。さらにこういう表現もある。訓練でたくさん汗をかけばかくほど、戦闘で流す血は少なくなる。ただし、これは完全な真実とはいえない。ときには訓練でも血を流すからだ。

ロブ・ファーロングにとって、地獄のはじめのいくつかの圏は、それほどひどくなかった。それは本物の苦痛の体験ではなく、カルチャーショックの体験だった。

カナダ軍歩兵の基礎訓練は、どこの基礎軍事訓練ともほとんど変わらなかった。新兵は、階級構成や動作、基本隊形、そして武器の訓練をふくむ基礎を叩きこまれた。しかし、それらはすべて本当の訓練の副次的なものだった。何日もずっと休みなく、肉体的にも、言葉の上でも、感情的にも、叩かれる訓練の。ロブにとってそれは、ずっと怒鳴られつづける二カ月間だった。彼はその経験に不愉快になるというよりは、むしろひどく戸惑った。

ロブは課題に直面すると、過剰に分析したり、不満をいったり、抵抗したりすることなく、すなおにそれを遂行するタイプの人間である。つねにきわめて現実的で、目的のはっきりした人物だった。いま彼は突然、自分を怒鳴りつけ、困らせ、ものをこわし、彼がなにをやっても激怒する、この権威ある人間たちを目の前にしていた。彼がどんなによく命令にしたがおうが、どんなに努力しようが、それに関係なく、結果はいつも同じように思えた。

二カ月目のはじまりに近いある日、彼はこの結論をためしてみた。その日の朝、上級伍長が入ってきて、いつもどおりロブの衣類をすべてかきまわして、それを部屋中に投げ散らかし、アイロンをかけてもう一度全部たたみ直せと彼に怒鳴った。しかし、ロブはそうしなかった。かわりに衣類をただ床から全部ひろい上げて、ブラシをかけ、自分の棚にまたもとどおり積み重ねた。

翌朝、上級伍長は入ってきて、ロブの衣類をざっと見ると、うなずき、「よくできた、みごとだ。できてきたな」といって、出ていった。

怒鳴られたり、罰をあたえられたりしたにもかかわらず、ロブはすぐに自分が軍隊暮らしを大いに気に入ったことがわかった。彼は同期のトップで基礎訓練を終えた。射撃にかんしては、彼の最強のライバルは経験豊富なある予備役兵だった。彼は、当時カナダ軍の基本的な軍用ライフルで、M16のカナダ版であるC7をかまえて多くの時間を過ごしていた。その兵士はすでにこのライフルを徹底的に知りつくしていた。ロブはいままでその銃を見たことがなかった。予備役兵は射撃でトップの成績をおさめた——だが、ロブは二番目の成績だった。

基礎訓練のあとは、六カ月間の戦闘学校が待っていた。学校では、歩兵暮らしのABCが叩きこまれた。戦術やサバイバル術、航法、分隊行動、さらに火器および基礎射手訓練、爆発物訓練……そして体育。体育、いつ終わるともしれない体育、いつ終わるともしれない酷使——基礎訓練をもう一度、最初から、ただし一段階上げて、やりなおすようなものだった。

「戦闘学校では、人はごみだ」とロブはふりかえる。「ただのくずだ」

最初の一カ月間、教官は新米をくじけさせるためにできるかぎりのことをやった。同期のうち五〇パーセント以上が落第した。教官たちは補充のためべつのクラスを迎え入れ、その連中も半分を失った。ある者は精神的にくじけ、ある者はいつ終わるともしれない背嚢行軍の容赦ない厳しさに耐えられなかった。損耗率は激しかった。

ロブはそのいずれにも影響を受けなかった。戦闘学校に上がると、彼はアドレナリンの流れで順調に進んでいった。訓練に取り組むのが待ちきれなかった。朝早く起きるのも気にならなかった。夜遅くまで働かされるのも気にならなかった。彼はそのすべてを受け入れた。彼は課業一筋だった。新兵に許されたごくわずかの貴重な自由時間をロブはさらなる練習につぎこんだ——弾倉を装填する練習、ライフルを分解し、組み立てる練習、銃の基本操作、ありとあらゆることを。

彼はこの課程をただ修了したくなかった。それを克服し、征服して、自分の能力のまさに限界までやりとおしたかった。彼は貪欲に優秀さをもとめていた。

今回は、彼を打ち負かす予備役兵はいなかった。戦闘学校の同期で、ロブは射撃でトップの成績をおさめた。彼の名前が刻まれた長さ一八〇センチのマスケット銃のトロフィーは、いまも彼がもっとも大切にしている持ちもののひとつである。

ロブは戦闘学校から第三大隊に配属され、即座にカナダ軍の射撃チームに紹介された。そこで彼はカナダ西部で一位、「トップ初心者」(最高得点の新人)で全体の二位を獲得した。そこから彼は派遣され、平和維持任務のためボスニアで勤務したが、これはそれほど興奮する体験ではなかった。それは一九九九年のことで、世界は大部分、平和だった。意欲的な軍狙撃手にとって、それはじつに退屈であることを意味した。

彼がボスニアにいるあいだに、司令部は彼をふたたびチーム・カナダの一員として競技に出場させるために一カ月、外地勤務からはずした。今回はオーストラリアでの試合だった。

ロブは競技射撃が好きだった。その純粋さ、極限の完璧さへの挑戦を愛した。熟練したハイレベルの射撃選手とまじわって、情報を交換し、商売のこつを教え合うのも楽しかった。彼はたとえば、選手のなかには、撃つ前に弾薬を温めるために、しばらく日に当てる者がいることに気づいた。理にかなっている。熱に敏感な発射火薬が入った弾薬を使うときには、弾薬を温めることで燃焼を促進し、薬室内の圧力と初速をより高めることになる。

ロブはそっと記憶に留めた。もしかすると、これがのちに役立つかもしれない。

最初の週の終わりには、彼は自分の組で一位になっていた。ものごとはすばらしくうまくいっていた。ロブには銃を撃つ以上にやりたいことはなにひとつなく、そしてこれは超一流レベルの射撃だった。それから、彼は選手とまじわることのマイナス面にぶつかった。文字どおり。

ある日、選手たちは、障害物コースが組みこまれた種目にいどんでいた。ロブがライフルを手にして障害物の下を這っていると、彼の真後ろにいたべつの射撃選手があやまって彼の肩の後ろに激突した。するどい痛みがロブの肩を走った。〝緊急非常事態——やばいことになった！〟と脳に叫び声でメッセージをつたえる種類の神経インパルスが。衝撃は激しく、ロブの肩は脱臼した。

彼にとって、試合は終わりだった。

ロブは言葉にならないほど落ちこんだ。彼はそれからの三週間、オーストラリアですることもなく過ごし、失意のまま、ほかの全員が射撃をするのを見守った。この三週間は、ほとんど耐えがたいほどだった——いちばん意地悪な教官がおよそ思いつけそうなどんな地獄よりも、はるかにひどかった。

一九九九年の残りと二〇〇〇年に入ってからのロブの人生における目標は、肩をなおし、遠大な計画に取り組めるように、本来の体調を取り戻すことだった——彼が最初からいだいていた計画に。軍に入隊したとき、ロブはしっかりとした目標のリストを作成していた。じっくりと緻密に計画して書き上げたリストだ。リストにはこんなことが書いてあった。

基礎訓練を修了する
戦闘学校を修了する
大隊に入る
降下課程を修了する
空挺部隊の資格を得る
偵察課程を修了する
偵察小隊の資格を得る
望みのものを手に入れる

ロブ以外だれもこのリストのことは知らなかった。自分の計画をほかの人間に打ち明けたことはなかった。計画の段階ごとにバーは高くなり、達成はよりむずかしくなる。現時点で彼の関心はすべて（射撃をのぞけば。射撃はつねに欠かせない）、降下課程を修了するという、つぎの目標に向けられていた。それを達成すれば、第三大隊の空挺部隊であるアルファ中隊にくわわる資格が得られる。もしアルファ中隊で万事順調にいけば、ＰＰＣＬＩ連隊の偵察課程に受け入れられることになるかもしれない。

アメリカ軍では「リコン」と呼ばれるもののイギリス版である「偵察《レキ》」は、典型的な特殊作戦訓練課程だった。地文航法と偵察、強襲作戦、純粋なサバイバル技術のすばらしい混合である。そもそも偵察課程までたどりつける者はほとんどいなかった。最後までやり抜く者はさらにずっと少なかった。もしロブがそのまれな人間のひとりになったら、その結果手にする偵察資格は、第三大隊の偵察小隊のあこがれの職を目指すロブの切符になりえた。偵察課程を修了することそれ自体は、けっして彼がつぎに偵察小隊に進むことを保証するものではない。小隊はエリート中のエリートしか受け入れなかった。しかし、狭いとはいえ、それは彼がいくと決めた場所へたどりつくために通り抜けなければならない扉だった。

本当のところ、こうした目標はどれもそれ自体、彼にはじつは重要ではなかった。それらはすべて、大目標への踏み石にすぎなかった。あの最後のステップへの。望みのもの。彼はニューファンドランドの募集事務所であのテレビ画面に映っていた映像を忘れていなかった。彼はカナダ最高の狙撃手のひとりになるつもりだった。

ロブ・ファーロングがオーストラリアで銃を撃つ腕を本来の状態に戻すために治療しているころ、ジェイスン・デルガードはバスに乗って、マンハッタンからサウスカロライナ州パリス・アイランドへ向かっていた。バスの旅は約十二時間かかり、デルガードには自分がこれから足を踏み入れようとしているものについて考える時間が山ほどあった。海兵隊の基礎訓練はどの軍よりもいちばん長く厳しく、ほとんどの説明によれば、もっとも残酷である。
「海兵隊員が自分たちの仕事にじつに優秀な理由を知っているかい？」とジェイスンはいう。「教えてあげよう。ひと言でいえば、みじめさだ」彼は笑い声をあげる。「完全な地獄と、みじめさだよ」

彼がバスを降りると、黄色い足跡が四組ずつ長い列になってアスファルトにたくさん描かれているのが見えた。「気を……つけ!」入隊者は全員、黄色い足跡に自分の足を載せる。これは、全員をむりやり正しい姿勢で立たせる効果がある。

まさにこれこそが海兵隊だ。海兵隊は几帳面なことで有名である。海兵隊ではすべてが号令に合わせて行なわれ、どこまでも細かく管理される。そしてそれが効果を上げている。彼らはどんなときでも頼りになる優秀さの権化である。われわれのSEAL小隊がザワル・キリの洞窟群で敵拠点に深く侵入したとき、約二十名の海兵隊部隊が警戒役をつとめるため同行したが、わたしはそれを大いに喜んだ。もし明日、敵地に戻るとしたら、この世でいちばん自分のケツを守ってもらいたい部隊は海兵隊の一隊だ。

海兵隊の新兵訓練所に到着して最初の出来事は、たぶん映画で見たことがあるだろうが、坊主刈りの儀式だった。ただし、映画で見るほどきれいな体験ではなかった。かなりの数の者が頭にかなり大きな傷を作って出てきた。「かなり乱暴だったな」とジェイスンはいう。「傷をつけられた」

つぎに標準の支給品をあたえられた。ブーツに体操服などなど。ただし、実際にはブーツをはくことは許されなかった。彼らはそれを勝ち取らねばならなかった。海兵隊の新兵訓練所では、あらゆるものを勝ち取らねばならなかった——名札も、鷲と地球と錨の徽章も、ブーツも、なにもかも。飲んでいいのは水だけだった——ジュースがほしければ、それを勝ち取らねばならない。家に電話をかけたいのか? いいとも、それを勝ち取れ。彼らは第一日目から、自分が持っているものをひとつ残らずありがたく思うよう教えられることになっていた。

そうした特権をどうやって勝ち取るのか？　おもに好戦的になることによって。ジェイスンはすぐに、好戦的になればなるほどリーダーと見なされることを学んだ。目立てば目立つほど、より多くの特権が手に入った。彼はじきに、何度かの（それとなくたきつけられた）殴り合いのおかげで、自宅への電話を何回分か獲得した。

ある朝、ジェイスンが食堂にやってきて、食事を持って腰を下ろし、ひと口ほおばったところで、軍曹がそれを噛む前に吐きださせた。全員がただちに席を立って、出ていかねばならなかった。その日、朝食は抜きだった。これがたびたび起こった。食堂に時間内に行って食べたいと思えば、人は時間の管理の基本をすぐに学んだ。

これは無作為な残酷さのように思えた——しかし、その狙いはむしろ、若者のだらしない習慣を打ち破って、効率のいい生活の心構えをさせることだった。最初は筋がとおらないことがたくさんあったが、海兵隊で数年過ごし、とくにいったん派遣任務に出ると、若い海兵隊員はなぜものごとが新兵訓練所で行なわれるようなやりかたで行なわれるのかを理解しはじめる。ジェイスンは、〈第三偵察〉士官候補生隊の経験があるので、すでにかなりよくわかっていた。

「第一日目から、彼らは誇りと個人主義を奪い去り、大切なのは自分ではなく任務だということをわれわれに教えていくんだ」と彼はいう。「最優先事項は任務で、兵士の幸福はそのつぎだ。任務第一。たとえ死んでも、任務を完遂しなければならない」

訓練係下士官は、新兵を自由にできた。自分が見ているものが気にくわないと彼らが判断すればいつでも、全員がやっていることを中断して、腕立て伏せのために地面に這いつくばった。

ある夜、ジェイスンの訓練係下士官（〝用心棒《ヘヴィー》〟と呼ばれる）であるジョーンズ軍曹が、兵舎に突然入ってくると、寝床を全部ひっくり返し、〈アクア・ヴェルヴァ〉アフターシェーブ・ローションのボトルを壁に叩きつけて、彼らの衣類を全部そこらじゅうに投げ散らかし、それから翌朝までに全部、染みひとつなくきれいにしろと命じた。ロブ・ファーロングの体験とまったく同じだったが、ただしジョーンズ軍曹は独自のひねりをくわえていた。

出ていく前に軍曹は全員を整列させると、それから彼らにそれぞれ水筒二本分の水を飲んでから床につくよう命じた。それぞれの水筒を飲んだあと、頭の上で水筒をひっくり返して、全部飲んだことを証明しなければならなかった。こっそりごまかそうとした数名は、頭に水が流れ落ちてきてばれた。ジョーンズ軍曹は全員が水筒二本分の割り当てを全部飲んだことを確かめると、それから永久命令をあたえた。「寝床から起きて、手洗いに用を足しにいった者は誰でも、朝まで火災監視に立つ」（火災監視は苦痛なほど退屈だったので、通常は一時間交代で人員が配置される。何時間もずっと眠らずに、虚空を見つめるよう強いられるのは、すでにくたくたに疲れているときにはとりわけ耐えがたい）。軍曹はそれから兵員室の窓を全部開けて、兵士たちが一晩中、すばらしく冷たい風にあたり、尿意がいっそうひどくなるようにした。

ジェイスンは一晩中、チームメイトたちのうめき声を聞いた。なかには水筒に小便をする者もいた。ジェイスンはそれがまずい思いつきだと知っていた。ジョーンズ軍曹はそれを予想していただろう。彼にはべつの戦術が必要だった。ジェイスンは静かにベッドから出ると、迷彩服を上下とも着て、ピストルベルトと懐中電灯を装着し、廊下に出て、火災監視に立っているふりをした。兵員室を何度か行ったり来たりしてから、手洗い場にさっと入って小便をすると、さらに数回、兵員室を往復して、それからふたたびベッドにすべりこんだ。ペイントボール・ライフルとスコープを持ってヴァン・コートランド・パークをこっそりと動きまわったあの長い月日がいま役に立った。誰ひとり彼を目にしなかった。狙撃手の卵だ。

翌朝、何人かはベッドを小便で濡らし、ほかの者たちはパンツに小便を漏らしていた。しかし、ジェイスンが正しく推測したように、もっとも悲惨だったのは、水筒に小便をした者たちだった。ジョーンズ軍曹はずかずかと入ってくると、その日最初の命令をあたえた。水筒もう一本分の水を飲め。水筒を溲瓶《しびん》がわりに使った者たちは、いかさまで切り抜けようとして、小便でいっぱいの水筒を口元に持っていき、飲むふりをした。しかし、彼らはつぎになにがやってくるか考えていなかった。

「よろしい、では水筒を頭の上でひっくり返せ!」

数名の海兵隊員はその日の朝、黄金のシャワーを浴びた。ジェイスン・デルガードは真顔をつづけていたが、心のなかではパンツに小便を漏らしそうなほど大笑いをしていた。

実際、彼には新兵訓練所のすべてがじつに滑稽に思えた——最初は。彼にかんするかぎり、すでにこういうことや、それにそっくりなことは、ブロンクスの士官候補生隊で山ほどやっていた。そして、自分がここにいて、アメリカ軍の正真正銘本物の一員になることにわくわくしていた。なんとしても海兵隊員になることに。怒鳴られるたびに、それは彼を窮地に追いつめるどころか、正反対の効果をおよぼした。彼はそれを吸収し、その怒鳴りつける言葉のひとつひとつを楽しんだ。

彼がそれらをすべて真剣に受け止めはじめるのには調整が必要だった。その調整はかなり早い段階で起きた。これは遊びではないと気づくのにそれほど時間はかからなかった。訓練係下士官は、必要ないかなる手段を使っても、彼とほかの全員を鍛えて望みの形に仕上げるためにそこにいた。海兵隊の新兵訓練所は、アメリカ軍のほかの部門よりも期間が長い。長くて厳しい。体力訓練の基準線となる必要条件には、一・五マイル（約二・四キロ）を十五分以下で走り、二分間で四十五回以上の腹筋、十五回の懸垂（男性用）をこなすことがふくまれる。酷使はここからさらに激しくなる。

三カ月の訓練は、どんどんエスカレートする一連の重装備行軍《ハンプ》（荷物をいっぱいに詰めたリュックサックを背負っての行進）で全体が区切られている。二マイル（約三・二キロ）の重装備行軍、四マイル（約六・四キロ）の重装備行軍、七マイル（約一一・三キロ）行軍などなど。「試練」と呼ばれる最後の行軍は、基礎訓練の最後の部分でやってくる。際限ない訓練と何十マイルもの行軍のあいだにちりばめられた障害物コース、戦闘作戦、問題解決、そしてチームワークのテストをふくむ、五十四時間の一連の試験である。ある時点では、ジェイスンは低い鉄条網をくぐりながら重い弾薬を数百メートル引きずる方法を考えつこうとしていた。またある時点では、太い杭が地面からつきだした障害物コースを、木の板一枚だけを使って、巨大な人間テトリスのように、チーム全員を越えさせなければならなかった。睡眠時間はゼロで、食料はほとんどなく、不可能な任務の連続は、すべてが混然一体となり、終わりのないひとつのみじめさの集まりと化した。そしてジェイスンはそれが完全に気に入った。

いいかえれば、彼はそれを憎んだ――ただし、よい意味で。彼はそれが自分をなりたいと思う人間に変えてくれるのを感じることができた。

アメリカ海兵隊の新兵訓練所が軍のほかの部門の基礎訓練とちがうもうひとつの重要な要素がある。新兵たちは徹底的な射撃術の訓練を受けるのである。基礎訓練を終えた新しい海兵隊員はみな、少なくともかなりの射撃の腕前である。海兵隊はそのモットーである「海兵隊員は全員、ライフル銃兵」を誇りに思っている。それは完全な事実であり、新兵訓練所からそれははじまる。

ジェイスンと彼の同期生たちは、射場に出ると、射距離三〇〇ヤード（約二七〇メートル）の立ち射ち姿勢の速射からはじめ、つぎに三〇〇ヤードの膝射ち姿勢の速射、それから四〇〇ヤード（約三六〇メートル）の座り射ちと伏射ちへと進み、それから最後の五〇〇ヤード（四五〇メートル）の伏射ちにいたる。アメリカンフットボール場五面分。これはかなりの距離で、ほかの基礎訓練ではまずやらないことだ。しかも、ジェイスンがこの課程を修了した二〇〇〇年には、これが全部、固定照準器だった。つまり、先進の光学照準器はなく、ただ銃についている刻み目のついた小さな金属製照準器ごしに銃身の先をのぞいて狙いをつけるのである。これはとんでもなく原始的だ。

しかし、この射場の時間はすべて、彼らにはまだ先の話で、二週目におとずれる。M16ライフルを持たされる最初の週には、ジェイスンは一発も撃たなかった。典型的な海兵隊の几帳面なやりかたで、射撃術課程の第一週目はすべて座学だった。武器の取り扱いの基本、そして空撃ちの練習。彼らは銃身をつかんで、引き金を引き、照準器が震えているか、それとも静止しているかを確かめる練習をした。それは終わりのない退屈な一週間だった。何時間もずっと草の上に座って、ずらりとならんだ五五ガロン入りドラム缶にスプレーで描かれたエコー・シルエット標的(腰から上)を見つめるのは。ジェイスンとほかの何十名という〝新兵《ブート》〟たちは、大きな円を描いて地面に横たわり、標的を銃で狙って、〝撃った〟

M16は半自動式で、その機構はガス圧で作動する。弾薬を発射すると、弾薬の爆発ガスが機構を動かし、つぎの弾薬を装塡する。つまり、実際に弾薬を発射しなければ、爆発もなく、引き金を引いて撃鉄を落とすたびに、手動で装塡ハンドルを引っぱる必要があるということだ。これを一回か二回、あるいは十回やるぐらいは大したことではない。百回、千回となると、退屈なだけでなく、へとへとになる。そこにただ横たわって、引き金を引き、装塡ハンドルを引っぱり、狙いをつけて、引き金を引き、装塡ハンドルを引っぱり、狙いをつけ、引き金を引き、装塡ハンドルを引っぱる。何時間もぶっつづけで、一週間ずっと毎日毎日。

しかも、暑かった。サウスカロライナの春の陽気だ。

第一日目、ジェイスン・デルガードは地面に横たわり、射撃姿勢を取ると、訓練に取りかかった。狙いをつけ、引き金を引き、装塡ハンドルを引っぱる。狙いをつけ、引き金を引き、引っぱる。数分たつと、なにかが耳をむずむずさせる感じがした。やがて、むずむずは、かゆみに変わった。彼は無視しろと自分にいい聞かせた。狙いをつけ、引き金を引き、引っぱる。かゆみはひどくなった。砂蚤《すなのみ》が彼の耳に噛みついていた。〝放っておけ、デルガード。おい、やめるんだ〟狙って、カチン、ガチャ——かゆみはいまや耐えがたかった。彼はライフルから手を離して、右耳を掻きはじめたくてたまらなかった。しかし、それが許されないことはわかっていた。そこに横たわって、がまんしなければならないことは。

「いいぞ」と彼の上から、からかいあざ笑う声がした。軍曹はデルガードの表情にそれを見て取っていた。あの身もすくむような不快感の表情を。「そうだ、食わせてやれ」と彼はつづけた。「連中も食わなきゃならんからな……おれの小さな海兵隊員たちは」射撃教育係たちは、砂蚤のことを知りつくしていた。彼らはやつらを「われらの小さな訓練係下士官」と呼んでいた。

デルガードは空撃ちをつづけ、小さな訓練係下士官は彼の耳を噛みつづけた。

小さな訓練係下士官と大きな訓練係下士官の協力で、ジェイスンはその最初の週に、将来、大いに役に立つことになる種類の規律と自制心を身につけはじめた。それはじつのところ彼の命と、ほかの者たちの命も救うことになる。

ニック・アーヴィングは〈オプション40レインジャー契約〉で陸軍に入隊したとき、まだひどく痩せっぽちな男で、体重はかろうじて四七キロに達したところだった。彼はよく一日三度のちゃんとした食事をとらなかった。十代のころは普通、しっかりと食事をするのは一度だけで、それからキャンディーなどの手間のかからないカロリー食品を軽食につまんでいた。彼はとにかくそれほどたくさん食べなかった——陸軍の食堂にやってくるまでは。基礎訓練の十週間で、ニックはさらに一八キロ近く太った。そのほとんどが筋肉だ。

実際には、それは彼独自の地獄の苦しみを悪化させただけだった。

ニックはSEAL隊員になるつもりで、過去数年間は水泳で自分を鍛えることに努力を集中してきた。陸軍の歩兵になるために必要な重い荷物を運ぶ重労働にそなえた訓練はしていなかった。いま彼は三五キロから五五キロのリュックを背負って、コンクリートの道を駆け足で上り下りしていた。じきに彼はひどい脛骨過労性骨膜炎を発症し、それは脚の骨の広範囲におよぶ一連の小さな骨折へと進行した。

一八キロの体重増加はニックを〝棒人間〟から、あなどりがたい男に変えた——しかし、それは同時に、傷ついた脚にさらに多くの負担をかけた。毎朝起きると、両脚はひどく腫れ上がり、激しく痛んだ。ついには痛みは耐えがたくなった。ニックは両親に電話をかけて、どんな状態かを説明した。

「ねえ、こんなことやれるかどうかわからないよ」と彼はいった。

「いいか、聞くんだ、ニック」と彼の父親はいった。「これは小学校のころからのおまえの夢だったんだぞ。泣き言をいわずに、つづけるんだ——そして、痛みがあまりにもひどくなって、おまえの脚がもげたら、そのときはやめていい」

ニックは聞き入れた。彼は自分がやめるとしたらそれは両脚が本当にもげたときだと心に決めた。あるいは、結局、死んだときだ。〝やれやれ、おれは本当に死にたいよ〟と彼はこの暗澹《あんたん》たる日々のあいだ、ときどき考えたことをおぼえている。

基礎訓練を終えたら、ニックはまっすぐ空挺学校へ進むことになっていたが、体調のせいで延期せざるを得なかった。医師たちは彼に、疲労骨折が治るのに六カ月から一年は見る必要があるといった。「話にならない」とニックはいった。「六カ月から一年なんてありませんよ。一カ月かけて、その時点でどれだけ治っているにせよ、それが治った状態ということです。もし脚がもげるんなら、もげますから」

その言葉どおり、彼はきっかり一カ月休暇を取り、それから整備員（パラシュート）学校へ行って、そこで実際の降下にくわえて、一日に最大約一〇キロか一三キロを走っていた。脛骨過労性骨膜炎が、骨折と腫れと痛みとともに再発した――さらに、彼の受難の山にもうひとつの追加要素がくわわった。恐怖だ。

彼は脚の苦痛を押して進むことができた。しばらくすると、脚は完全に感覚がなくなった。しかし、降下そのものは？　それは話がべつだった。

じつはニックは極度の高所恐怖症だった。屋根板を修理するために屋根に這いでるだけでも、いまにも気を失いそうな感じがした。高さ三メートル以上のものはなんでも彼を心底怖がらせた。しかも、彼は三メートルよりはるかに高いところに行こうとしていた。

学生は実際の降下前に、自由降下を模擬体験するために、AC－130輸送機の実物大模型に上る。これは地面から一二メートルしか離れていないし、彼らはずっとハーネスにバックルで留められている。それでも、ニックはあまりにもがたがた震えるので、ほとんど訓練をやりとげられなかった。

まもなく、彼は本物のAC-130に乗って高度一五〇〇フィート（約四五〇メートル）を時速二〇〇マイル（約三二〇キロ）で飛行しながら、膝がひどくがくがくするのを感じていた。彼がひどい高所恐怖症であることを知っている教官のひとりが、彼を列から引っぱりだした。「おい、新兵、なんだと思う?」と彼女はいった。「おまえが最初に飛びだす男になるんだよ」

ニックはほかの学生といっしょに列の先頭で飛行機のベンチに腰掛けた。やがて恐ろしい言葉がやってきた。「降下者は用意せよ。立ち上がれ。フックをかけろ」彼らは自動曳索にフックでつながれることになっていた。それはつまり、彼らのかわりにパラシュートが自動的に開かれることを意味する。リップコードを引いて、数を数えるとか、そのほかの手順の操作方法を心配する必要はない。ただ正しい姿勢をつづけるだけでいい。両膝を合わせ、肘を引っこめ、顎を胸につけて、パラシュートの縛帯と吊り索をつなぐライザーがくりだされたとき、ライザーの摩擦で火傷しないようにする。

彼らは立ち上がり、曳索にフックをかけた。教官はAC-130の大きな側面ドアを開けて、ニックをそこに立たせた。彼のブーツの先は、ドアの縁を越えて垂れ下がった。

「下を見るな」と声がいった。「地平線を見るんだ。下を見るんじゃない」

ニックは下を見た。

あらゆるものが下のほうでじつに小さく見えた。ニックには、〝こんなのは正気じゃない!〟と思う時間しかなかった。そのとき緑のライトが点灯して、背後で教官が彼のケツを蹴飛ばし、彼は飛びだした。彼がこれまで学んだあらゆること、やれと指示されたあらゆることが、頭からきれいに消し飛んだ。彼は錘のように落ちて、ひどい姿勢を取り、ぶざまに着地した。それでも彼は意識を失わず、五体満足で、地面にたどり着いた。これは彼の最悪の降下とはほど遠かった。

それはまだ行く手で彼を待ちかまえていた。

地獄の段階はあまりにも多く、時間はあまりに少なかった。

空挺学校のあとは、レインジャー教化課程（略してRIP。のちにレインジャー評価選抜課程、略称RASPと改称された）と呼ばれる一カ月の選抜課程がやってきた。その目的は、意志の弱い候補者を取りのぞくことである。学ぶことはそれほど多くない——基本的な地図の見かたと、武器取り扱いが少々で、すべてはきわめて基本的な内容だ。実質的には、これは三十日プラスの残酷な体育訓練だった。第一日目には、四五キロの装備をかついで半マイル（八〇〇メートル）走をする。同期生は約八十五名でスタートして、六十名が第二日目に進めなかった。

教化課程はレインジャー候補者にとって、SEAL隊員志願者にとってのBUD／S訓練のようなものだ。教化課程の中間ぐらいで、誰もが恐れる箇所がおとずれる。〈コール・レンジ〉と呼ばれる段階が。これはSEAL隊が〈ヘル・ウィーク〉と呼ぶもののレインジャー版である。〈コール・レンジ〉自体は、フォート・ベニング基地のはずれの辺鄙《へんぴ》な訓練区域である。そこへは車で行くのではない。リュックを背負って歩くのである。

ニックと仲間たちは、そこで一週間持ちこたえるのに必要なあらゆるものを荷造りして、出発した。施設に三時間以内に到着しなければ、自動的に放りだされる。距離は二〇キロほどだった。その日は暑く、気温が三八度近くあった。訓練区域までの距離の半分ちょっとをすぎたあたりで、ひとりの男がぶつぶついいだした。誰も彼がなにをいっているのかわからなかった。一分後、彼は叫びだした。それから気を失って地面に倒れ、意識を取り戻して、懇願しはじめた。「おねがいだ、誰かおれのケツに体温計をつっこんでくれ」

彼らはブーツを脱がせてやり、彼の足が汗でびしょびしょなのに気づいた。彼は足を濡らしたくなかったので、ラップで包んでいたのだ。

〝本気かよ?〟とニックは思った。〝馬鹿なことを考えたもんだなあ、おい〟

彼らは体温計をそのとおり彼のケツに差した。内臓の温度は四〇度を超えていた。彼らは病院に彼をつれていき、軍から放りだした。

一団が訓練区域についたときには、全員が脱水状態で、ニックの筋肉はそれ以前も以降も経験したことがないほどひどく攣《つ》りはじめた。彼はそれをすばやく治した。彼らが到着するとすぐに体育訓練が待っていた。腕立て伏せに腹筋、ランニング、そしてさらにランニング——バディ・ラン、目に入ったいちばん大きなやつを持ち上げて運び、二マイル(三・二キロ)運んで駆け戻り、さらに腕立て伏せ、さらに腹筋、さらにランニング。終わったと思うたびに、訓練はつづく。これが八時間つづいた。

やっと睡眠時間になった。ただし横になることはおろか、座ることさえ許されなかった。唯一の選択肢は、立ったまま眠ることだった。しかも、そうする時間は十五分しかなく、そのあとは

――なんだと思う？――また体育訓練の時間だった。

訓練は果てしなくくりかえされ、一週間近くつづいた。

ある時点で、訓練幹部はコーヒーとホットチョコレートといっしょに熱々のピザを取りだし、そいつは、ああ、じつにいい匂いがした。彼らがこの時点で持っていた食料は、少量のMREだけだった。インスタント食《ミール・レディ・トゥ・イート》、標準の軍用携行食糧だ（わたしは、複数の軍種と国籍の軍人と施設にいるあいだに、何カ月もずっとMREだけ食べて暮らしたことがあるが、そのとき学んだことがこれだ。この豚の餌は誰とも交換できない。ただでくれてやることさえできないのだ）。

「なあ、おまえたち」と教官のひとりがいった。「ピザはいらないか？　ほらここにあるぞ。ひとりをこっちへよこすだけで、残りのおまえたちの分も持っていける」

ニックは、その言葉に引っかかって隊列を離れたら、どっかーん、おまえはアウト、おしまい、クラスから放りだされるとよく知っていた。そのピザは彼らが食べるためにそこにあるのではない。彼らを責めさいなむためにあるのだ。

ある日、彼らはついにまだ脱落していない候補者たちを集め、こういった。「ようし、おまえたち、終わりだ。おまえたちは〈コール・レンジ〉を切り抜けた。われわれはおまえたちが武器を手入れして、本物の飯にありつき、残りの訓練をつづけられるように、基地に戻る」

全員が大きな二トン半トラックの後ろに乗りこみ、出発した。疲労困憊した候補者たちは全員、トラックの荷台にへたりこみながらも、おたがいにハイタッチをした。「イェーイ！　やったぜ！」

その三十分後、トラックは急停車した。後部をおおっている幌がはずされ、トラックの荷台に明かりが差しこんだ。男たちはばらばらと外に出て、あたりを見まわした。

彼らは〈コール・レンジ〉にいた。

ぜんぜん終わっていなかった。彼らはまさしく出発した地点に戻っていた。トラックは大きな円を描いて走っていた。教官たちは彼らをただもてあそんでいたのである。

「こんなのできるもんか」ニックはクラスメイトのひとりがうめくのを聞いた。「ぜったいに、やめてやる」彼の意気はくじかれていた。

彼らはその日、かなりの人数を失った。

その数日後、彼らは雨の屋外につれだされ、野戦救急外傷治療を行なう練習の準備をととのえた。彼らはそこで、くたくたに疲れ、何日も眠っていないというのに、静脈注射をおたがいに刺そうとし、鼻咽頭気道チューブ（ＥＰＡ）をおたがいの鼻につっこんだ。失敗の連続で、見られたものではなかった。

その日もたくさんの者がやめた。

ニックのレインジャー教化課程は八十名ちょっとではじまった。彼が卒業したときには、彼のほかに六名しか残っていなかった。

上級軍事訓練は、人を打ちのめすだけではない。人を徹底的に調べ、あらゆる欠点を探り、最大の弱点を探し求め、それからまさにその弱み を攻撃する。

スタート時点ですでにすばらしい体調にある一部の者にとっては、〈ヘル・ウィーク〉や〈コール・レンジ〉のようなものは大した問題ではない――彼らはまさに自動操縦のように進んで耐え抜く――が、プール能力テストになると、彼らはパニックにおちいる。背中を向けてプールの縁に座り、クラスメイトがおぼれているのも同然な状態にあるのをじっと聞いているのである。これでたくさんの者がふるい落とされる。わたしにとって、プール能力テストは大した問題ではなかった。わたしは水のなかで育ったからだ。しかし、銃器をあつかう経験はあまり積まなかったので、あきらかにクラスのなかでも射撃の下手くそなほうのひとりだった。その欠点はわたしをあやうく叩きつぶすところだった。こっちから欠点を叩きつぶしてやると意識的に決意するまでは。

誰にも弱みはある。

ニック・アーヴィングにとって、それは高所だった。

レインジャー教化課程を修了したことによって、ニックは巻物状のレインジャー肩章《スクロール》を獲得し、いまやレインジャー隊員として現役勤務につき、六カ月の事前訓練のためのローテーション入りした。フォート・ベニング基地でチャーリー中隊に配属されて数日後、ニックは空港奪取訓練に参加した。これはレインジャー部隊の専門分野のひとつである。戦争が勃発すると、レインジャー部隊は飛行場に降下してこれを占領し、到着するほかの部隊や、開通する補給線、そのほか本格的な軍事作戦を開始するのに必要なすべてのもののために道を開く。

彼らは夜間に降下する予定だった。ニックはＭ２４０機関銃手をつとめることになっていた。Ｍ２４０はすばらしい武器で（さかのぼること二〇〇二年にロブ・ファーロングのチヌーク・ヘりの前方ドア銃手がかまえていたのと同じ機関銃だ）、ニック自身とほとんど同じぐらいの丈があり、弾薬抜きで一二キロ近い重量がある。機関銃に、彼が作戦で必要になるあらゆる装備、脛に装着された千発の弾薬入りのアサルト・パック、銃ケースに詰めこまれたいつもの装備、ヘルメット、暗視装置、さらに背中のパラシュートをふくめると、ニックはゆうに四五キロ以上のよぶんな重量を携行することになった。

C－17輸送機に乗りこみながら、ニックは心のなかでつぶやいた。〝おい、気合いを入れろよ、これはおまえの大隊で最初の大がかりな降下だぞ〟降下の合図が出た。彼は外に飛びだすために開いたドア口のほうを向いたが、漆黒の壁しか見えなかった。彼は自分たちが時速八〇〇キロ以上で飛行していて、自分は地上高くにいるという事実を極力考えないようにした。ここは自分の家の屋根よりずっと高い、それはぜったいにまちがいない。

彼は飛びだした。

風が顔に叩きつけるのを感じ、彼はカウントをはじめた。

〝ワン・サウザン……トゥー・サウザン……スリー・サウザン……フォー・サウザンで彼のパラシュートは開くことになっていた。ちょうどそのタイミングで、なにかが解き放たれて背中で急上昇していく衝撃を感じた。

万事順調だ、と彼は自分にいい聞かせた。もう向きを変えられるはずだった。しかし、そうなってはいなかった。

〝ファイブ・サウザン……〟

彼はまだすさまじい風の音を聞いていた。

チームメイトたちが無線機で自分に向かって叫んでいるのも聞こえることに気づいた。「予備傘を引け！　予備だ、予備！」見上げると、大きく開いたパラシュートではなく、巻き煙草のようなものが見えた。布の巻き煙草だ。パラシュートは開いていなかった。上には、風にむなしくはためく布地の長い巻物以外なにもなかった。

〝こいつはやばい〟

彼は手をのばして、予備傘を引いた――そして、すべては超スローモーションになった。

スプリングがはじけるのが見え――

そしてパラシュートが彼の脚の高さまですべり落ち――

それから自分で開いて――

それから上昇し、彼の頭上で展開する――

ただし、ライザーが、パラシュートの実際の布地につながっているあの紐が、どういうわけか彼の左脚と武器ケースの下でからまっていて、急上昇しながら同時にニックの左脚もぐいと上向きにひっぱった。いまや、彼は地面に向かって急降下しながら、縦一八〇度の開脚をしていた。右脚は真下に垂れ、左脚は左膝にキスできそうなほど高々と引っぱり上げられている。正しい着地の準備をすることはおろか、向きを変えはじめることもできなかった。おまけに、その脚が、これがまた痛かった。引っこ抜かれようとしているような感じがした。

ニックは下を見て（「下を見るんじゃない！」）、コンクリートの滑走路の広がりが自分を出迎えるためにぐんぐんせり上がってくるのを目にした。近くには数機のF－16が薄暗がりにつつまれて駐機しているのが見えた。そして、たくさんのコンクリートが。

彼は思った。〝こいつは本当にひどいことになりそうだ〟

彼は思った。〝おれは脚を折るな、そいつははっきりわかる〟

予備傘は主傘とちがって向きを変えられるようにはなっていないが、ニックはとにかく自分の軌道をあのコンクリートの目標からそらそうと必死にもがきつづけ、予備傘をひっぱって、水平方向の動きをいくらか得ようと最大限努力した。

むだだった。

彼は迫り来る衝撃を吸収するのを助けるために、右脚を少し曲げようとした。脚は動かなかった。いま彼は三〇メートルの高さにいた……そして二三メートル……母さんのことが脳裏にひらめいた。母さんはいつもおまえの仕事は危険すぎると思うといっていた。〝あんたはこういうのには若すぎるわ、ニック〟と彼女はいった。〝いつかけがをするわよ〟

高度一五メートルで、彼は声に出していった。「ああ、もう、母さんに殺される――」

するとそのとき、彼は大きなパン！　という音を聞いた。

〝あれはおれの膝だ〟と彼は思った。〝あの脚はこれでおしまいか〟

まだせっせと風をとらえる仕事をしている予備傘がいまやニックを滑走路上で引きずりはじめ、彼の衣服をずたずたにし、ブーツの靴底を舗装面に激しくこすりつけたので、靴底が溶けるほど熱くなった。ニックは必死にパラシュートを切り離そうとしたが、身体にからまっているせいで縛帯をはずすことができず、パラシュートは彼を飛行場にこすりつけつづけた。携行しているナイフに手をのばそうとしたが、ナイフはブーツにつけてあり、ブーツはまだライザーの一本の内側に引っかかっていた。

彼は恐怖に襲われた。黙って見ている以外になにひとつできることはなかった。彼は一面の大見出しを思い浮かべた。〈陸軍レインジャーの第一日目にニック・アーヴィング死刑宣告〉

やっと彼は引きずられながら停まった。

彼の部隊の人間たちが完全にパニック状態で駆け寄ってきた。「いったいどうした、おい、だいじょうぶか?」

ニックはうつぶせに横たわっていた。するどい痛みが背中を切り裂く。彼のチームの面々が彼を取り囲み、ひとりが膝を調べはじめた。奇跡的に膝は折れていなかった。彼が聞いたあのパン！という音は結局、膝がたてたものではなく、ブーツがコンクリートにぶつかった音だった。彼の衣服は、腰から下が裂けてずたずたになっていた。滑走路を引きずられたせいで、彼は黒いスリップ痕でおおわれていた。ブーツの靴底は溶けて、はがれている。彼はひどいありさまだった――しかし、なにひとつ折れていなかった。

彼らはいった。「けがはないか?」

自分には選択の自由があると、彼は思った。

彼にはこういうこともできた。「もうやめた、これでおしまいだ、もう二度と降下なんかするもんか！　悪いな、みんな――おれは出ていくぜ！」あるいは、愚痴をいわずにがんばることもできた。

　これは、いうなれば、まったく選択の余地がなかった。

「ああ」と彼はできるだけさりげなくいった。「けがはないよ」彼は立ち上がると、散らばった装備をかき集め、動転した気をおちつかせて、グループの残りと合流するためよろよろと歩いていった。ぴんぴんして、永遠に人が変わって。


　使いものにならない肩をかかえてオーストラリアから帰ってきたロブ・ファーロングは、ボスニアでの任期をつとめあげると、カナダへ戻り、そこで理学療法の厳しいスケジュールに遅れずについていった。射撃ができるまでに腕が回復すると、射場に戻った。三週間の降下課程を楽々とこなし、第三大隊の空挺部隊であるアルファ中隊に進んだが、そこでは彼は新米だったので、誰もがすぐに彼を毛嫌いした。彼は口をつぐんで、床を掃き、装備を整備して、できるだけ目立たないようにした。頃合いを見計らって、彼は偵察訓練課程に参加することに興味を表明した。司令部は彼の希望を認めた。

　偵察訓練は二カ月の課程で、待ち伏せと強襲に大きな比重が置かれている。その内容は、地文航法（BUD／S訓練と同様の）やサバイバル、空挺作戦、水上潜入、そのほかをふくんでいた。脱落率は高かった。

　訓練が困難を超えて、骨の髄に達しはじめるのは、この段階である。SEAL隊員にとっては、BUD／S訓練と、それにつづく上級SEAL訓練がそれにあたる。レインジャー隊員には、レインジャー学校がそれだ（ニック・アーヴィングにとっては、まだ先の話だが）。ロブにとって、それは偵察学校だった。期間はわずか二カ月だが、そのペースは休みなしだ――週末にのんびりすることも、夜に休息をとることも、ペースを変える座学もない。たえまなく、中断することもない、ひとつの能力テストだった。五日間ずっと食事も睡眠もなしの（水だけ）、背嚢を背負った、誤差を許さない厳格な任務。ロブがはじめて歩きながら眠りに落ちたのは、偵察学校だった。彼はこの二カ月間が、かつて経験したなかでもっとも肉体的にきつかったといっている。

ロブの偵察学校は、ワシントン州フォート・ルイス基地で、グリーンベレーの訓練幹部の支援を受けて実施された。それは二〇〇〇年十月のことで、十月のフォート・ルイスは毎日が雨だ。兵士たちはずっとずぶ濡れだった。あるとき、グリーンベレー隊員たちが彼ら全員を集めて、森の奥で野営した。男たちは全員、びしょ濡れで、凍えるように寒く、みじめな気分だった。野営のどまんなかでは、大きな焚き火が燃えていて、教官たちは全員、まわりに立ってくつろいでいた。

〝ちょっと待て〟とロブは心のなかでつぶやいた。〝この光景にはどこかおかしなところがある〟彼らの拷問者役は、いつものとげとげしいムードでないだけでなく、どうやら軽口を叩いて楽しんでいる様子だ。それになぜ彼らは芯まで冷えた身体を少し温める機会を学生にあたえようとしているのか？

「なあ、おまえたちのためにちょっとしたランチを用意してあるんだ」と教官のひとりがいった。

誰も言葉を発しなかった。本当なのか？　暗闇に差す一条の日差しか？　それとも引っかけか？

その教官はロブのチームメイトのひとりのほうを見て、こういった。「おい、ハグランド、あっちに青い蛍光スティックがある、小道のすぐ先だ。そこにおまえのランチがある。ひとっ走り行って、取ってこい」

ハグランドは小道に消えた。しばらくして、ほかの者たちは彼が叫ぶのを聞いた。「なんだこりゃ?」それから、ばたばたともがく音が聞こえ、そのあと誰も予想していなかった音がした。あわてふためいた、めんどりのコッコッという鳴き声が。つぎの瞬間、それは、はじまったのと同じように唐突に止まった。

しばらくして、ハグランドが、かんかんに腹を立てて小道をずかずかと戻ってきた。片手には岩に見えるようなものを持っていたが、それは実際には、じゃが芋だった。もう一方の手には、彼が首を折ったばかりの、ぐったりとして生温かい鶏をぶら下げていた。これが彼らの夕食だった。ひとりひとりが生のじゃが芋一個と生きた鶏一羽をもらった。それから四日間、これだけだった。

これはきわめて現実味のある訓練であり、彼らに真剣な脱出生還戦術を教えた。どうすれば生きのびられるか? 敵対的な地域でたったひとり原野に放りだされたら、鶏とじゃが芋はじつにすばらしい食料だ。実際、そうした状況では、そんな贅沢品を手に入れられたら幸運だろう——ロブがのちに直接学ぶように。

いろいろな軍事訓練の経験のなかで、この偵察課程がいちばんひどかったと、ロブはいっている。「そこに座ってずっと人生を憎んでいるんだ」と彼はいう。「こういった超一流のサバイバル戦術を学ぶのはわくわくするが、それと同時に、『おれはいったいなぜ自分にこんなことをしているんだ?』といいつづけているのさ」

みじめな気分にもかかわらず、ロブはこの課程でかなり優秀な成績をおさめ、カナダのアルファ中隊に戻ったときには、彼はほかの者たちが自分にまったく新しい水準の敬意をいだいているのに気づいた。まだかなりの若手だったが、射撃のキャリアで優秀な成績をおさめ、空挺中隊に入り、そこでも優秀な成績をおさめて、偵察課程に送られ、そこでも衆にぬきんでていた。

それでもなお、ロブにとって偵察課程を修了することは、もうひとつの足がかりにすぎなかった。

つぎの停車駅は、偵察小隊である。

PPCLI連隊の偵察小隊は単独で活動し、必要とされるどんな役割でも大隊を支援する。たとえば、大隊所属の中隊のひとつが空挺侵入あるいは水上侵入を計画していて、前もって偵察を行なう必要がある場合、彼らは偵察小隊を呼ぶ。

小隊には、長期にわたる偵察を専門とする長距離偵察チームがある。これは敵戦線の後方に入りこみ、そこに長い期間、留まる典型的な偵察任務を遂行する連中だ。彼らは隠密行動や観測、サバイバル術を専門としている。

さらに、降着誘導隊がある。超高度の訓練を受けた部隊で、上陸拠点および水上の侵入、空挺およびヘリ作戦、潜水侵入、あらゆることを叩きこまれている——わが軍のSEAL隊と同様の部隊だ。

それから狙撃手がいる。

偵察小隊のなかでさえも、狙撃手は独立した人種だ。ただ偵察課程を出て、そのまままっすぐ狙撃班に入るわけではない。通常は、さらなる狙撃訓練を修了しなければ、挑戦する資格があるとさえ見なされない。ついでにいえば、ほとんどの偵察課程の修了者は、偵察小隊に入ることさえまったくない。偵察課程を修了しても、偵察資格を得たことにしかならない。そのあとどこかへ進むことを保証するわけではないのだ。それに、ロブは自分の野心をおおやけにするつもりはなかった。彼は現状を理解していた。黙って、プロ意識を持ち、仕事をこなして、機会を待て。なぜなら自分の前にはほかの者たちがいるからだ。自分の部隊のほかの人間を飛び越えようとしていると見られたら、悪い評判が立つだけだとわかっていた。彼は黙って自分の真価を証明し、機会を待たねばならなかった。

しかし、ロブが知らなかったのは、組織のはるか上にいる人々がしばらくのあいだ彼を注意深く観察していたことだった。この若造は射撃の腕が立ち、きわめて確かな人物だという噂が広まっていた。

一九九九年、ボスニアで外地勤務中に、彼はカナダ兵やイギリス兵、チェコ兵をふくむさまざまな国の狙撃手と二週間の集中課程に参加するよう招待された。彼はもうひとりのカナダ兵といっしょに出向いた。その時点ではふたりとも狙撃手の資格は得ていなかった。そして、もっと経験豊富なイギリス兵やチェコ兵を叩きのめすとまではいかなかったが、彼らにひけは取らなかった。あきらかに、これは彼らが将来、狙撃手の器となる可能性があるかを確かめるための一種のリトマス試験紙だった。ロブは偵察課程を修了するまでそのことを知らなかったが、上層部は、もし彼が偵察課程を修了したら、彼を狙撃班に入れて、ただちに実地訓練を開始するとすでに決めていた。

この知らせを聞いたとき、ロブは気分が高揚して、喜びに打ち震え、有頂天になった。しかし、同時に、偵察課程を修了して狙撃班に受け入れられるのは、はじまりにすぎないことを知っていた。それはBUD／S訓練を修了したようなものだった。訓練は過酷で、修了したらたしかにすごいが、それは実際には入学試験にすぎない。まったく冗談抜きにサディスティックな入学試験ではあるが、それでもはじまりにすぎない。

それを修了したら、そのとき本当の訓練がはじまるのだ。

ロブ・ファーロングと同じように、ジェイスン・デルガードは海兵隊の新兵訓練所に足を踏み入れた日、すでに自分がどこを目指しているのかを正確に知っていた。基礎訓練のつぎは、歩兵学校（SOI）が待っている。七週間の海兵隊暮らし、さらなる戦闘戦術と武器訓練その他もろもろ、そしてもちろん、さらなる容赦ない体育訓練。そのすべてをデルガードはスプーンで平らげ、やりおえるのが待ちきれなかった。彼には終盤が頭にあった。

海兵隊はその偵察狙撃手課程で名高い。海兵隊はヴェトナム戦争以来ずっと、アメリカ軍の狙撃手技能の最先端に立ちつづけてきた。ジェイスンは陸軍とSEAL隊の両方への扉が閉ざされた結果、ほとんど偶然に海兵隊に着地点を見つけたが、これは完璧な道であることがわかりつつあった。

最初に海兵隊狙撃手訓練を開始するとき、学生はＰＩＧと見なされる——専門的な指導を《プロフェッショナリー・》受けた《インストラクテッド・》銃器携帯者《ガンマン》である。狙撃学校を卒業するとき、やっと学生はＨＯＧになる——銃器携帯者《ハンター・》たちのハンター《オブ・ガンメン》に。ジェイスンが訓練の課程を進んでいたときには、若いＰＩＧたちは各自の所属大隊で固有の狙撃手課程の教化訓練を修了していた。教化訓練のなかには、一日つづくものもあれば、二日ないし三日つづくものもあった。それは個々の部隊によった。教化訓練は短かったが過酷だった。向上心に燃えるＰＩＧが十八名か二十名、訓練に挑んだとすると、通常は三名か四名が最後までやり抜き、残りの全員はＤＯＲ（希望により脱落）した。

ジェイスンは肉体的な要求はへっちゃらだったが、性格の面でつまずいた。ローズというＨＯＧがジェイスンの懸垂の回数を数えていた。ある時点で、ローズ教官はつづけて同じ回数を口にし、それからまた同じことを、そしてまた同じことをくりかえした——懸垂をするたびに、彼は同じ回数を口にしつづけた。デルガードはおれがヒスパニック系だから落第させようとしていると思った。彼は冷静さを失い、この教官に見くだしたような言葉を投げつけはじめた。

もちろん、彼の民族性はなんの関係もなかった。それは教官が起こさせようとしていたデルガード自身の勝手な思いこみにすぎなかった——しかも、それは偶然ではなかった。ローズ教官は学生《ＰＩＧ》の鎧の隙間をあの手この手で探していた。そして、それを見つけたのだ。

海兵隊にはこんな格言がある。神聖なものはなにひとつない。なにひとつ、誰ひとり。これは訓練の一部だった——誇りや自尊心、冷静さをはじめとするあらゆるものが奪われる可能性があったが、それでも能力を発揮しなければならなかった。彼らはありとあらゆるものを冗談の種にした。母親、妻、ガールフレンド、子供――しかも、その冗談はきまって卑猥なものになった。ぜったいに腹を立てたり、反応したりしてはならなかった。若い海兵隊員はこれをおたがいに何度もくりかえしやって、しまいには相手が自分を怒らせようとしているのかどうかさえわからなくなるほどだった。というのも、こっちは笑って、調子を合わせるだけだからだ。この訓練は彼らに重圧下での冷静さ、忍耐、そしてあまり真剣に考えないという貴重な処世術を教えた。さらに重要だったのは、たとえどんな状況であろうとも能力を発揮しなければならないと教えたことである。

「この一件のせいで、わたしはあのけんか腰の態度を捨てることになったんだ」とデルガードはいっている。「なんの得にもならないと学んだのさ。われわれがああいう人種差別のひどい言葉をぶつけられるかって？　もちろんだとも。山ほどお見舞いされるさ。だが、軍隊で成功している人間は、それを受け流せる人間なんだ」

これは貴重な教訓だった。そしてジェイスンを教化訓練から締めだすことにもなった。教化訓練委員会から「不可」の票をもらったことは、これまでジェイスンが経験したなかでも一、二を争うつらい出来事だった。それはまた彼が経験したなかでも屈指のすばらしい出来事でもあった。

彼は自分の小隊に戻り、つぎの一年をかけて自分の真価を証明した。射撃班の班長を引きつぎ、さらに進んでＭＯＵＴ（都市地形における軍事作戦）の教官になるために選抜された。ＭＯＵＴ

はかなり新しい概念だった。海兵隊全体の教育課程で、近接戦闘（ＣＱＢ）をはじめとして、目標の特定から、引っかけ梯子の使用、さらには下水や配管、浄水場のような地域の社会基盤管理技術の講習まで、都市に焦点を合わせたあらゆる種類の強襲テクニックを組み合わせたものだ。これは、とくに若い人間にとっては、きわめて指導的な役割で、ジェイスンは多くの人間から一《いち》目《もく》置かれるようになった。

彼は目標もけっして見失っていなかった。彼は狙撃手になりたかった。

彼の仲間のひとりは教化訓練を修了し、狙撃小隊に入っていて、彼を通じて、ジェイスンはやがて上級狙撃手の何人かと親しくなった。ＭＯＵＴの教官として、彼はこのときまでに多くの狙撃手を教えていた。彼は実績と評判を築いていた。もっとも重要だったのは、あのけんか腰の態度を捨てる努力をしていたことだった。

ついにその日がやってきた。彼は二度目の教化訓練に戻り、今回の訓練は二日つづいた。おしまいに、教化訓練委員会が合格者を投票するときがおとずれると、ジェイスンはまたしても否決された。ただし、今回は小隊の先任狙撃手であるジャック・コグリンが、彼らの投票をくつがえした。「いいか、これは若造の二度目の挑戦なんだ」とジャックはいった。「彼は猛烈に努力してここにたどりついたし、戻ってまた挑戦するほど謙虚だった。彼には熱意がある」

ジェイスンは努力によって二度目の挑戦でかろうじて合格した――しかし、それで終わりではなかった。

この二度目の教化訓練では、狙撃小隊の欠員を埋めるだけのＰＩＧが誕生しなかったので、司令部は教化訓練をもう一度やることにした。そして、その若造たちが試練を受けているあいだ、ジェイスンをはじめとするＰＩＧたちをなにもしないでぶらぶらさせるつもりはなかった。そこで、ジェイスンはすでに合格していたにもかかわらず、さらにもう一度、教化訓練をやり抜くことになった。ただしこの訓練は別物だった。小隊はたまたま沖縄に展開することになっていた。ジェイスンにとってははじめての現役の外地勤務である。このつぎの教化訓練は、そこで行なわれる。しかも、その訓練は一日つづくのでも、二日つづくのでも、三日つづくのでさえない。

この訓練は六カ月つづいた。

彼らは五日間、六日間ずっとジャングルに入り、一日海兵隊基地に戻ってきて、着替えをして街にくり出し、ちょっと騒いだあと、また出かけていき、もう一度最初からやりなおすのである。彼らは実質的にジャングルで暮らしていた。

朝はいつも、三マイル、四マイル、五マイル、とにかく教官がその朝、気が向いた距離の背嚢走ではじまる。各人のリュックサックには、〝ＰＩＧの卵〟が入っていた。ぱんぱんに詰めて、ダクトテープでぐるぐる巻きにした土嚢である。その目的は？　ない、ただの余分な重荷だ。どこへいくにも、ＰＩＧの卵はついてくる。たまたま無線装備を運ぶ役であろうが、余分な水を運ぶ役であろうが、関係ない。この一八キロのうんざりするＰＩＧの卵もいっしょに運ばねばならない。しかも、沖縄の湿度は尋常ではなかった。彼らはいつも海のなかを走っていたような姿で戻ってきた。

授業は海兵隊の訓練の裏側を見せた。完璧さへの異常なまでのこだわりと残忍さの組み合わせだ。彼らは毎日、連続して授業を受けた。ときには以前すでに受けた同じ授業を。狙撃学校自体は十二週間しかつづかなかったが、この教化訓練は六カ月まるまるあり、あらゆることを三回か四回くりかえして学んだ。授業の題材を一語一語、暗唱できるほどに。実際、それが彼らの必要条件のひとつだった。「ｉｓ」ひとつ、「ａｓ」ひとつ、「ｔｈｅ」ひとつ、まちがってはならなかった。たとえ複数の段落を一度に暗唱するときでも、すべてはあるべき場所になければならなかった。

そのうえ、彼らはたえず容赦なくテストされた。市内のどこかを車で走っていると、上級ＨＯＧのひとりが突然こういう。「いま七台の車を追い越した——それぞれのメーカーと車種、そしてどんな人間が運転していたかを答えろ」彼らの頭は、身体と同じぐらいたえず訓練を受けていた。本格的な狙撃学校のようだったが、これは狙撃学校ではなかった。

実際の狙撃学校に進むときには、じゅうぶんすぎるほどじゅうぶんに準備ができているだろう。すくなくとも、ジェイスン・デルガードはそう考えていた。

ニック・アーヴィングが二〇〇五年後半に所属の大隊にくわわったときには、イラク戦争は完全な交戦状態にあった。六カ月の事前訓練のあと（あのひどい降下をふくめ）、ニックは銃手とストライカー装甲戦闘車輛の運転手としてイラクに三カ月展開し、それからさらに六カ月の訓練のためアメリカ本国に戻り、その後、二度目の展開でイラクに戻って、それからまた帰国した。このサイクルは——六カ月の訓練と三、四カ月の展開のローテーション——は、二〇〇八年までくりかえされ、そこで彼は、この四度目の展開から帰国したら、レインジャー学校へ行くという知らせを受け取った。

〝ちくしょう〟というのが、彼の頭に浮かんだ最初で唯一の考えだった。

アーヴィングは制服に巻物状のレインジャー肩章《スクロール》をつけていたが、あの誰もがあこがれる〈レインジャー〉資格章はまだつけていなかった。レインジャー学校を修了して、いまは一人前のレインジャー隊員であることをしめす資格章は。それでも、レインジャー学校を本気で楽しみにしている者は誰もいない。

レインジャー教化訓練が地獄なら、六十二日間のレインジャー学校は、その経験をもう一度最初から、ただしもっと深く掘り下げてやりなおすことだった。平均すると毎晩十五分から三十分の睡眠で（しかも幾晩かは睡眠時間ゼロで）、ニックはじきに基礎訓練当時に増やした体重をすべて失った。

最悪の状態は、三つの段階（地上段階、山岳段階、砂漠段階）のうちでおそらくもっとも過酷な山岳段階にあるときおとずれた。彼は約五五キロ分の装備をかついで山地を登り降りしていた。凍てつくように寒かった。このころには彼はほとんど意識が半分しかない状態で、夢遊病者のようだった。彼らは山の斜面を登り、ついに休憩地点にたどりついた。やがて、ニックが警戒にあたる番になった。彼は立ち上がり、夢遊病者のようにふらふらと陣地外辺部に歩いていき、見張りに立った。彼は心に浮かぶ考えをぼんやりと意識していた。おれは……へとへとに疲れて……死にそうだ。

ニックは下を見て、まばたきした。少なくとも、まばたきしたと思った。実際には、彼は目を閉じた瞬間に眠りこんでいた。満ち足りた深い休息がコンマ何秒か得られたところで、突然、はっと目が覚めたが、顔はあと十五センチで地面にぶつかるところだった。そしてつぎの瞬間、本当に地面に音を立ててぶつかった。

しまった、と彼は思った。つい眠っちまった。

彼は起き上がろうとしたが、片足を身体の下に入れたときには、すでに自分がまた眠りこむことはわかっていた。彼は距離を短縮するために、直立した姿勢になるのではなく、そのままの体勢で片膝ついて警戒にあたった。

そして、思ったとおり、また眠りこんだ。

今回、目をさまして地面にぶつかったあとで、彼はこう考えた。もうどうだっていい、おれはとにかく横になるんだ。もし教官に見られたら、もしかして、うつぶせになって、なにかに銃を向けているように見えるかもしれない。

彼は地面に倒れて、できるだけなにかに銃を向けているような姿勢を取ろうとすると、近くの茂みを見上げた――すると、まさに彼の目の前で、茂みが動きだしたのだ！　薄暗がりのなかで、おぼろげな形が人の姿になっていく……それから突然、彼は気づいた。あれは茂みじゃない。ジョージ・フォアマンだ。片膝をついてしゃがんでいる！

〝驚いたな〟と彼は心のなかでつぶやいた。〝あれはジョージ・フォアマンだ〟

ニックはあたりを見まわした。ほかに誰かこれを見ているだろうか？　それに、有名な元プロボクサーのジョージ・フォアマンが、こんなところでいったいなにをしているんだ？

それから彼は気づいた。ジョージ・フォアマンは人にやる気を起こさせるのがうまい演説家として有名だ。たぶん自分たちにやる気を起こさせる話をさせるためにこの山中によこしたのだろう。自分たちが進みつづけるのを助けるために。

もしかすると、自分たちになにか食料をあたえるためにここによこしたのかもしれない。

するとそのとき、人影がしゃべりはじめた。

「やあ、きみ」と人影はいった。「いいかい、聞くんだ——きみはこの〈ジョージ・フォアマン・グリル〉をぜひひとつ手に入れるべきだ」

「もちろんだとも」とニックはしわがれ声でいった。フォアマンが指さしている場所を見ると、彼が肉汁たっぷりの大きなステーキを持っているのがわかった。するとフォアマンはその〈ジョージ・フォアマン・グリル〉を開いて、ステーキを載せ、ステーキはすぐにじゅうじゅういいだした。じつにすばらしい光景で、匂いはもっとすばらしかった。ニックは舌なめずりをした。ほとんどよだれを垂らさんばかりだった。

いや、垂らさんばかりではなかった。本当に垂らしていた。それはまちがいない。そのステーキにかぶりつくのが待ちきれなかった。

それから人影が消えはじめた。しばらくすると、それはただの茂みだった。

ニックはあまりの悲しさに泣きだしそうになった。

レインジャー学校を卒業し、レインジャー資格章《タブ》を勝ち取って帰宅した最初の日、ニックが最初にやったことは、〈ウォールマート〉に出かけて、二十九ドル九十九セントの〈ジョージ・フォアマン・グリル〉を自分で購入し、そん畜生で肉汁したたる大きなステーキを自分のために焼くことだった。彼はいまだにそのグリルを持っている。

ニックは幻覚を起こしながらレインジャー学校を修了した唯一の人間ではなかった。山岳段階のべつな日、彼が稜線にそって歩いていると、いっしょにいた男が突然、跳び上がり、崖にそって全速力で走りだした。一瞬、ニックは彼が飛び降りようとしているのではないかと思った。自殺するつもりではないかと。それから彼はそれを確信した。男は崖の縁に近づくにつれ、本当に加速していたからだ。

しかし、自殺願望があったわけではなかった。彼はフットボール選手で、ちょうどクォーターバックが自分にロングパスを投げるのを見ていたのである（のちに彼がニックに語ったところによれば）。彼は試合に勝つつもりだった。

パスは山の側面をはずれて飛び、ワイドレシーバーはそれを追いかけて突進した。彼は山の側面をはずれて身体を投げだし、両手を広げて、ボールをキャッチした。そして、まっさかさまに落下した。運よく、それほどひどいけがはしなかった。落下の途中で眠りこんだので、身体がぐったりとしていて、最終的に斜面にぶつかったときに、そのままころがったからである。

山岳段階のあいだに、ニックはなにかの悪臭を嗅ぎつけはじめた。アンモニア臭を。彼はその臭いの原因が自分自身だと気づいた。彼の肉体が自身の筋肉をむしばんでいたのだ。ある時点で、彼は水がほしくてたまらなくなり、生水を規定どおりにヨウ素の錠剤でまず浄化しないで、山の渓流から直接飲んだ。おっといけない。野営地に戻ると、ひどい感染症と寄生虫にやられたことがわかった。それまでに二〇キロ近く痩せていた彼は、自分が食事からなにも吸収できないことに気づいてぞっとした。あらゆるものは、水でさえ、彼の身体をそのまま通り抜けた。ある日、仲間のひとりが野営地にピザをこっそり持ちこむことに成功して、それぞれがおよそ半切れにありついた。ニックが自分の分け前を食べるとすぐに、それはほとんど完全な状態で反対側からそのまま戻ってきた。

やばいぞ、と彼は思った。こいつはまずい。

衛生兵が彼に点滴を三本か四本つづけて打ち、ペニシリンを何本も打って、彼は数時間以内に現場に戻ったが、依然としてなにも食べられず、いまだに苦しんでいた。平均的な成人男子は最低でも一日、約一八〇〇カロリーの摂取が必要である。彼らはその約半分しか摂っていなかったし、常軌を逸したレベルの肉体的ストレスにくわえて、睡眠もときには二日間連続で抜きだった。睡眠が必要なら——ご想像どおり——立って眠る方法を考えつかなければならなかった。ニックはかなりの数の人体が地面に倒れる音を聞いた。

あるクラスメイトは首の筋肉がすっかりこけてしまったので、もはや首の重量をささえられなくなった。彼は手で頭をささえて歩きまわらねばならなかった。なにかを見たければ、文字どおり両手で頭を持って、その方向に向けなければならなかった。彼は結局、脱落して、故郷に送り返された。

レインジャー学校を卒業したあと、ニックは足の爪先の感覚がまったくなかった。五年か六年後、軍から完全に離れてずいぶんたつまで、その感覚は戻ってこなかった。

軍をやめたあと、彼は検査のために復員軍人援護局に出向いた。医師は彼のX線写真と検査結果を見て、こういった。「驚いたな、あなたはまるで八十歳の男性だ！」彼はニックに、自分の経験ではレインジャー学校は人の平均寿命を平均して約七年縮めると語った。

たくさんの人間がこのことを理解していない。人はBUD／S訓練やレインジャー学校、デルタ・フォース訓練の全課程を終えると、試練をひたすら耐え抜いて、かつてないほど強靱になって出てくるのだと思っている。そんなふうにはいかない。人はそれをただ耐え抜いているだけではない。それは人を徹底的に叩きのめすのだ。

ひと言でいえば、それは地獄だ。なのに人はそれをやる。なぜなら戦場で直面するものにそなえるにはそれが必要だからだ。戦いにおもむき、自分の国のために戦うときには。それはわれわれ全員が進んで行なう相殺取引だ。人は高度な技能を持つ戦士になるが、同時にそれは人にダメージをあたえる。しかも、そのダメージは永久に残るのだ。


海軍特殊戦狙撃手課程には、独特の伝説的な地獄がある。基礎水中処分／SEAL訓練、略称BUD／S訓練は、七カ月つづく肉体と精神の酷使で、最大限の重圧のもと、考えうるあらゆる環境で行なわれる。この訓練は、それをやり抜くのに必要な熱意と執念と完全な無謀さを持たない人間を、ひとり残らず取りのぞくように考えられている。その離脱率は伝説的だ。実際に死ぬ例はまれだが、過去には起きている。一九八八年にはアレックス・モリスンの身にもあやうくそれが起きかけた。

アレックスのクラスは、地文航法の訓練のために、サン・クレメンテ島、別名〈ザ・ロック〉につれだされた。SEAL隊の学生が訓練を受けるためにつれていかれるサンディエゴの海岸の約一三〇キロ沖合いに浮かぶ、神に見捨てられた場所だ（しかもわたしがいう「訓練を受ける」とは、人間の限界を超えて酷使されるという意味だ）。わたしはそれからちょうど十年後の一九九八年に、自分のBUD／S訓練のクラスといっしょに〈ザ・ロック〉に出かけた最初の日をおぼえている。教官のひとりは、われわれを整列させて、こういった。「さて、みんな、このことはおぼえておいてもらいたい。ここではおまえたちの叫び声は誰にも聞こえない」彼は冗談をいっているのではなかった。わたしがそこにいたときでも、訓練はじゅうぶん厳しかった。その十年前、監督がずっといきとどいていなかった時代には、どんなに過酷だったか想像もつかない。

ある朝、彼らは朝食前に八マイル（約一三キロ）か一〇マイル（約一六キロ）のランニングをやった（決まりごとである）。アレックスは戻ってきたとき、あまり食べなかった。そこから彼らは爆破訓練場に出かけ、ものを吹き飛ばす高度な技術を練習した（忘れてはならないが、BUD／S訓練のDはデモリション、つまり爆破あるいは水中処分を表わす）。アレックスは爆破訓練場でちょっと膝をつくという許しがたい罪を犯した。

お仕置きの時間だ。教官は彼を〈ザ・ロック〉のまんなかの小高い山フロッグ・ヒルにつれていくと、〝飛行〟をやるよう指示した。これはX時間内に航空機搭載用のパレットをフロッグ・ヒルに運び上げて、また降りてくるというものだった。ただしこの教官はアレックスに、彼らが愛情をこめて〈牧師〉と呼ぶ重さ八〇キロの人形を背中にくくりつけさせた。

ランニングと食事不足ですでにかなり疲れ切っていたアレックスは、〈牧師〉を山に運び上げたが、頂上にたどりついたときに、人形がすべって落ちてしまった。

「もう一度やれ」と教官は叫んだ。

彼は〈牧師〉を山のふもとまで引きずり下ろし、もう一度しっかりと身体にしばりつけて、それからまた山を登っていった。このころには彼は完全にくたびれはてていて、当然ながらもう一度、〈牧師〉を落とした。教官が命令を叫ぶ必要はなかった。アレックスは頭のなかでそれを聞いていた。もう一度やれ。

「あきらめるんだ、モリスン」教官はアレックスがもう一度挑戦するために重荷を引きずり下ろしはじめると、山の上に向かって叫んだ。「あきらめるんだ。なぜおとなしくあきらめない？」

「うるさい」アレックスはなんとかしわがれ声でいった。「おれはここで死ぬんだ」

この時点で、彼は人形を背負って這っていて、おそらくある程度のインスリン・ショックにおちいりかけていた。

とうとう教官はアレックスがいつまでたってもあきらめないと気づいて、彼を止めた。「おまえはやったんだ」と彼はいい、アレックスを基地に戻らせた。

アレックスは這って兵舎にたどりつくと、折りたたみ式ベッドに這い上がり、胎児のような姿勢でそこに横たわった。しばらくして彼らのクラスの海軍衛生兵《コアマン》がやってきて、「おい、どうしたんだ？」といった。アレックスは答えなかった。その必要はなかった。彼の瞳孔は開き、体温は低下していて、ほとんど意識がなかった。衛生兵には、この事態がどの方向に向かっているのかを知るための地図は必要なかった。彼らは結局、救命処置のためにアレックスをそこからヘリコプターで医療後送した。もしそうしていなければ、彼は数時間以内に死んでいただろう。

彼らが移送のためにアレックスを担架に載せると、チームメイトのひとりが耳の近くにかがんで、こういった。「おい、アレックス。アレックス！　おまえ、あきらめるのか？」

「ちがう！」とアレックスはあえぎながらいった。「ちがう、ちがう、ちがう……」

それから数時間、アレックスは数本の点滴を打たれ、それからなんとか手をつけられるまでに回復すると、いくらかの食事をあたえられた。つかのまの休息だ。

それから彼はふたたび空路で〈ザ・ロック〉に戻った。

訓練の最初に、アレックスはランニングが耐えがたいほど苦しいことに気づいた。彼は毎回、のろま隊《グーン・スクワッド》にも入っていた。これは、ほかのみんながランチを食いに行っているあいだ、いつも冷たい寄せ波のなかで追加のばた足の罰を受けているクラスの劣等生たちのことだ。それが、BUD／S訓練の終わりには、彼はクラスの首位近くにいた。

アレックスがいちばん満足した瞬間は、制限時間ありのランニングをクラスの先頭で終えたときだという。先頭でゴールしただけでなく、先頭でゴールしても、まだそれに完全に打ちのめされたという感じはなかった。

「おれはなんだってできるんだ、かかってこい！　という、あの絶対的な自信の感覚さ」と彼はいっている。「あんなに爽快な気分は味わったことがなかったな」

それこそがあらゆる地獄の目的である。自分には訓練をやり抜くのに必要なものがあると気づくことが。

こういう訓練の話はおそらく以前に読んだことがあるだろう。あるいは映画で新兵訓練所のくだりを見たことがあるかもしれない。そして、たぶんそれは常軌を逸した訓練のように思えただろう。まるで教官がサディスティックな最低の人間で、いやがらせをするためだけに犠牲者たちを疲労困憊の一線を超えて酷使し、実際に彼らを落第させているかのように。たしかにわれわれもそれを体験しているとき、ひとりひとりがそのように感じていた。

のちに、実際に戦闘を経験すると、すべてはちがって感じられる。

訓練をやり抜いて現役勤務についたあとでふりかえると、あの教官たちはまったくサディスティックではないことに気づく。彼らはあなたを殺そうとしているのではない。傷つけようとさえしていない。

彼らはふたつのことをやっている。

第一に、彼らはあなたがどういう人間なのかを知るためにそこにいる。もしあなたがアメリカ国内の安全な訓練場で過酷な体育訓練の重圧に耐えられないようなら、世界のどこかべつの場所の戦闘にも疑いなく耐えられないだろう。そこでは人々があなたを撃ってきたり、爆弾を仕掛けてきたり、全力を挙げてあなたを殺そうとするのだ。訓練の地獄は、実際の戦闘の地獄にくらべれば取るに足らない。

そして第二に彼らは、あなたが自分自身はどういう人間なのかを知るのを手伝うためにそこにいる。

われわれはみな、基礎と上級の両方のさまざまな訓練課程で多くのことを学んだ。大量の題材、一万種類の詳細で厳格な行動パターン、山ほどの機械的知識と技術的技能。しかし、われわれが学んだもっとも重要なことは、自分自身にかんすることだった。われわれは、どんな仕打ちを受けようと、まだそこにいた。

そう、肉体的な酷使は容赦ないが、それは地獄が存在する場所ではない。肉体は自分が思いこんでいるよりずっと先まで行くことができる。特殊作戦訓練が挑む限界は、肉体の限界ではなく、精神の限界なのだ。

世界一精鋭の戦闘部隊の一員になるという決意は、一度だけ生じる決意ではない。毎日何度となく、ときには日に何十回も行なう決意である。その過程で、人はたんなる高度に訓練された戦闘員以上の存在になる。人は自然界の力となるのだ。

THE CRAFT

第2部　技能

あなたは不可能に思える状況下で複数の兵器システムを完璧に使いこなしてみせることをもとめられるだろう。経験をはるかに越える重圧にさらされ、はるかに困難な精神的要求をつきつけられて、ミスはいっさい許されない。

われわれはあなたの能力の限界を高いレベルに押し上げるので、たとえ腕が錆びついて、くたびれ、練習不足な場合でも、それでも敵に負けることはない。最初は現実離れして理不尽で無理としか思えないレベルの優秀さで、職務を遂行することをもとめられるだろう。だが、やがてあなたは完璧さが自分にとってあたりまえになっていることを知るようになる。そして、過酷な日々、職務をその完璧なレベルで順調に遂行することをもとめられる……。

4 狙撃学校

人が自分の期待するレベルに達することはない。人は自分の練習のレベルまで落ちるのである。——古代ギリシアの軍人にして詩人のアルキロコス

ロブ・ファーロングは胸を高鳴らせていた。彼は長年の訓練と組織内での昇進のすえに、やっとカナダ軍の狙撃手課程に受け入れられ、いまは二カ月の教育課程に出発する準備をしているところだった。

ある日の朝早く、彼はちょっとした装備を取るために、妻と暮らしている宿舎の地下に降りていった。それから装備を手に、大隊区画に戻り、大隊の日直下士官と当直伍長が陣取る机のほうへ進んでいった。大きなステンレスの机に近づくにつれて、ロブは戸惑っていった。いつもならこの時刻、ここにはほとんど誰もいないのに、きょうは人だかりがしていた。朝の六時になったばかりだというのに、百名ぐらいがここに集まっていた。〝いったいなんの騒ぎだろう？〟と彼は思った。

誰もが机の上に置かれたテレビを見ていた。ロブは近くに寄って見た。画面に、燃える摩天楼と、空に立ち上る煙が見えた。

その建物に見覚えがあった。ニューヨークの〈ワールド・トレード・センター〉のタワーのひとつだ。

「信じられない」ロブは誰かがそういうのを聞いた。「旅客機がアメリカのあのタワーのひとつにぶつかったみたいだ」

「そんな馬鹿な話があるか」とロブはいった。「そんなに低く飛ぶ野郎がどこにいるっていうんだ?」

彼らが立って見ていると、二機目の旅客機が南タワーにつっこみ、その瞬間、彼らは全員、なにが起きているのかを正確に理解した。われわれは攻撃を受けている。もしこれがニューヨークで起きているとしたら、このカナダでも同じように起きようとしている可能性がある。

反応は即座だった。カナダ政府は基地を封鎖しはじめた。ロブの大隊に予定されていた事前訓練はただちに早められ、内容もテロ活動の対処に重点を置くよう変更された。ロブが狙撃学校に出頭するころには、軍狙撃手になるという考え全体が新しい意味と影響を持っていた。

これはボスニアの平和維持任務で無聊《ぶりょう》をかこつというようなものではないだろう。戦争がはじまっているのだ。

9・11同時多発テロ事件が起きたとき、海兵隊のジェイスン・デルガードは世界の反対側にいて、沖縄の密林で六カ月の狙撃手予備教化訓練を耐え忍んでいた。ニューヨーク時間の午前九時は、沖縄時間の二二〇〇時（午後十時）で、その晩はたまたまコンディション3の台風待機だった。攻撃のニュースが入ったとき、彼らはすでに鍵をかけられて、兵舎に閉じこめられていた。ロブ・ファーロングがその火曜日の朝、カナダのアルバータ州の自分の部署に静かに歩いて戻ったとき、ジェイスンの部隊の若い海兵隊員たちは沖縄で銃を抜いて廊下を駆けまわりながら、わめきちらしていた。

「二百名の酔っぱらった十九歳の海兵隊員がテレビの生放送でこいつが崩れ落ちるのを見ているのを想像してくれ」ジェイスンは首を横に振る。「あれはかろうじて食い止められた大混乱だったな。誰もがいますぐにでも戦いに加わりたがっていた」

その瞬間、ニック・アーヴィングは、メリーランド州の高校から走って家に帰っていた。崩れていくタワーの映像が彼のぐるぐる回る頭のなかで再生され、軍隊に入りたいという衝動が彼の血のなかで叫んでいた。彼の狙撃訓練はまだ七年先の話だった。

ＳＥＡＬ隊員のアレックス・モリスンはニュースを耳にしたとき、ベッドに横になって、ラジオを聞いていた。彼は即座に起き上がって、数秒で着替えをし、車に乗って仕事に出かけた。いまではＳＥＡＬ隊員になって十年以上たつ彼は、七年間、狙撃手をつとめ、複数の外地勤務を経験していた。彼は自分がじきにもっと外地勤務をするとわかっていた。

わたしはといえば、カリフォルニア州コロナードにいて、すでに自分の装備を荷造りしていた。このときまでにＳＥＡＬ狙撃学校を修了し、二〇〇〇年に極東と中東へ狙撃手として展開していて、さらにもう一度、展開しようとしていた。われわれの小隊はたまたまつぎに海外へ行く順番にあたっていて、アフガニスタンの地上に最初に足を踏み入れた兵士のひとりになった。

われわれはそれぞれ、軍のちがう部門で、ちがった狙撃手課程を、歴史上のちがう時点で修了していた。そうした経験や教育課程はそれぞれことなり、われわれはそのちがいのいくつかについて話すことになる。しかし、根っこの部分では、それらは全部同じである。それらは全部、狙撃学校だ。そして狙撃学校はわれわれの誰もがかつて出会ったなかでもっとも困難で緊張の多い訓練体験だった。

肉体的にではない。人を限界に追いやるのは、学校がもとめる、たえまなく神経をすり減らす精神集中の激しさである。SEALのBUD/S訓練では、死にものぐるいでがんばろうと決意し、なにがあってもやめないと心に決めることができるし、そうすることで訓練をやりぬけるだろう。それは一種の精神と肉体の物理的な力である。狙撃学校では、そういうわけにはいかない。もし標的をはずしたら、「肉体のかぎり、最大限努力する」ことなどまったくできない。「全力をつくす」だけでは、忍び寄るさいに見つからずに発見を逃れることはできない。正しくやらねばならない――ほとんど正しくでも、九九・九パーセント正しくでもなく、完全に正しくなければアウトだ。

基礎訓練と上級訓練によって、人はハイグレード鋼に鍛え上げられる。その鋼《はがね》は狙撃学校で精密機械に加工される。

狙撃学校では、許容範囲はずっと狭い。誤りの限度は、極小の規模に狭まる。狙撃学校で大切なのは強いことではない。大切なのは、この世ではありえないほど精確なことだ。人は小さな環っかに全神経を集めなければならない。「照星焦点」とわれわれが呼ぶレーザーのような一点集中の状態だ。しかも、それと同時に、「全状況認識」と呼ばれるように、周囲のあらゆる出来事とあらゆる条件を完全に認識していなければならない。これは脳味噌を外科用メスと同時に幅広の刀として使うようなものだ。

わたしにとって、たぶん狙撃学校のいちばん精神的に疲れる側面は、〝冷えた銃腔《コールド・ボア》〟と呼ばれるものだった。毎朝、起きたらまず最初にやらなければならない一発目の射撃である。コールド・ボアの要点は、戦場での状況を模擬体験することだった。戦場では、肩慣らしの時間も、試射を行なう贅沢もないだろう。一発必中。古い〈ビック〉のボールペンの広告のように。どんなときでも最初から。

それがどんなにむずかしいことなのか?

さまざまな要素を数え上げさせてもらおう。

まず、あなたがいる。どんなに体調がよくても、朝、最初に起きたときには、あなたは絶好調ではない。それ以前の日々のせいで精神的にも肉体的にも依然として疲労が抜けないことがそれに重なる。指も、反射神経も、感覚による認識と判断も、すべての能力が低下している。しかも、一時間早く目をさまして、準備運動をし、意識をしっかりさせても、なんの役にも立たないように思える。そんなことをしても、睡眠時間が一時間短くなって、いま以上に睡眠不足になるだけのことだからだ。

それから、あなたのライフルがある。あなたと同じように、ライフルも目ざめたばかりだ。弾丸をライフルの銃身から発射すると、銃弾といっしょに超高温のガスの爆風を金属製の銃身のなかに噴出させることになる。銃身の金属は急激に熱くなり、熱くなると膨張する。それはつまり、銃弾が通過している銃腔の内部がより締めつけられ、それによってより大きな摩擦を生じさせ、わずかに大きな速度で銃弾を反対側の端から撃ちだすことを意味する。これは弾丸が飛翔するさいに描く弧の形とその射距離に影響をあたえる。そのすべてが精度に影響をあたえるのである。

その日の残りはずっと、よく温まった銃身で射撃をすることになる。しかし、その日の最初の射撃はそうではない。朝一番には、冷え切った銃身の銃腔で撃つことになる。しかも、わたしが二〇〇〇年に海軍特殊戦狙撃手課程を経験したときには、カリフォルニアの高地砂漠のわれわれのテントのなかでは、夜はいつも恐ろしく寒くなった。

われわれはいつも六時かそこらに起床した。なかにはコーヒーを飲む者もいたが、コーヒーは神経にいたずらする可能性があったので、われわれの一部はただの水を飲んで、まっすぐ射場に出ていった。朝の習慣がなんであれ、重要なのはそれを変えないことだった。動作の一貫性は、大きなちがいを生む。わたしにとって、コーヒーは後まわしにできた。すべてが後まわしにできた。わたしに考えられるのはそのたった一発の銃弾、向こうで待っているそのひとつの標的のことだけだった。だいたいボウリングのピンのような形をした、人間大のシルエットを想像してもらいたい。ピンのてっぺんが頭で、ピンの胴体が重要な臓器をおおっている。中心には小さな輪がある。十点の輪が。ボウリング・ピンのシルエットの残りは八点だ。その外はなんでも零点である。

零点を三回出したら、課程から脱落する。

わたしにはライフルの温度を変えることはできなかった（保管コンテナに一晩中、鍵をかけてしまってあったので）が、弾薬の温度はまちがいなく管理できたし、それが第三の要素だった。銃弾自体が冷たいことも、ちがいを生むからだ。一晩中、寒い場所に放置してあった銃弾を取って、薬室に装塡し、朝の一発目として撃てば、その温度もまた薬室の圧力に影響をおよぼす。ロブ・ファーロングがオーストラリアのあの射撃競技会で見たように、弾薬を温めれば、その性能に影響をおよぼすことになる——大きくではない。たぶん一度のわずか何分の一かの何分の一だろうが、それがちがいを生む強みとなりうる。

そこでわたしは毎晩、そのいまいましい銃弾といっしょに寝た。それに寄り添って、自分の命がかかっているかのように温めた。戦場では、それはまちがいなくありえた。

射撃段階の一日目、わたしはコールド・ボア射撃をはずした。その日の残りのあいだずっと、その零点は黙示録の最初の喇叭《らっぱ》のようにわたしの頭の上にぶら下がっていた。一日中ずっと、ほかのことはほとんどなにも頭になかった。もちろんこれは事実ではない。狙撃学校は狙撃学校だからだ。それはつまり、一日中、一秒ごとに百万ものちがったことを考えなければならないことを意味する。しかし、そのひとつの暗い考えは、録音テープのループのようにわたしの心の奥で流れつづけた。〝おれは的をはずした——明日の朝は、命中させなきゃならない〟

二日目の朝、わたしはまた的をはずした。しゃくにさわる。しくじった。零点が二回。胃が一日中、締めつけられる思いだった。いまやわたしは八点か、それ以上の成績を出さなければならなかった。三日目だけでなく、つぎの十日間連続で、一日も欠かさずに——さもなければ、わたしは課程からお払い箱にされて、送り返されることになる。

わたしは毎朝、冷や汗をかいて目をさました。あのコールド・ボアのことが二トン半のリュックサックのように一日中、わたしの背中にのしかかっていた。

三日目、わたしは標的に命中させた。八点で、わたしはセーフだった。少なくとも、つぎの朝までは。そして、つぎの朝。そして、そのつぎの朝。まさに拷問だった。

そして、まさにそれ、それこそが狙撃学校の本質なのだ。極度に集中した、たえまない拷問が。わたしの狙撃学校の訓練パートナーであるエリック・デイヴィスがいうように、人は銃弾を標的の中心にためしに命中させることはできない。知能とあらゆる神経と筋肉をコンピューター制御のレーザー光線に変えて、標的の中心に銃弾を命中させるのである。何度も何度も。

ダンテの『神曲』では、地獄の最終圏はとくに興味深い。犠牲者は炎の池に投げこまれるのではなく、どんどん厚くなっていく氷の層に捕らわれるのである。みごとな表現だ、ダンテ。もし新兵訓練所とBUD／S訓練の拷問が炎の試練だったとすれば、狙撃学校は氷の拷問で身動きがとれない状態だった。

二〇〇一年九月二十四日、月曜日、ロブ・ファーロングとPPCLI連隊のチームメイトのひとりが、アルバータ州ウェインライトに降り立った。そこで彼らとほかに十三名のカナダ兵は彼らの狙撃教官に対面した――この出会いは、ロブが予想していたようなものとはまるでちがっていた。

「やあ、みんな」と教官たちはいった。「調子はどうだい。ここにきたことに、おめでとうをいおう。いっておきたいが、諸君らはここまでやり遂げただけでも多くのことを達成したんだ」

ロブは、典型的な口をぽかんと開けて唖然とした表情で見つめた。〝調子はどうだい？ ここにきたことに、おめでとうをいう？ おまえたちはどの惑星から転送されてきたんだ？〟

その時点まで、ロブが受けた軍事教育課程はすべて、肉体的に過酷だっただけでなく、そのやりかたが度を超えて緊張の多いものだった。教官たちは例外なくうるさく、多くの場合、虐待的すれすれで、たえず極限まで追いこまれているという感覚がいつも蔓延していた。限界点を超えて、その先まで追いこまれているという感覚が。しかし、この教官たちのふるまいかたはどうだろう。これはまったく新しい体験だった。ロブには、まるでどこかべつの宇宙に降り立ったかのような超現実的な感じがした。この連中は、入ってきた学生に彼らが人間であるかのように話しかけている。彼らが大人であるかのように。

ロブはわれわれが〝紳士の教育課程〟と呼ぶものを経験していた。怒鳴ったり、叫んだりはない。典型的な人をぼろぼろになるまで疲れさせる遊びや、終わりのない体育訓練もないし、余分な緊張を重ねることもない。

「われわれには諸君らを緊張でへとへとにさせる必要はない」と教官たちは説明した。「諸君らはこの課程でじつに大きなプレッシャーをかけられ、自分自身を緊張でへとへとにさせることになる。諸君らを脱落させるようなことはなにひとつする必要がない。それどころか、われわれは諸君らを残らせるためにあらゆる手をつくすだろう。そして、それでも諸君らの多くはこの課程を不合格になる」

彼らのいうことはもちろん正しかった。当時、カナダ軍の狙撃手教育課程は、約九五パーセントの脱落率を誇っていた。ロブは五パーセントのなかに入る覚悟だった。

彼らの言葉どおり、教官たちは実際に、学生の力になるために尽力した――これもまたロブの軍事訓練の経験ではじめてのことである。彼らは一日の訓練が終わったあと、学生の部屋にやってきて、こういった。「よし、みんな、この件で助けが必要なのは誰だ？　きょうやったことを、おさらいしよう」そして、ひとつずつ、そこにいるひとりひとりと協力して、彼らが悩んでいるどんな分野においても上達するのに手を貸した。

わたしと親友のグレン・ドハティは、その一年前、海軍特殊戦狙撃手教育課程を修了したとき、自分の割り当て分以上の糞野郎や虐待を目にした。ロブ・ファーロングはちがった。この連中は最高の狙撃教官だっただけでなく、カナダ人でもあった。一般的な良識とマナーの良さで知られる国民である。積極的な励ましの言葉は日常のことで、ロブは、学生の誰かに嫌みをいったり、誰かをけなしたりする教官を一度も見なかった。それと正反対に、彼らは自分が担当する学生を指導し、教えるためにできることはなんでもした。

ティム・マクミーキンという教官は、とりわけ抜きんでていた。背が高く（身長が約一八八センチあった）、強健そのもののマクミーキンは、じつに好感が持て、おおらかな人物でもあった。ロブはすぐに彼が気に入った――その絆は、ごく近い将来、有益だとわかることになる。

ロブの狙撃学校の二カ月間は、二週間の座学ではじまった。装備、弾道学、野外行動術、さらに階級構成や部隊展開が狙撃班内や旅団内でどのように機能しているのかといった管理兵站上の問題などなど。十四日間ぶっとおしの膨大な情報のダウンロードである。それから実地段階に進む。これは教育課程の残りの六週間ずっとつづき、いかに銃を撃つかではなく、いかに見るかについての実務的な教育ではじまる。

もし人がよく隠されたひとつの目標を探して何百メートルという地形をくわしく調べるとしたら、なにを探すか？　なにがなにかを見えるようにするのか？　形や大きさ、コントラスト、色、シルエットなどをはじめとする十数種類の視覚属性のうちで、もっとも重要なのは動きである。だからこそ、自然界で獲物になる動物はみな、長時間ずっとじっと動かずにいるすぐれた能力を持っているのだ。彼らは、自分の形や大きさ、姿勢、そのほかのどんな視覚属性よりも、自分の動きが自分の所在をあかすことを知っている。これは、狙撃学生にとって、捕食者としても潜在的な獲物としても、ひじょうに大きなかかわりがあった。ハンターとして、彼らは動きという属性を視覚的注意の自然な順位のいちばん上に押し上げるよう訓練しはじめた。ハンターに追われる可能性のある側としては、自分たちもまた完全に静止する能力を発達させる必要があることがわかっていた。

つぎは、視覚で探索する技法の番だった。対象を直接見るのは、かならずしもそれを見るいちばんいい方法とはいえない。人間の網膜の構造、桿体視細胞と錐体視細胞の性質と分散作用のせいで、その対象の左あるいは右を見たほうがよい結果が得られるかもしれない。周辺視野のほうがよりはっきりと見えるかもしれないからだ。周辺視野では、細部はそれほど鮮明ではない。周辺視野で一ページの文章を読むのはむずかしい。だから焦点の合った視野でページに目を通すのである。しかし、周辺視野はずっと敏感に動きを捉え、色彩感覚もより鮮明である（これは動きについで、二番目に重要な属性だ）。

極限の距離でなにかを撃つ能力の大きな部分は、その正確な射程を正しく測る能力である。目標までの距離を判断する「距離測定」は、学生が学ぶもうひとつのきわめて重要な技能だった。しかも、レーザー距離計もＧＰＳも、いかなる種類の先端装備も使うことを許されなかった。かわりに彼らは、銃のスコープの鏡内目盛《レティクル》りを使って対象物の距離を測定することを学んだ（これについては第8章でさらに述べる）。

彼らはギリー・スーツの作りかたや、偽装の正しい利用法、奥行きの正しい利用法、そして発見をもっともよく避けられるような正しい動きかたを学んだ。

それから、忍び寄りがはじまった。

その日の朝、彼らは命令を受けた。「この地域に敵のＯＰ（観測所）が展開している。だいたいこの座標方眼にあると思われる」一平方キロの地域だった。学生たちは輸送トラックの後ろに乗って運ばれ、座標の端で降ろされた。彼らの地図には、左に五〇〇メートル、右に五〇〇メートルの、安全な回廊をしめす弧が記されていた。もしその回廊の外に出たら、即座に落第だった。実際の回廊はさらにオレンジ色のテープの小片で区切られていた。

いまや、その回廊を抜けて、見られずに獲物を撃てる距離内に忍び寄るのは、彼らの腕しだいだった。

そして、彼らの獲物はなにか？　カナダ軍の名狙撃手《マスター・スナイパー》が二名。きわめて経験豊富な男たちで、二脚の椅子に逆向きに座り、学生たちがやってくる方角を向いていた。肘を椅子の背に載せ、高倍率の双眼鏡をかまえて、接近の痕跡を求めて地面を探しまわっていた。

理解してもらいたいが、彼らは狙撃の名手であり、彼らの職業の神様だった。彼らは学生たちが降ろされる場所を知っていた。その幅一キロの回廊がどこにあるのかも知っていた。学生たちがどこからやってくるかを正確に知っていて、そのどまんなかに座って、目を光らせ、待ちかまえていた。学生たちは目標から一〇〇ないし三〇〇メートル以内まで忍び寄り、二発撃って（もちろん空砲だ）、それからまたこっそりと引き上げなければならなかった――そしてそのすべてを、このふたりの名狙撃手にぜったいに見つけられずにやらねばならなかった。

ロブはトラックの後ろから降りて、地面に立ち、〝ほかのなにをするよりも先に、その観測所を特定しなければならない〟と思った。それがどこにあるのかわからないのに、なにかに向かって忍び寄ることなどできない。仲間の学生の何人かは、もっと直接的な手法を取った。教官たちがどこにいるのかまったく見当もつかないのに、目標を見つけようとして、潜望鏡のように首をつきだしはじめたのである（彼らはこれを「七面鳥の首真似」と呼んでいる）。

「動くな！」と声が叫んだ。彼らはスタートしたばかりだというのに、名狙撃手のひとりがなにかを目にしていた。学生たちは全員、その場で立ちすくんで、お供たちを待たねばならなかった。

お供というのは、四名の追加の教官で、先端に旗がついた三メートルのアンテナを立てた無線機を背負って、オレンジ色のマーカー・ベスト姿で地域を歩きまわる。彼らは観測所では名狙撃手の手足だった。忍び寄りはいまや命がけの鬼ごっこになり、お供たちはタッチをする手足だった。

動きを目にした名狙撃手はいまや、お供のひとりを自分の無線機で呼びだし、どの方角へ歩くかを指示した。お供たちは自発性を発揮することは許されなかった。彼らは純粋にドローンとして機能した。名狙撃手の観察力の延長として。

お供は指示にしたがって、「七面鳥の首真似」をしていた学生のひとりのほうへまっすぐ歩きはじめた。

そのあいだ、ロブとほかの全員は、その場に凍りついていた。いったん「動くな！」の命令が出されて、もし動きつづけたり、こっそり身を低くしようとしたり、とにかくなにかやって、そうしているところをお供に見られたりしたら、即座に落第だった。

お供は進みつづけた。名狙撃手は彼をまっすぐ不運な学生のところまで歩かせた。学生はそこにしゃがんだままじっと動かずに、自分の運命が近づいてくるのを見守った。お供が彼にタッチした。

落第だ。

いまや残りの学生たちはふたたび自由に動けるようになった。ロブは進みつづけた。うつぶせで這って、ついに観測所から三〇〇メートル以内の位置にたどりついた。ライフルとスコープをゆっくりと葉群《はむら》のあいだからつきだし、鏡内目盛りごしに名狙撃手の頭をのぞき、測定と計算を行なって、自分が五パーセントのなかに入っていることを願った――いや、固く信じた。仰角調節のつまみをまわしてデータを入れ、風の修正をして、深呼吸をすると、大声でいった。

「狙撃手、射撃準備よし」

いちばん近くにいたお供が彼の声を聞いて、ロブがうつぶせに寝ている場所の約二五メートル以内まで歩いてくると、無線機でその一節を復唱した。

「狙撃手、射撃準備よし」

いまや名狙撃手は、あの向こうのどこかに自分を照準に捉えた狙撃手がいることを知った。ロブにはここから先、きわめて正確に動かねばならないことがわかっていた。

お供がいった。「露出にそなえて待機」

名狙撃手は、文字がひとつ描かれた、頭の形をした標識を掲げた。彼らはこれを「狩りの頭」と呼んでいた。黒地に白か、白地に黒の標識で、S－N－I－P－E－Rの六文字のうちのひとつがついている。この場合、それは黒字に白で描かれた「S」の文字だった。

彼は「狩りの頭」を掲げて、一秒、二秒、三――のときにはすでに標識は下げられていた。二秒半の露出。もしロブがこの短時間でそれをはっきり見ていなければ、彼はつぎの段階に進めない。

それは落第ということになる。

「狙撃手、シエラ《S》を確認」とロブは大声でいった。

「狙撃手、シエラを宣言」とお供は無線機に向かっていった。

ごく短い間があって、名狙撃手の応答が返ってきた。「了解した。シエラ。彼に一発目を撃たせよ」

お供はロブのほうにうなずいた。「よし、一発目を撃て」

うれしさがこみあげてきて、ロブはすぐにそれを抑えつけた。自己満足している場合ではない。それどころか、状況がむずかしくなるのはまさにここなのだ。この過程で一歩進むたびに、名狙撃手が彼をついに見つけだす公算が大きくなるからだ。そして、つぎの数秒で、その公算は天文学的に増大する。

ロブはいままさに自分の所在をあかそうとしていた——もしかすると。

パーン！

彼は空砲を発射した。名狙撃手たちは——いまやふたりとも——双眼鏡を熱心にのぞきこみ、草の葉や小枝の動きなど、ライフルの銃身の意図せぬかすかな動きをしめすようななにかを探した。銃口炎を探した。乱れた足などの身体の部分の不注意な動きを探した。狙撃学生が引き金を絞るとき、完全に抑えるのを怠ったかもしれないなにかを。

彼らはなにも目にしなかった。

「よし、七メートル以内に移動せよ」無線から声がした。

お供はいまや近づいてきて、ロブが横たわっている場所からわずか七メートルの地点で立ち止まった。

「方角を指させ」

お供は腕を上げて、まっすぐロブのほうを指した。

そのあいだに、ロブは一発目の薬莢を排出して、ポケットにしまい(薬莢をあとに残すと自動的に落第である)、二発目を薬室に送りこみながら、目が捉えるあらゆる視覚的な手がかりのうちで、もっとも明確なものは動きであるという事実についてずっと考え、名狙撃手が自分のいかなる動きも見つけられないことを願った——いや、固く信じていた。

長い間があった。やがて、

「お供は下がれ。彼に二発目を撃たせよ」

お供は後ずさりしてから、こういった。「狙撃手、二発目を撃て」

ロブは二発目を撃った。

またしても間があった。

「よし、お供は三メートル以内に移動して、指させ」

〝おい、冗談もいいかげんにしろよ〟とロブは心のなかでつぶやいた。つぎにくるものがこれだと知りすぎるほど知っていたにもかかわらず。〝向こうにおれが見えないなんて、どうしてそんなことがある?〟——それからすぐさまそういうふうに考えるのをやめた。自信を失っている余地はない。忍び寄りを成功させるには、セコイアの古木のような忍耐力と、岩のように揺るぎない自信が必要なのだ。

お供は三メートル以内にくると、ふたたびロブが横たわっているほうを指ししめした――直接地面を指すのではなく、まっすぐ水平に、その磁針方位だけを。

しかし、名狙撃手には依然として彼が見えなかった。そこで彼らはつぎの段階に進んだ。椅子の上でくるりと向きを変え、反対側を向いたのである。

「狙撃手は観察下になし」

するとお供が（やはり名狙撃手の資格を持っている）やってきて、ロブがいる場所にしゃがみこんだ。「よし、距離はいくつだ？」

「二二〇と測定しました」とロブは答えた。

お供は立ち上がり、レーザー距離計を取りだすと、椅子にレーザー光をあて、うなずいた。「よし、二二〇でよろしい」彼はつぎに銃の後ろにひざまずいて、ロブが調整した仰角と偏流を調べた。いずれも問題なかった。

つぎにロブが横にころがって場所を空けると、お供は銃の後ろにかがんで、ボルトを引き抜き、銃身をのぞきこんで障害物がないことと、ロブが射撃用の開けた窓を確保していることを確かめた。もし銃弾の通り道に小枝や枝、草の葉などの障害物が見えたら、自動的に落第になる。

障害物はなかった。

彼は横にころがって、ロブにボルトをふたたび取りつけさせると、無線機に戻った。「こちらはすべて問題なし。狙撃手はここまで合格」

〝ここまでは〟と彼は思った。〝そのとおり〟

ここで困難な部分がやってきた。いまや、ロブはまたこっそりと戻っていかねばならなかった。見つからずに。これははるかに困難だった。今度は名狙撃手たちはロブがどこからスタートしていたかを正確に知っているからである。それにくわえて、ロブは彼らが自分の蛞蝓《なめくじ》の痕を調べることを知っていた。つまり、なんであれ、彼があとに残していくものを。もし彼が装備のひとつを見失い、方位磁石やカッター、偽装のほつれた断片、空薬莢、とにかくなんでもあとに残したら、落第だ。忍び寄りには約十三の具体的な手順がある。しくじれば落第になる十三の明確なポイントが。

彼らはつぎの数週間に八段階の忍び寄りの状況を経験した。しかも、それらは白か黒か、合格か落第かだった。それらの忍び寄りの段階にひとつ残らず完璧に合格しなければ、やってきたことすべてが完全に水の泡になった。

ロブは、腹ばいで後ろ向きに這いはじめ、見つからずに身体の向きを変えながら、教官たちが教育課程の初日にいったことをふと思いだした。〝われわれには諸君らを緊張でへとへとにさせる必要はない——諸君らは自分自身を緊張でへとへとにさせることになる〟

ロブのクラスメイトのひとりで、髪の毛をごく短く刈っているので〈ミル・ドット〉というあだ名をつけられた男は、いまにも重圧に屈しそうだった。忍び寄りの段階がつづくにつれて、〈ミル・ドット〉の髪の毛全体がストレスで抜けはじめた。〈ミル・ドット〉が課程を最後までやり抜くことはなかった。ほかのかなり多くの者も同様だった。

実際、忍び寄りは狙撃学校で大半の人間が落第する箇所である——どの軍種あるいはどの国かに関係なく、あらゆる狙撃学校で。忍び寄りは狙撃手の技能の核心だ。戦士兼暗殺者兼スパイのうちのスパイである。人間が気づかれずに通り抜けられるはずのない地形や状況を見つからずにすり抜け、ささやき声のように動き、霧のように消える能力だ。これは、ほかのどんな側面にもまして、熟練の狙撃手をたんなる熟練の射撃の名手と区別する技量である。

しかも、忍び寄りはむずかしい。

忍び寄りは空を飛ぶことによく似ている。人は自分のやっていることにそれほど注意をはらわなくても車に乗って走りだせる。飛行機ではそうはいかない。空を飛ぶときには、滑走路を離れる前に、確認しなければならないことが山ほどある。ちゃんと認識して、たえず気を配っていなければならないさまざまなデータが。ごく初歩的な飛行機でさえ、計器盤は車のダッシュボードよりはるかに複雑だし、それも当然だ。

忍び寄るというのはそういうことだ。状況をたえず完全に詳細に認識することである。

忍び寄りの場合には、戦術的チェックリストをつけるという話をする。これはパイロットが使うチェックリストとひじょうによく似ている。まず最初に、こう自問する。太陽はどちらから照っているか？　動く前に、顔に影がかかっていないことを確認する。葉はどちらに反射しているか？　目標は自分と自分の影とどういう位置関係にあるか？　背景がマッチし、前景がマッチしていることを確かめる。目標に向かって横からではなくまっすぐに前進していることを確認する。横からだと、ずっと簡単に見つけられるからだ。つぎの動きが静かなものであるかどうか、あるいは音を立てないものであるかどうかを確かめる。死角や遮蔽対隠蔽、そして緊急事態対応策について考える必要がある。つまり、すべてがうまくいかなかった場合、いったいどうやって逃げだすかを。離陸しようとするパイロットとまったく同じように、動く直前にこのチェックリストに目を通す——ただし、忍び寄りでは、動くたびに、それに目を通すのだ。

誰がいつ自分の方角をまっすぐ見つめているかはけっしてわからない。だから相手がつねに自分の方角をまっすぐ見つめていると想定する必要がある。忍び寄りの訓練の場合には、相手はつねに見ている。

これにはものすごい集中が必要であり、しかもその集中をたったひとつの動きのあいだでさえ揺らがせてはいけない。たえずチェックリストをおさらいして、あらゆる項目を記憶する規律と不屈の精神がなければ、落第するだろう。「知るか、おれはとにかく動かなきゃならないんだ」といった瞬間——それが脱落する瞬間だ。

完全な忍び寄りを成功裡に実施し、近づいて狙撃し、発見されずに逃げるためには、忍び寄り全体を頭のなかで見返さなければならない——ひとつの細部もはぶいたり、忘れたりしないで、ごく詳細に。それが忍び寄りの真実だ。

そして、それが忍び寄りの肝心な点である。人は自分の心のなかで落第、あるいは合格するのだ。

アレックス・モリスンがかつて一九九一年にSEAL狙撃手課程を修了したとき、つらい思いをして学んだように。

アレックスは、まだ銃器を撃つのにまったく慣れていなかったので、課程の射撃術の部分に悪戦苦闘した。射撃は少なくともすぐにはぴんとこなかったし、彼はそれに没頭し、教官がやってみせることを最大限集中して見て聞いて、どんな小さな細部もできるだけ吸収し、射場で何十時間もよけいに過ごさねばならなかった。

海軍特殊戦教育課程のいいところは、この初期のころでも、時間をたっぷりかけられたことだった。SEAL教育課程は、ほかとちがって、資金が豊富だ。彼らは人を熟練した狙撃手に変えるのに必要な時間や金、弾薬、機会をすべてつぎこんでいる。学生は射場で五週間過ごし、彼らがやることはひたすら射撃だけだった。教官の一部は民間人だった。射撃の全国大会の選手で、純粋な愛国心と、こうした熱心な生徒を持てる楽しさから、時間を割いていた。射撃術の段階が終わるころには、アレックスは銃が撃てるようになっていた。

彼にとって、射撃はすらすらできなかったが、忍び寄りはお手のものだった。ポールスピアで魚を追った歳月は、彼の骨と筋肉に焼きついていたし、地上で人間を追うのは実際それほどちがわなかった。

しかし、皮肉なことに、彼に引導を渡したのは、この忍び寄りだった。実際には、それは彼のクラスの大半に引導を渡した。この初期の忍び寄りは正気とは思えないほどむずかしく、教育の質はじつにお粗末で、その教官団は、十六名のクラスのうち四名の狙撃手しか卒業させられなかった。悲惨な合格率である。

アレックスが教育課程を経験したのは夏で、彼は忍び寄りをまったく悲惨な試練として記憶している。森の地面に横たわって、サウナのなかの豚のように汗をかいた彼は、じきに自分が地元の昆虫集団を大いに引きつけるようになっていることに気づいた。ある忍び寄りでは、彼は蟻塚を這って乗り越えた。赤い収穫蟻だ。この小さなやつらは、よく噛蟻《かみあり》とまちがわれるが、その理由を知るのはむずかしくない。連中に噛まれると痛いうえに、それが永遠につづくように感じられる。アレックスは収穫蟻の餌になった。しかし、じっとして、集中を切らさず、ゆっくりと前へ進みつづけ、蟻塚を乗り越えて目標に向かって身体を引きずりつづけるほかなかった。演習の終わりには、彼は全身噛まれていた。

それでも、もし合格していれば、みじめさも悪くはなかったろう。彼は合格しなかった。

この最初の教育課程のあと、アレックスはつぎの数年間を自己学習についやし、失敗したところと、次回はやりかたを変えるべきことを分析した。忍び寄りはポールスピアで魚を追うのと本質はよく似ている――しかし、こまかなところはちがうし、そうしたこまかなところこそ、彼が習得しなければならない部分だった。

彼はギリー・スーツにたよりすぎていたことに気づいた。そこで、忍び寄りの最中に出くわす自然の植生ともっと調和しはじめた。忍び寄りを開始したときは、じっとして、筋肉ひとつ動かさず、その観測所の位置を突きとめたら、それから――それからやっと――自分が通る正確なルートを選ぶことを学んだ。

通常、彼は目的地にたどりついて、最終的な射撃位置を築いたら、周囲の植物を抜いて、二脚架をつつむゴムバンドに差し、銃を巨大な植物の扇に変えた。しかし、周囲の光と調和する方法を理解しはじめると、このやりかたはかならずしも成功するとはかぎらないことを理解しはじめた。たまたま太陽が後ろにあると、この戦術はうまくいかなかった。教官はまだ植物の扇に彼の輪郭が浮かび上がるのを見ることができた。彼はその状況に自分が置かれたら、なにかを背にして、輪郭が浮かび上がらないようにする必要があることを知った。反対に、もし太陽と向き合っていたら、自分の正面にある明るい色の草むらを利用して、光を観測所のほうに反射させた。そうすると、教官の視野は損なわれることになる。

彼は少しずつ自分の技能一式をまとめあげ、ついに自分にはそれらをすべて機能させられることを知った。

最初の挑戦から三年後の一九九四年、アレックスは戻ってきて課程をやり直し、そして今度は準備ができていた。彼はどの忍び寄りも一番はじめに終え、課程の偵察段階を完璧な成績で通過した。

以前わたしは狙撃学校の緊張は主として肉体的なものではないといったが、それはほとんどの場合、本当である。たとえば、カナダ軍の教育課程でも、海軍特殊戦教育課程でも、陸軍の特殊作戦目標阻止課程（SOTIC）でも、それは本当だ。

それから海兵隊がある。その規則が確かに存在することを証明する例外だ。

ウェインライトでのロブの経験とちがって、二〇〇二年後半、ペンドルトンに到着したときジェイスン・デルガードが直面した学校は、紳士の教育課程ではなかった。緊張と虐待をいかにあたえるかという点では、これはSEAL狙撃手課程というより、BUD／S訓練のようだった。独自の〈ヘル・ウィーク〉まであった。ジェイスンは沖縄で徹底的に準備をしていたので、偵察狙撃手基礎課程（SSBC）に出頭したときには、自分がじゅうぶんすぎるほど用意ができていると思っていた。たぶんそうだったが、それでこの経験が楽になったわけではなかった。ジェイスンにとって、狙撃学校は、ガイド付き地獄巡りのもうひとつの停車駅にすぎないことがわかった。

海兵隊は彼らの学校を選抜課程のように運営していた。そのため、教育と狙撃技能一式のあらゆる訓練にくわえて、腕立て伏せや体育訓練、怒鳴られ、夜遅くまで寝られず、たえずいやがらせを受けるなど、軍隊で〝ファック・ファック・ゲーム〟と呼ぶものの残りすべてがあった。

彼が最初に気づいたのは、どこへも歩いていけないことだった。どこへいくにも走るのだ。飲料水を取りにいきたいのか？ 走れ。飯の時間か？ 走れ。そして終わったら、走って戻る。おなじみの夜の訓練のお供がそこにいた。なつかしい睡眠不足が。そして彼らが人をいじめるとき、それは学校のいじめのようなものではなかった。それは「おい、おまえの九五キロの相棒を、二五キロか三〇キロのリュックサックといっしょにつかんで、おまえのその役立たずの肩でかつぎ、自分のリュックを背負って、四、五〇〇メートル走っていって、それから走ってここに戻ってこい——それもいそいでだ！」だった。しかも、日によって気温は三十八度を超えていた。

初日は基礎体力テストではじまった。以前に経験した初日とそう変わらない——ただし、これは目がくらむようなペースで行なわれた。なにもかもがひどく速く起きるので、まるでつむじ風に巻きこまれたようだった。いまPFT（肺機能検査）を終え、水を飲んだと思ったら、つぎの瞬間には体操服一丁になって、運動場で腹筋運動をやり、つぎに懸垂、それから三マイル走（速いランニング）、それから教室に戻り――

そこにはすでに、はずされたクラスメイトのリストがあった。

〝なんだって？〟そう、はずされた。落とされた。わずか数時間しかたっていないのに、すでに六名が課程から脱落した。ジェイスンの狙撃クラスは、三十四名ではじまった。その日に六名がいなくなり、一週目の終わりにはさらに八名が姿を消していた。

ジェイスンにとってこれはまったく平常どおりのやりかただった。彼の見かたによれば、ああ、もし教官が彼らに厳しくしないなら、彼らはその教育課程に敬意をはらわないし、そんなものはやり抜く価値がないことになる。

「あの海兵隊員の気質というやつだな」と彼はいう。「われわれはお仕置きが大好きなんだよ。ケツを蹴られたら、『ありがとうございます、どうかもう一発食らわせていただけますか』というのさ」

もしジェイスンが期待していたものがお仕置きだったとしたら、海兵隊の課程は失望させなかった。

十二週間ぶっつづけのSSBCは（最近、十週間に短縮されたが）、いくつかの段階に分けられていた。座学、野外行動術、射撃術、忍び寄り、部隊抜きの戦術作戦（略してTOWOTs、トゥーツと発音する。これについてはじきにさらに触れる）、〈ヘル・ウィーク〉、任務／実地週間、そして結びのＰＩＧパーティにつづく卒業――まだ立ちつづけている者たちにとっては。

海兵隊はあくまで海兵隊なので、座学は信じられないほど厳しかった。授業は、ミリラジアンの数学（ミル・ドットの計算）と距離の見積もり、仰角と偏流、スコープの理論、しっかりとした射撃姿勢の基本、弾道学、武器システム、歴史、観測技術にかんする座学、狙撃任務、無線の操作法、射撃請求の形式、近接航空支援、あるいはいわゆる九項目《ナイン・ライン》の傷病後送を取り扱った（九項目と呼ばれるのは、請求に九項目の情報があるからである。場所、無線コールサイン、緊急の優先順位別の患者の数、必要とされる特別な装備、歩けるか歩けないかによる患者の数、地域の敵兵の説明、収容地点にどのように印をつけるか、患者のうちでアメリカ人あるいはそれ以外は何名で、軍人あるいはそれ以外は何名で、捕虜の数は何名か、そして地域に核・生物・化学兵器による汚染があるかどうかをふくめた地形の説明）。

一日になにを学ぼうと、彼らは合格か落第かを評価するため、翌朝いちばんでテストされた。それはつまり、一日の授業がはじまる前に、学生たちは前日のあらゆることについての徹底的な試験を切り抜けなければならないということだ。もし火曜日に四つの授業があったら、水曜日の朝にはその日の授業がはじまる前に四つの試験があった。

野外行動術は、通常の観測技術、ＫＩＭＳ（記憶系統に保存）ゲーム、隠蔽、野外スケッチなどから構成されていた。忍び寄り段階では、彼らはロブの八つの忍び寄りと同様に、十種類の忍び寄りで評価された。カナダ軍の課程がそうだったように、これが学校でいちばん困難な段階だった。

ついに射撃段階の時間がやってきた——そして、ジェイスン・デルガードは射場の初日に、彼が自分の軍事訓練のなかで最悪の体験と表現したものを経験した。彼はその表現にこうつけくわえている。「そしてそれはまったく自分のせいだったんだ」

彼とその日の相棒のアーロン・ウィンタールは、M40A1ボルトアクション狙撃銃で連続した射撃をくりかえしていた。ジェイスンは一回の連続した射撃をちょうど終えて、つぎの課題にそなえるために、射撃位置から立ち上がりかけた。すると彼らの首席教官であるヒーリー一等軍曹が、銃の残弾を確かめたかとジェイスンにたずねた。

〝あたりまえじゃないか〟ジェイスンはそう思った。実際に彼が口にしたのは、「確かめました、ヒーリー軍曹！」

「いいからもう一度確かめてみろ」とヒーリーは一見のんびりとして聞こえる南部なまりでいった。「おれのためにな」

彼の声の恐ろしいほどの静けさから、ジェイスンはまさにそのとき自分が失敗をしでかしたことを知るべきだった。しかし、まだ未熟すぎてそのことに気づかなかった。彼はなんのためらいもなく、いうとおりにした。薬室が空であることをしめすためにM40のボルトを引き——そして、ぞっとしたことに、きらきら光る銃弾が銃から飛びだした。ピーン！

やっと射場に出て、この武器システムを撃つ興奮のあまり、銃の残弾を確かめるのを忘れていたのである。彼は自分がちゃんとやったと思っていた。やったと確信していた。ただし、やっていなかった。そしてもちろん、ヒーリーは知っていた。

ジェイスンには、その呪われた弾丸が宙でゆっくりと回転して、ついに自分とヒーリー軍曹のあいだの地面に弧を描いて落ちるのに五分間かかったように思えた。ジェイスンは落ちた弾薬を見つめた。

ヒーリーは顔を向けずに静かな声で言った。「ライト軍曹?」彼らの体育教官であるライトが――そう、狙撃学校でさえも教育係下士官はいた――地獄の魔法のランプから呼びだされたサディスティックな精霊のように、即座にヒーリーの後ろに現われた。「このデルガードと射撃の相棒をつれていけ。こいつらには……激励が必要だ」

ジェイスンとアーロンがその午後、ライト軍曹の手にかかって体験したひととおりの体育訓練は、それ以前もそれ以後もジェイスンがかつて体験した最悪の体育だった。四十五度の湿気のなか、二時間近くつづけたあと、ふたりとも熱中症で倒れた。

ジェイスンは自分の銃の残弾を確認するのを二度とふたたび忘れなかった。

最悪の状況は、いみじくも名づけられた〈ヘル・ウィーク〉でおとずれた。最近は、学生が最低でも一日一度、食事を摂るのが義務になっているが、ジェイスンがこれを経験したときには、五日間ずっとなにも食べなかった。睡眠時間もなかった。

〈ヘル・ウィーク〉は、もちろん肉体的なものからはじまる。五マイルの背嚢ランニング、ＰＩＧの卵ランニング、そして夜に入ってからもさらに。隊舎に戻ると、ＴＯＷＯＴを作成しなければならない――あらゆる細部をくわしく説明した八十九ページから百五十ページの作戦命令だ。どんな靴紐を持っていくか、どんな種類の弾薬を持っていくか、認識票をどこにしまうか、救急キットをどこにしまうか、海兵隊員の身体の図を描いて各品目をどこにしまうかを詳述し、目標にたいする行動は……。人がおよそ思いつける任務のあらゆる側面を網羅する、膨大な量の細部だった。

海兵隊員たちはすでに睡眠不足で、何時間も過ごして肉体的に疲れはてていた。いまや彼らは一晩中起きて机に向かい、腹立たしいほど詳細な報告書に集中し、あらゆる断片を考慮し、正しく処理するよう念を入れなければならなかった。おまけに、軍曹たちは放送用のスピーカーで気を散らすような雑音を流しつづけた。誰かがアラビア語でしゃべっている音声トラックで、ところどころ英語の翻訳の断片がまじっていた。室内は意図的に暑く、風通しが悪かった。みんなは妄想の虜になりつつあった。ジェイスンはある時点で、青い風船とロブスターについてなにか書いていたことをおぼえている。それから自分の装備を横取りする猿にかんするなにかを。そのときは、意味のあることのように思えたのだ。しかし、幻覚を起こしていたかどうかにかかわらず、彼は書きつづけた。クラスの大半は、それができなかった。

翌日、彼らはほかの体育訓練をやり――五〇ポンド（約二三キロ）の背嚢を背負って数マイルのランニング、担架運び、そのほか教官がその日彼らのために考えだしたことをなんでも――それからへとへとに疲れて戻ると、来たるべき任務のための地形模型を作らねばならなかった。この模型は、できるだけ詳細で写実的な必要があった。彼らはこの作業に労を惜しまず、座標線には糸を使い、あらゆるものをスプレーで入念に塗装して、すべてができるかぎり本物らしく見えるようにした。完成するころには、これらの作品は小さな芸術品になりつつあった。

この時点で、彼らは三日間、一睡もしていなかった。

彼らが作業をしていると、教官たちが彼らを止めて、「おい、これはどういう意味だ――」というと、アラビア語でなにかいった。ジェイスンはそれが、前夜、学生がTOWOTを書くのをじゃましようとして流した言葉のひとつだと気づいた。ジェイスンはなぜかそれをおぼえていた。ほかには誰も見当がつかなかった。彼は手を挙げた。

「デルガード?」教官がうながした。

「それは、『おい、もう少しゆっくりしゃべってくれないか?』という意味です」

「おめでとう、デルガード!」と教官はいった。「褒美がもらえるぞ」

ジェイスンの褒美は、現金よりも、食べ物よりも、それ以外に彼が思いつけたであろうどんなものよりもすばらしかった。それは湯気をたてる大きなカップ一杯のホットコーヒーだった。三日間の不眠のあとで? まさに天国だった。彼はそこに座ってホットコーヒーをごくごく飲みほしながら、思った。〝ああ、そうとも、おれは王様だ……〟コーヒーを飲むと、エネルギーの荒々しいうねりが血管を駆けめぐるのが感じられた。それは思いだせるなかでもっともすばらしい感覚だった。彼は天にも昇る心地で、よろこんで世界を相手にするつもりだった。

彼は立ち上がり、自分の地形モデル作りを再開するために戻っていった。

「よし、みんな、作業をやめろ」と教官が命じた。「休憩時間だ。仮眠を取るのに三十分あたえる」

ジェイスンは天からころげ落ち、地上に戻った――それよりさらに下に。

クラスのほかの全員は聞き取れるほどの安堵のため息をいっせいに漏らし、床に倒れこんだ。たちどころに全員が眠っていた。つぎの三十分間、ジェイスンはあおむけに横たわって、天井を見つめ、小声で悪態をついていた。〈ヘル・ウィーク〉で、眠る機会があたえられたのははじめてだった。〈ヘル・ウィーク〉で、眠る機会をあたえられたのは、これが最後でもあった。なのにジェイスンは一睡もしないでそれを終えたのである。

しかし、彼は〈ヘル・ウィーク〉と課程のそれ以外の側面をすべて完了した。射場でのあのぶざまな初日以降、ジェイスンは射撃段階でつらい体験をした。彼と射撃の相棒ジェシー・ダヴェンポートはふたりとも射撃の名手だったが、経験豊富な観測手とはいえなかった。射撃段階の第一週目、彼らは三度の資格認定射撃を行ない、三度のうちでいちばんいい得点を採用した。ジェイスンは最初の二度を完全に失敗したが、三度目でなんとかすべりこんだ。しかし、射場の初日がかつて最悪の訓練体験だったとしたら、狙撃学校の最終日は最高の体験だった。彼はハイ・シューターのクラス一位の順位をあたえられた。

クラスには最初三十四名がいたが、そのうち卒業したのは十二名だけだった。三名が海軍SEAL隊員で、二名が海兵隊将校、そしてジェイスンとジェシーをふくむ七名が平の海兵隊員だった。卒業後まもなく、友人ふたりは、バグダッドへの北上進撃にくわわって、第四海兵連隊第三大隊とともにイラクへ向かっていた。

〈ジョージ・フォアマン・グリル〉を購入して、レインジャー学校で幻を見たあのステーキを食べてから数週間以内に、ニック・アーヴィングはまた訓練に出かけた。つぎの七カ月、彼は合計して三、四週間ほどしか自宅で妻と過ごさなかった。その残りの時間、彼はつぎからつぎへとたえまなくやってくる狙撃手課程にどっぷりつかっていた。

時代は、わたしがSEALの課程を修了した二〇〇〇年でも、ロブ・ファーロングとジェイスン・デルガードが自分たちの課程を終えた二〇〇一年あるいは二〇〇二年でもなかった。そして、まちがいなくアレックス・モリスンが課程で最初の一発を撃った一九九一年でもなかった。ときは二〇〇八年で、アメリカは複数の戦線で長期化した戦争に七年も深入りしていた。レインジャー部隊は正気とは思えないほど高い作戦頻度で活動し、ふたつの戦域にまばらに展開していた。彼らには資格を持った狙撃手が必要で、しかもそれを早く必要としていた。

ニックが参加することになった五週間のやっつけ仕事の基礎陸軍課程は、高度な特殊作戦課程ではなかったし、最高の狙撃手を生みだすという評判は得ていなかった。しかし、ニックには強力な利点があった。彼はレインジャー隊員であり、そして第七五レインジャー連隊には自前の訓練系統があった。そのなかにはあらゆる種類の学校があり、そのうちの一部は、何十年にもわたってティア1特殊作戦グループからFBIのHRT（人質救出チーム）やシークレットサービスの狙撃手まで、あらゆる人間を教えてきた専門の民間事業によって運営されていた。さらによいことに、彼らは自前の隊内教育〝学校〟を持っていた。ジェイスン・デルガードの六カ月間の沖縄における教化訓練を思わせる一種の狙撃学校以前の予備訓練だが、ただしこれは、都会で身を守る知識を身につけた熟練狙撃手の基本を学ぶ、二週間の徹底的な短期集中コースで、何十年もこの稼業についている男たちによって教えられていた。

約二十名の学生の集団は、はじめる前に体力テスト――おきまりの完全装備の二マイル走、障害物コース――に合格し、つづいて一連の心理テストを受けなければならなかった。そのなかには、ニック・アーヴィングには奇妙きわまるとしか思えない長い一連の質問もふくまれていた。「母親と父親、どっちのほうをより愛しているか？」ニックはいちばんいい答えはなんだろうかと首をひねった。

「ケーキより花が好きか？」〝もし花といえば、ゲイのように聞こえるだろうが、もしケーキといえば、子供の精神構造から抜けだせないような感じになる〟

そんな質問が六時間近くえんえんとつづき、ニックは最初から最後までずっと、あれでよかったのだろうかと後悔していた。どうだっていいさ。彼はただ答えを投げつけ、うまくいくよう願った。一連の質問のあと、彼はしばらく精神分析医と話さねばならなかった。狙撃手志願者の何人かは、課程のこの部分をうまく乗り切れなかった。

心理的評価のあとは、委員会による厳しい尋問が待っていた。ニックは室内に案内され、長いテーブルの端に着席し、向こう端の約十名の上級狙撃手と向き合った。この男たちは、賛成か反対かをいう絶対的な権限を持っていた。ほかの資格認定にすべて合格し、あらゆる面で抜きんでることはできるが、もし彼らが班にほしくないと思い、レインジャー狙撃手の伝統を維持することができる人間ではないと考えたら、彼らははっきり反対ということができ、それでおしまいだった。彼らは賛成といった。

それから訓練がはじまった。ニックたちはあらゆる種類の装備を支給された。なかにはニックがこれまで見たことがないものも、なんに使うのか見当もつかないものもあった。奇妙な外見のリュックサック。スノースーツ。森林環境用のギリー・スーツ。市街地用の装備。さまざまな竿や棒や梯子。カーゴポケットにおさまるが、四メートルの屋根によじ登るのに使える梯子。

そして、彼らの狙撃銃。

ニックは、まさに怪物そのものの五〇口径のバレットM82狙撃銃と、三〇口径のMC24狙撃銃、そしてSR-25をあたえられた。MC24はM24のできたばかりの型式で、これもまたじつにすばらしい銃だ。ニックはそのすべてを撃ち、すべてを学び、すべてに習熟した。しかし、そのSR-25を手にした瞬間、それは一目惚れならぬ一触れ惚れだった。

その夜、ニックは前の年にモスルで経験したことを思いだした。そのとき彼はまだストライカー装甲戦闘車輛の運転手兼機関銃手だった。ニックの部隊は待ち伏せに遭い、大がかりな銃撃戦に巻きこまれた。チーム指揮官のひとりがニックのストライカーの車内スピーカーに〈iPod〉を接続し、彼らはマイケル・ジャクソンのヒット・シングル〈ダーティー・ダイアナ〉をボリューム最大で流しながら、その待ち伏せを戦い抜いた。

ニックはマイケル・ジャクソンを聞いて育ったし、それ以上いい名前は想像できなかった。〈ダーティー・ダイアナ〉に決まりだ。

彼はつぎの二週間を射場で毎日六時間から八時間ぶっとおしで過ごし、M24と〈ダーティー・ダイアナ〉を撃った。それと同時に、上級狙撃手たちは、自分たちが知っていることをすべて彼らに教えるのに全力をかたむけた——長距離射撃の数学、忍び寄りと隠蔽のこつ、内部弾道と外部弾道と終末弾道の顕著な点——そのあいだずっと、彼らが撃つ銃弾をさらに供給しつづけた。終わりのない無制限で食べ放題の弾薬バイキングを。部隊をあとにして、陸軍の基礎狙撃手課程に出発するころには、ニックは訓練を終えていた。

しかし、実際の狙撃手課程に取りかかると、彼らを葬るのは射撃ではなかった。ニックは陸軍の狙撃手課程を自分の軍事訓練全部のなかでもっとも困難な経験だったと評価している。そして、その困難さは、射撃術とは関係なかった。クラスの約七〇パーセントを落第させたのは、野外行動術と忍び寄りだった。しばらくのあいだ、ニックは自分が犠牲者の仲間入りをするかもしれないと思っていた。

はじめのテーマのひとつは、目標の発見だった。広い視野のなかで、場ちがいな小さな対象物を見つけられなければならなかった。ニックはこれにすっかり戸惑った。コースにはじめて出た日には、そこに隠された物体をひとつも見つけられなかった。

つぎに教官がコースに出た。そして、学生たちが見ているあいだに、歩きまわって、それぞれの対象物にひとつずつさわっていった。ニックは心のなかでつぶやいた。〝驚いたな——あんなものを見るように目を訓練するなんてぜったいに不可能だ!〟

ニックは自分が銃を撃てることを知っていたし、忍び寄りの段階はかなり優秀だろうと思っていた。しかし、視力については心配だった。そもそも、色覚異常にもかかわらず、かろうじて軍隊に入ることに成功したのだ。目が最後には自分を裏切ることになるのだろうか。それが自分の致命的な弱点になるのだろうか？　自分がずっとやりたいと思っていたことをできないようにして、自分を機関銃手か強襲要員として連隊に送り返すものに。

彼は思った。〝おれはもしかすると本当は狙撃手に向いていないのかもしれないな〟

しかし、課程が進むにつれて、彼はそれがどういう仕組みになっているのかなんとなくわかりはじめた。カナダ軍のロブ・ファーロングの課程とまったく同じように、彼らは視点を変える方法を教わった。色や輝き、影、輪郭といった特徴のある重要な要素を探すやりかたを。自然界では固い線はめったにない。ある種の影は、自然環境ではまったく筋が通らない。ある練習会では、教官はタイムを宣告して、コースに出ていくと、岩の後ろに半分隠れて葉っぱが一部かぶさった、小さな歯ブラシの頭を指ししめした。

「この歯ブラシの頭がどうして見えないんだ？」

「だって」と誰かがいった。「小指と同じサイズですよ！　おまけに、葉っぱがかぶさっている！」

「ああ」と教官はいった。「だが、これを見ろ。このまっすぐな線を見るんだ。そして、それが葉っぱの縁の曲線と対比してどんなに目立っているかを」

すると突然、ニックには教官の言葉の意味が正確に理解できた。大切なのはただ視力がいいことではない。大事なのは目を使って――実際には頭を使って――より広い景色にちょっとなじまない小さなものを選びだすことだ。その数日後、彼はテストで高得点を取っていた。

ある日の朝、彼らは体育訓練で五マイル走をやった。ランニングから戻ると、一連の腕立て伏せと腹筋運動をこなし、筋肉の疲労がたまりはじめると、教官は彼らを教室につれていき、着席させて、ペンと一枚の紙を渡し、こういった。「今朝、走ったルートぞいに、二十の軍用品があった。一分あたえるから、それを全部、書きだせ」

彼らはそのコース全体に、無作為に選んだ二十個の物体を配置していた――路上や木のなか、道路標識の上、森の奥に。しかも、すべてがごく小さいか、そうでなければ目立たないようにしてあった。〈止まれ〉の交通標識の棒にテープで留めた銃弾。彼らが走っているルートから三〇メートルは離れた森の奥の木にぶら下げたギリー・スーツ。しかも、学生たちはこれがいつもの朝のランニングではないことを事前に知らされていなかった。教官たちはひねくれていた。

ニックとほかの者たちは、座って紙切れを見つめながら、あるかどうかもわからない記憶の細部を引きだそうと全力をつくした。そのあいだ、教官たちは大音量のロック・ミュージックを流し、照明をつけたり消したりし、屑籠をがんがん叩いた。空いた机をひっくり返すことさえした――気を散らすことになるのならなんでも。学生たちには書き終えるまで一分間あった。

そして、驚いたことに、彼らはそれをやってのけた。ニックにはほとんど魔法のように思えたが、彼の見る能力と見たものを思いだす力は高まりつつあった。彼の体格と肉体的なスタミナがそれ以前の歳月の基礎訓練で向上していたように。

最後に、忍び寄り自体の時間がやってきた。そこでは（海兵隊の課程とまったく同じように）十段階の忍び寄りのなかで少なくとも七つに合格しなければならなかった。多くの学生が、教官を出し抜くのに必要なことをやるための忍耐力を持っていなかった。教官は元海兵隊の特殊作戦部隊員で、ヴェトナム戦争に従軍し、ギリー・スーツを完全に身につけた狙撃手を一〇〇〇ヤード（約九〇〇メートル）の距離から裸眼で見つけだすことができた。この男の鷹の目のもとでは、一メートル半進むだけで三十分から一時間かかることもありえた。

ニックは自分の全記憶を奥深くまでさぐって、狙撃手について読んだり見たりしたことを事細かに思いだし、カーロス・ハスコックの霊が降りてくるよう全力をつくした。一度に数センチずつだ、アーヴ、と彼は自分にいい聞かせた。一度に数センチだけ。十段階の忍び寄りのうち、彼はひとつもしくじらなかった。

陸軍の狙撃手課程を無事卒業したあと、ニック・アーヴィングはアメリカ全土でつづけざまに一連の専門訓練課程を受け、教育課程から教育課程へと、ピンポン球のように国内を行ったり来たりした。

まず最初は、民間の二週間の極長距離精密射撃課程で、南テキサスで〈ライフルズ・オンリー〉という会社が運営していた。〈ライフルズ・オンリー〉の男たちは、警察特殊部隊SWATチームやFBI、ATF（アルコール・煙草・火器局）、SEAL隊、英陸軍特殊空挺隊SAS、米海軍特殊部隊DEVGRU、ありとあらゆる組織の狙撃手を訓練していた。長距離精密射撃を専門とする人間なら誰でもみんな。そして、もちろん、陸軍のレインジャー部隊も。

この課程には忍び寄りも、野外行動術もなかった。極大射程における弾道学と高精度射撃術以外はなにもない。

彼らは学生にたくさんの数学と銃をきわめて精確に撃つためのテクニックを教えた。この場所は風が強く、理想的だった。こうした長距離射撃では、風が主として射撃をだいなしにするものだからである。

課程はひじょうにペースが速く、じつに長い時間にわたり、朝七時にはじまって、たいてい夜の六時ごろに終わった。ときには熱映像装置をつけて夜間射撃をすることもあった。課程は一回の休憩もなく二週間ぶっ通しでつづいた。

ニック・アーヴィングはほかに七人のレインジャー隊員と講習を受けた。そこでの二週間、彼らは、ニックがその数を推定することさえできないほど、何千何万発という銃弾を発射した。彼らが使う弾薬をすべて運びこむには、彼ら八人のためだけに、十八輪のフラットベッド・トラックが必要だった。その課程が終わるころには、彼の胸の右側全体が、あざで紫色になっていた。

狙撃学校では、軍狙撃手の標準である二〇インチ×四〇インチ（約五〇センチ×一〇二センチ）の標的で訓練した。テキサスでは、直径三インチ（約七・六センチ）の円形標的が用意されていた。〝おいおい〟とニックは思った。三〇〇ヤード（約二七〇メートル）で三インチの標的に命中させるなんてできっこない！　しかし、彼らはやってのけた。つぎに人間の頭の大きさと形をした標的をあたえられた――射距離一〇〇〇ヤード（約九〇〇メートル）で。これもできないと思った。そして、もちろんやってのけた。

精密射撃課程から戻ると、ニックには銃を手入れして、妻にキスをし、司令部に連絡を入れる時間があった――そして、それから彼はアメリカ西海岸の〈ライフルズ・オンリー〉が運営するべつの課程に出かけた。ただし今回の場所は、カリフォルニアの高山地帯だった。

地形と気候の変化とはこのことだ。ニックはつぎの三週間、身を切るように寒い標高数千フィートの山々をハイキングで登ったり降りたりして過ごした。この場所はアフガニスタンの北部と東部の環境を疑似体験するというじつに確かな仕事をした。

ここもまた高精度射撃の学校だったが、重点は極長距離――一八〇〇ヤード（約一六二〇メートル）、二〇〇〇ヤード（約一八〇〇メートル）――と、高角射撃に置かれていた。高角射撃には直線射撃とはまったくちがった数学が必要となる。彼らは極端な角度で、極長距離の射撃をすることになっていた。山頂から山のふもとへの射撃を。彼らはピタゴラスの定理を使って、極度の斜面の上に向かって撃ったり、下に向かって撃ったりするための補正をすることを学んだ。彼らはこれを「スロープ・ドープ」と呼んでいた（これについてはあとでもっと触れる）。風は上のほうでは猛烈で、しばしば予測がつかなかった。さらにニックは基本的な風速と風向を超えた風のさまざまな質についてもたくさん学んだ。また、高度が射撃にあたえる影響を経験することにもなった。高いところへ行けば行くほど、いっそう寒くなるが、それと同時に空気も薄くなり、銃弾はより遠くへ、より速く飛翔する。

またしても、課程では何千何万という弾薬を長時間ノンストップで撃ちつづけた。そのあいだじゅうずっとニックは、射撃用の弾薬が無制限に供給されるという、この現在の贅沢が、野戦では得られないものであることを痛感していた。野戦では、弾薬はかなりの供給不足になりがちだった。撃った弾を一発一発数えることが必要になるときがくるだろう。彼の命と、ほかの者たちの命は、それにかかっている。

学ぶことはもっとあった。ニックは市街地狙撃手課程を経験し、市街地の隠れ場所の技能を叩きこまれた——原理はジャングルや砂漠の隠れ場所とまったく同じだが、ただしその舞台は建物とにぎやかな通りだった。彼は世界最高の射撃の名手集団であるアメリカ陸軍射撃術隊（ＡＭＵ）が運営する第七五連隊の選抜射手課程を修了した。この男たちはオリンピックで射撃競技の選手となる。彼らの射撃はじつに驚異的な見物だ。ニックは陸軍の精鋭特殊作戦課程である特殊作戦目標阻止課程（ＳＯＴＩＣ）に進むことになっていた——しかし、ただ時間がなかった。アメリカは戦争にどっぷりつかっていて、彼は海外で必要とされていた。

半年以上ほぼ途切れることのない狙撃訓練のあと、ニックは二週間の休みをもらってから、大きなＣ－17輸送機に乗りこんだ。つぎの停車駅は、アフガニスタンのヘルマンド地方だった。

それより七年ちょっと前、われわれがアフガニスタンでちょうど戦闘を経験しはじめたばかりのころ、ロブ・ファーロングは、狙撃学校生活の最後の数日間に入っていた。そのはじまりは最終訓練演習（ＦＴＸ）で、二日間の模擬任務だった。この課程では、警察のメンバーがくわわり、警察犬と警察犬係が学生を追跡した。ロブは人間と犬の両方をかわして、目標にたどりつき、それを仕留めなければならなかった。無事、必殺射程内に入って、最終射撃位置（ＦＦＰ）を決めると、スコープをのぞきこんで、当時の空気を雄弁に物語るものを目にした。教官たちは標的の上にウサマ・ビン・ラーディンの等身大の写真を貼りつけていたのである。

ロブはビン・ラーディンの頭をきれいに撃ち抜いてすかっとした。

しかし、最終訓練演習は、完全に最後とはいえなかった。課程のなかでもっとも難しい最終忍び寄りが、まだそのあとにひかえていた。この二度の忍び寄りの最後では、学生が発見されずに最終射撃位置にたどりつくのに成功すると、教官たちが観測所からどいて、かわりに鋼鉄製の標的が置かれる。ここで学生は標的に実弾を発射して、弾丸がきれいに通過するための正しい通り道をたしかに確保し、任務を成功裡に終えるために必要なことをすべてやったことを確証して、忍び寄りを終えなければならない。

ロブは、その狙撃手課程における最後の射撃で、自分の銃弾が鋼鉄に命中する音をいまでも鮮明におぼえている。心の底からほっとする、彼の軍事訓練全体のなかでもっとも記憶に残る瞬間だった。

全員が最後の一発を発射すると、その場でただちに、彼らの卒業式がコース上で執り行なわれた。訓練施設の指揮官である大佐が、五通の証明書を持って現場にやってきた。行事に彼が出席したこと自体が、この特別な課程がいかに重要と考えられているかのあかしだった。

学生たちはまだギリー・スーツと迷彩ペイント姿でひとかたまりになって立ち、大佐がまさにその現場でひとりひとりに〝豚の歯〟と呼ばれる銃弾のネックレスと証明書を贈呈した。

「おめでとう」と彼はグループに向かっていった。「諸君がここで成し遂げたことは、ごく少数の者だけがなしうることだ。さあ、顔を洗って、装備を返却したまえ――そうしたら、いっしょに何杯か引っかけに行くんだ。諸君らはそれだけのことをやったんだからな」

ほかの者たちが宿舎に引き返しはじめると、大佐はロブの方を向いて、静かに彼に話しかけた。「残念だが、ファーロング」と彼はいった。「きみはほかの者たちといっしょに晩のお祭り騒ぎにくりだすわけにはいかないんだ」

〝勘弁してくれ〟とロブは思った。〝なんだっていうんだ？〟

「きみにはエドモントンの原隊に出頭してもらう」と指揮官は言葉をつづけた。「いますぐにだ」

カナダ軍の狙撃手課程は通常、きわめて高い脱落率を誇っている。九五パーセントもめずらしいことではない。しかし、このクラスは通常とはほど遠かった。力量《キャリバー》は並はずれて高く（もちろん銃の口径《キャリバー》にかけただじゃれだ）、合格率も同様だった。課程をはじめた十五名のクラスのうち、まるまる三分の一が卒業にこぎ着けた。この五名の卒業生のうちで、ひとりはまっすぐ展開任務に出るように選ばれていた。

ロブはクラスメイト全員と握手を交わし、兵舎に戻って、装備を荷造りすると、エドモントンへ車で戻っていった。

戦争に行くときがきた。

5 プラチナの水準

優秀な成果をあげたいのなら、きょうその目標を達成することができる——この瞬間以降、優秀とはいえない仕事をやるのをやめることだ。——〈IBM〉の創設者トーマス・ワトスン

わたしは9・11同時多発テロ事件以後、アフガニスタンで過ごした月日のあいだじゅうずっと、ふたつのことに焦点を合わせていた。まず、息子に無事会えるように、金玉を撃ち抜かれたり、脳味噌を吹き飛ばされたりすることなく、アメリカに帰還すること。息子はわたしがいないあいだに生まれていた。そして、もうひとつは、もし帰還したら、つぎはいったいなにをやるかだ。わたしが思いついた計画は、単純だった。BUD／S訓練の教官になって、大学の勉強を終える。

現役勤務のSEAL隊員にとって、BUD／S訓練に行くのはひと休みするようなものだ。おそらく週に三日働いて、学生を怒鳴りつけ、週末には自分の車を洗わせ、息抜きをする機会を手に入れる。わたしはBUD／S訓練をやって、休みの日は家族と過ごし、息抜きの時間に学位を

取るための勉強を終えられる。全体的に見て、じつにごきげんな状況だった。わたしはそれが気に入った。

実際には、そうはならなかった。

そのかわりに、わたしとBUD／S訓練のチームメイト、エリック・デイヴィスは、人生最大の挑戦を手渡された。「やあ、おまえたちふたり」とわれわれは命じられた。「おまえたちには、地球上でもっとも現代的で効果の高い狙撃訓練課程を考案し、構築して、実施するのに手を貸してもらいたい」

この任務に取り組むようたのまれたとき、わたしは数年前の二〇〇〇年の出来事を思いだした。いくつかの席が空いたので、われわれの小隊一等兵曹であるダン・グーラートは、海軍特殊戦狙撃学校に入校するようわたしと親友グレン・ドハティを指名したのである。われわれは恐れおののいた。ふたりとも新米だったからである――つまり、まだ展開勤務をやったことがなく、見習いもいいところのSEAL隊員ということだ。新米が狙撃学校へ行く機会をあたえられることはめったにない。彼らはこういう激励の言葉をかけてわれわれを送りだした。

「しくじるんじゃないぞ」

そしていま、わたしは、それからわずか三年で、狙撃学校に行くのでも、そこで教えるのでもなく、それを徹底的に作り変えるよう指名されていた。

わたしはBUD／S訓練にかんする自分の計画のことを考えた――家族との上質な時間。学位を修了し、残りの人生に取り組む。すばらしい計画だ。しかし、彼らが差しだしているものをことわることなど、いったいどうしたらできるだろう？　それは信じられないほどわくわくする名誉だった。

同時に、とんでもなく手強い挑戦でもあった。われわれは実質上、まるまるひと世代分の狙撃手にたいする責任をゆだねられることになっていた。わたしは自分が仕事を引き受けますというのを聞きながら、この激励の言葉で自分をひそかに元気づけた。

〝しくじるんじゃないぞ〟

奇妙なのは、狙撃手にかんする事柄全体が、多かれ少なかれ、偶然に起きていることだった。それはまちがいなくわたしが探し求めることではなかった。

最高の狙撃手の多くは、軍に入るずっと前から、銃のことをよく知っていた。ロブ・ファーロングやジェイスン・デルガード、そしてニック・アーヴィングは、髭が生える前にライフルをいじっていた。マーカスとモーガン・ラトレルは、食料のために狩りをしながらテキサスで育った生まれついての射撃の名手だった。クリス・カイルはたぶんライフルを手にして産道を通ってきたのだろう。

わたしはそうではない。軍に入る前、わたしはほとんど銃を撃ったことさえなかった。わたしは銃を撃ちたいと思いながら大きくなったのではない。わたしの望みは空を飛ぶことだった。ニック・アーヴィングは子供時代、カーロス・ハスコックと海軍ＳＥＡＬ隊にかんする本やビデオを手当たりしだい漁りに出かけていた。わたしを夢中にさせた映画は〈トップガン〉だった。わたしは〈スター・ウォーズ〉の熱狂的ファンだった。飛行に関係することはなんでもわたしの注意を引いた。かわいこちゃん、おれを操縦席に座らせて、一万二〇〇〇フィート上空につれだし、ミレニアム・ファルコンを飛ばさせてくれ！（余談だが、これはいまでも事実だ。友人を乗せてマンハッタンのスカイラインの上空を横切ったり、高度数千フィートで西海岸を飛びまわったりすることほど、わたしが愛しているものはない——背面飛行ならなおさらいい）。

ＳＥＡＬ隊の訓練では、わたしは初心者として銃に取り組みはじめ、あまり優秀な学生ではなかった。アレックス・モリスンがそうであったように、どうやら魚を捕ってきた日々がわたしに染みついていて、それが結局は、目標に忍び寄って発見して撃つ能力へと変わったのである。しかし、ＢＵＤ／Ｓ訓練中の射場におけるわたしのお粗末な腕前を見ていたら、そんなことは思いもつかなかっただろう。

それからエリックがいた。

エリック・デイヴィスは、わたしと同じように、ベイエリアで育った。彼の父はサンマテオ郡の保安官だった。父親の父親はＦＢＩの特別捜査官で、その父親も法執行者だった。銃を手にして秩序を守る人間になることは、多かれ少なかれ彼の血筋であり、彼がＳＥＡＬ隊に入隊した理由はこれ以上ないほど単純だった。自分自身を保護し、守ることができない人々を保護して守るためである。

しかし、こうした出自にもかかわらず、エリックはわたしと同様、銃と無縁で育ち、ＳＥＡＬ隊の訓練前には射撃の経験がまったくなかった（水中銃さえも）。実際、彼は銃を撃つことがそれほど好きですらなかった。彼が好きだったのは、全体がどういう仕組みになっているのかを解き明かすという挑戦だった――どのようにそれを分析して取り入れ、それからその一連の複雑な技能をどのように教えるかという挑戦である。彼は生涯ずっと人間の能力を研究してきたし、そのための情熱があった。しかし、実際の射撃は？　とりあえずこうとだけいっておこう、この男が余暇にハンティングに行くことはぜったいにないと。

だから、そう、地球上で最良の狙撃訓練課程を作りだすのに助力するという任務は、海軍に入ったときには銃がからっきし撃てなかったふたりの男にまかされたのである。

これだけでもじゅうぶん皮肉な話だ。ここにそれをいっそう皮肉にする話がある。これがそもそも海軍内部で起きつつあったということだ。というのも、ＳＥＡＬ隊の狙撃訓練課程の不都合な真実とはなにか？　この課程は、その短い存在期間のほとんどで、正直なところそれほどすぐれたものではなかった。たしかに、水準は高かった。桁外れに高かった。しかし、教育の質は高くなかったし、脱落率はおそろしく高かった（われわれがじきにわかるように、いずれの問題も劇的に一変させることができた）。

この問題についてちょっと考えてみよう。ＳＥＡＬ隊は海軍の一部だ。陸軍でも、海兵隊でもない。ＳＥＡＬ隊は第二次世界大戦のＵＤＴ（水中処分チーム）の戦士たちにその起源を持っている。水中を泳いで、ものを吹き飛ばすのが専門の男たちだ。現在でも、われわれは自分たちをフロッグマンと呼んでいる。空軍がなによりも空にいることを優先するのと同じように、海軍はなによりも水に出て、水上と水中にいることを優先する――三〇口径のマーク13狙撃銃で精確に狙い撃つのに理想的な環境とはあまりいえない（空軍が一流の狙撃手の訓練課程を作りだす役割をになうと思うだろうか？）。そして、ＳＥＡＬ隊員は自分たちのことを正確には「水兵」とは考えていないし、実際のところ海軍の一部とさえも思っていないが、現実には海軍の特殊戦部隊である。われわれはレインジャー部隊でも、海兵隊の部隊偵察隊《フォース・リーコン》でもない。われわれはＳＥＡＬ隊なのだ。

陸軍の基礎訓練では、兵士をじゅうぶん仕事に役立つだけ射撃に精通させる。海兵隊の新兵訓練所は徹底的なライフルの訓練をほどこす。海軍の新兵訓練所では、自分を撃たないように拳銃をホルスターから抜く方法を教える。

この微妙なちがいがわかるだろうか？

そして、このちがいが、それぞれの軍種の狙撃訓練課程に歴史的に引きつがれてきたのである。

海兵隊は第二次世界大戦中にアメリカではじめて本物の軍狙撃手訓練課程を設立し、アメリカ海兵隊の狙撃手課程はそれ以来ずっと信頼できる教育課程でありつづけてきた。カーロス・ハスコックが海兵隊員だったのは偶然ではない。海兵隊の狙撃手は伝説的であり、偵察狙撃手基礎課程《ＳＳＢＣ》の資格を得ることは、軍では名誉の印である。こんにちでさえ、海兵隊員には、ほかの誰もが触れられないなにかがある。彼らは初日から射撃術とライフル射撃の信頼できる訓練を受ける。海兵隊は世界屈指のライフル銃手の何人かを生みだしている（実際、現在ＳＥＡＬの訓練のために上級狙撃手課程を運営しているわたしの友人は、最近、元海兵隊員を教官として雇ったといっている）。

海兵隊の課程は最高水準のものだが、陸軍にもいくつかじつにすばらしい訓練がある。ニック・アーヴィングが修了した基礎狙撃手課程は、海兵隊の訓練課程ほど完璧なものとはほど遠いが、それでも要点はすべてしっかりと訓練しているし、陸軍の上級訓練課程は一級品だ。

それからSEAL隊の課程がある。

SEAL隊は、ヴェトナム戦争時代から存在していたが、六〇年代、七〇年代、八〇年代をつうじて、隊内の海軍特殊戦狙撃訓練課程は存在しなかった。当時、狙撃手の訓練を受けたいと思ったSEAL隊員は誰でも、アメリカの軍狙撃手が生まれた場所へ送られた。海兵隊へ。海軍特殊戦狙撃手課程が自前の狙撃手課程をまとめ上げはじめたのは八〇年代後半になってからで、いったん軌道に乗ってからも、依然として継子あつかいだった。『極秘特殊部隊シール・チーム・シックス』の著者ハワード・ワーズディンと彼のチームメイトのホーマー・ニアパスは、勲章を受けた狙撃手で、ふたりともモガディシオの戦いにおける功績で銀星章を得ている（ワーズディンの場合には名誉戦傷章も）。ふたりは、SEALの学校か、海兵隊の訓練課程か、それとも陸軍の特殊作戦目標阻止課程（SOTIC）課程か、いずれかの訓練の選択権を提示されたことをおぼえている。

「狙撃学校へ行ったことのあるSEAL隊の仲間たちと話したところ、ひとり残らず海兵隊の狙撃学校へ行くことを選択していた」とワーズディンはいう。

彼とニアパスは同じようにした。

アレックス・モリスンが一九九一年に修了したときには、課程は理不尽なほどむずかしく、その十年後にわたしが修了したときにも、同じように正気とは思えないほどむずかしかった。しかし、きわめてむずかしいからというだけでは、きわめて効果が高いということにはならない。たしかに、幾人かのすばらしい狙撃手がこの課程から生まれたが、ある意味で、それは訓練のおかげと同じぐらい、訓練にもかかわらずといってよかった。

海軍特殊戦狙撃手課程は、とくに最初は、あまりよく整理されていなかった。教官たちは、競技射撃をずいぶんやってきて、すばらしい射撃の名手だったが、実際に戦闘を経験した者はほとんどいなかった。教育課程は、概要は海兵隊の課程内容を手本にしていた――観測訓練、記憶保存ゲーム、スケッチ、とてつもなくむずかしい忍び寄り、などなど――が、日々の教育の細目にかんしては、これらの教官団が多かれ少なかれ、自分たちで考えだしていた。

九〇年代に入って、課程はしだいにより形式化され、体系立てられて、進歩していった。そうはいっても、わたしが二〇〇〇年に修了したころには、依然として十年前にアレックスが修了したのと本質的には同じ課程だった――そして、ワーズディンとニアパスをはじめとする最高の狙撃手志願者たちがすっ飛ばしてほかの訓練課程を選んだのと同じ課程である。

エリック・デイヴィスが一九九九年に修了したときには、狙撃学校でいちばんむずかしかったのは、いったい自分たちはなにを学んでいることになっているのかをはっきりさせることだったと、彼はいう。

「当時は、題材がまったくちゃんと整理されていなかった」とエリックはいう。「弾道学であろうが、射撃であろうが、忍び寄りであろうが、ほかのなんの題材であろうが、教官たちはたくさんの情報をわれわれに浴びせかける――だが、それがみんなどう組み合わさるのかがはっきりしなかった。とにかく自分たちで解決しなきゃならないことがたくさんあった」

海軍特殊戦狙撃手課程は、その起源からして、いわば大西部ショーのようなもので、有名なSEAL隊指揮官ディック・〝ローグ・ウォーリアー〟・マーシンコの退役書類のインクが乾いたか乾かないかというころに創設された。それ以来、十数年のあいだに、かなり進歩はしていた――しかし、依然としてそのDNAを持っていた。

われわれの任務は、それを可能なかぎり最高の水準のきわめて専門的な事業に変えることだった。

〝そして、しくじるんじゃないぞ〟

幸運にも、われわれには自分たちに有利に働くことがいくつかあった。その第一は、われわれを呼び寄せ、われわれのボスとなる二人の男だった。当時、西海岸で海軍特殊戦狙撃手訓練課程を運営していたボブ・ニールセン上等兵曹と、東海岸で彼の同役だったジェイ・マンティ最先任上級上等兵曹である。

正当に評価すると、中心となる訓練課程はエリックとわたしが現場に到着するころには、すでにニールセン兵曹とマンティ兵曹によってかなり改変されていた。このふたりは、優秀で、勲章も受けた一流の狙撃手で、課程が進むべき目標について、驚くほど先見の明のある展望を持っていた。彼らはたんに仕事を全部やらせるためにわれわれふたりを雇ったわけではなかった。彼ら自身も、仕事のかなりの部分をやっていたのである。

われわれの有利に働く第二のひじょうに価値あることは、エリック自身だった。これ以上すばらしい訓練の相棒は望めなかったことだろう。エリックは優秀な教官である。彼がなにを教えていようと、わたしは自分が何時間でもそこに座って、耳をかたむけ、釘づけになれることを知った――そして学べることを。この男は生まれついての教師だ。それ以上に、彼にはたぐいまれな才能がある。エリックはものごとの仕組みに魅了されていて、いかなる過程もそれを分析して取り入れるすぐれた能力を持っている。どんなに複雑でも、それを数百の部品に分解し、まったく新しい水準で組み立てることができるのだ。スイス製の時計を分解して、ジェームズ・ボンドの武器システムに作りなおすように。

それにくわえて、われわれふたりはすでに親友だった。エリックはわたしのBUD／S訓練の同期で、ふたりともSEALチーム・スリーに入った。彼はわたしの二学期前の九九年にSEAL狙撃手課程を修了した。わたしの小隊が二〇〇〇年秋に中東へ出発し、結局イエメン沖でテロ攻撃を受けた駆逐艦コールに乗り組むことになったとき、彼の小隊は中東に展開して、バーレーンを拠点に活動していて、彼はそこで数十回、規則を守らない船の臨検に従事した。彼がいうところの〝海賊問題〟である。9・11同時多発テロ事件が起きたとき、エリックの小隊はちょうど帰国したばかりで、展開後の休暇に入っていた。わたしの小隊はすぐにアフガニスタンに送りだされた。彼の小隊はつづく一月に展開して、結局カンダハルのTOC（戦術作戦センター）におちつき、そのあいだわたしは野戦に出ていた。エリックとわたしにとって、こんな常識はずれのわくわくすることはいうまでもなく、いっしょに働く機会は、うれしい贈り物だった。

われわれに有利に働く第三のことは、歴史とタイミングだった。

歴史的に、アメリカの狙撃手訓練課程はほとんど例外なく、平和が長くつづく時期にはそっぽを向かれ、見捨てられて、忘れられてきた。第二次世界大戦後の年月、アメリカは軍狙撃手の訓練課程を休眠状態におちいらせた（ソ連は同じまちがいを犯さなかった）。われわれはいったん朝鮮戦争に引きずりこまれてやっと、もしかしたら訓練課程をお蔵入りから引っぱりだして、もう一度いそいで取りかかるときかもしれないと思った。そのときでさえ、ある海兵隊将校の双眼鏡が敵の狙撃手の銃弾で撃ち抜かれて（そして将校の頭もあやうく吹き飛ばされかけて）から、やっとだった。一九五三年の休戦以降、軍狙撃手の訓練は、ジム・ランド少尉（カーロス・ハスコックのよき指導者）とアーサー・テリー准尉という二人の海兵隊将校の擁護がなければ、もう少しで棚上げされるところだった。彼らは炎を燃やしつづけた。ほどなくしてヴェトナム戦争が本格化し、アメリカの軍狙撃手の訓練も盛んになった。

ヴェトナム戦争後、海兵隊のすぐれた狙撃手訓練課程はなくならなかったし、陸軍の同様の課程も同じだったが、ほとんど緊急性は付与されなかった。誕生したばかりのＳＥＡＬ隊の教育課程にも、九〇年代をとおして、同じことが当てはまった。「ほとんど緊急性がない」というのは、注目がわずかということで、指揮中枢からはわずかな予算あるいは兵站支援しか得られないことを意味する。狙撃手を訓練するには金がかかるし、狙撃手を可能なかぎり最高水準の練度と有効性まで訓練するにはたくさんの金がかかる。その金はあいにくなかった。

9・11同時多発テロ事件以降、その状況が一変した。エリックとわたしがメンバーに加わったころには、海軍特殊戦部隊は、訓練課程に必要なあらゆる支援をあたえる準備ができていた。我が国はいまや、戦争状態にある国家だった。

エリックとわたしが課程を再編しはじめたころは、困難な時期だった。我が国は戦争状態にあっただけでなく、新しくて複雑な情勢の戦争状態にあった。これは、猛爆撃をくわえて敵を完全に打ち負かすことができた〈砂漠の嵐〉作戦のようなわけにはいかなかった。複数の戦線における複雑な市街レベルの戦闘で、多くの場合、その相手はあいまいな忠誠心を持つ複数の派閥であり、その状況は変化し、混乱していた。伝統的に周辺部で特殊な状況（「特殊」という言葉はそこに由来する）にしかもちいられてこなかった特殊作戦は、突然、戦術の中心的な要素となっていた。

この新たな戦時情勢で、特殊作戦狙撃手は、槍の穂先となっていた。われわれの仕事はその穂先を可能なかぎり破壊力のある先端に研ぎ上げることだった。

われわれは、有能さを作りだすための訓練という考えをいっさい捨てることを決意した。有能さなんてくそ食らえ。〝じつに優秀〟は、偉大さの敵だ。われわれは平均以上の水準には関心がなかった。関心があったのは、平均とは同じ領域にすらないパフォーマンスだった。〝優秀〟を完膚なきまでに打ちのめすパフォーマンスに。われわれが追い求めたのは完璧さだった――あるいは、人間に可能なかぎり完璧に近づくこと。数十年間、海兵隊の課程は軍狙撃手の訓練課程の最高水準《ゴールド・スタンダード》としての役割をはたしてきた。われわれの目標は、その成功を足がかりにして、さらにその先へと進むことだった。完璧さの水準を生みだすこと——プラチナの水準を。

根本的に変えなければならないことのひとつは、なにを教えるかではなく、どう教えるかであることは、わかっていた。教えかた自体の質を向上させる必要があった。

その時点で、課程は約三〇パーセントの落第率を誇っていた。いまは、そう悪くないように聞こえる。BUD／S訓練やレインジャー学校のような訓練課程のすさまじい落第率を思えば、理解できる。断然最高の精鋭部隊を作りだそうとしたら、そもそも基準に達していない募集者を取りのぞかねばならないのはあきらかだ。

しかし、これを全体的な状況のなかで見てみよう。狙撃学校はBUD／S訓練とはちがう。BUD／S訓練では志願者の大部分が脱落することを予期している——実際には、脱落させたいと思っている。誰かが海軍特殊戦狙撃手課程に進むのを認められるころには、その人物はすでにかなりの成績を上げた人材である。課程に進むのは熟練したSEAL隊員たちで、すでにほぼどんな状況でも、求められることはなんでもできるといっていいくらい訓練された男たちだ——そして、われわれはそれでも彼らの三〇パーセントを失っていた。二〇〇〇年にわたしが課程を修了したときは、当初二十六名の学生がいた。この二十六名は全員が狙撃手としての潜在能力を多く持った優秀な戦士だった。それでも最後には十二名しか残っていなかった。これは五〇パーセント以上の脱落率である。

エリックとわたしは、われわれの課程の高い脱落率を名誉の印とも、優秀さのあかしとも考えなかった。われわれはこれを失敗ととらえた。学生のではなく、教えかたのである。われわれはこの脱落率を下げたかった——水準を下げることではなく、水準を上げることによって。つまり、教育の質のハードルを上げることで、学生たちがもっと多くのことを、もっとよく学べるようにして。脱落者を減らす方法は、優秀さの水準を上げることだと、われわれは信じていた。

一年前、二〇〇二年なかばにはじめてアフガニスタンから戻ると、わたしはみずから海軍の教官訓練課程を修了した。これはBUD／S訓練の教官が全員修了する四週間の訓練課程である。これは目から鱗が落ちるような体験だった。われわれはクラスの前に立って教えているあいだビデオで撮影され、それから撮影テープを見せられる。ビデオ再生で実際に自分の姿を見るまでは、自分がどのように見え、どのように聞こえているか信じられないだろう。言葉にまぎれこむ、あのー、とか、えーと、とか、ほら、の数々や、自分でも気づかずについている悪態の量を。わたしは、教えているあいだじゅうそこに座って金玉を掻いていたというのに、自分たちがなにをしていたかいわれても、それを信じようとしない連中を見たことがある——彼らがビデオで実際にそれを見るまでは。酔いもさめるどころの騒ぎではない。これは痛烈だ。そして、ひじょうに有益でもある。こんにちにいたるも、わたしは呼ばれてテレビの生放送のインタビューや有料講演会の仕事をやるときにはいつも、この課程で学んだ技能を利用している。

教官訓練課程はわれわれに教えかただけではなく、よい教えかたを教えた——ただ情報を投げあたえるのではなく、学生たちをうながして本当に学ばせるようなやりかたで彼らと話し合う方法を。

この経験はさらに、質の高い教育の重要性についてわたしがいだいていたいくつかの考えに具体性をあたえた。わたしがBUD／S訓練とSEAL訓練の残りを修了したとき、BUD／S訓練の教官たちは、その課程を修了した唯一の人間たちだった。わたしはそれがわれわれの狙撃手訓練課程の問題の一部だと考えた。教師はじつにすばらしい射撃の名手で、忍び寄りなどの技能にかんしては知りつくしているかもしれない――しかし、だからといって彼らが優秀な教師であるとはかぎらない。実際、彼らの多くは、教師としては、まったくのへたくそだった。われわれは、新しい課程では、教官全員に教官学校を修了させ、よく訓練された、高度に専門的な教育者にすることを決めた。

それから、なにを教えるかという問題があった。われわれが最初に決定した事項のひとつが、この課程はもっとちゃんとする必要があるということだった。わたしがいっているのは、こいつをもっと整理して、筋のとおった、一貫性のあるものにする必要があるということだ。

SEAL狙撃手課程はもともとひとりの兵曹が、二、三名の常勤者の訓練幹部とともに運営していた。兵曹はいつもそれをさまざまなチームから引き抜いた狙撃手たちでおぎなっていた。課程は海兵隊の訓練課程の教育内容にだいたい基づいていたが、結局は急ごしらえで、誰もが多かれ少なかれ自分の流儀と経験にしたがって課程を運営していた。

そのうえ、これが西海岸で行なわれているあいだに、同じことが、べつべつに完全に独立して、東海岸でも進行していた。海軍特殊戦部隊はつねにふたつの主要な分隊に編制されてきた。西海岸の海軍特殊戦グループ1と、東海岸の海軍特殊戦グループ2である。そしてそれぞれが独自の訓練課程を運営していた。これらの課程ではよいこともたくさんあった。しかし、彼らは確実に同じ考えを持っているわけではなかった。それはつまり、学生たちがかならずしも全員、同じことを学んでいたり、あるいは同じふうに教わったりしてはいないということだ。つまり、てんでんばらばらだった。

そして、それが問題だった。

軍のパイロットがNATOPS（海軍航空訓練運用手順標準化）マニュアルを持ち、その標準化訓練を受けている理由がまさにそれである。彼らが搭乗員に話しかけるやりかたは、どこの出身であろうが同じだ。東海岸出身のパイロットを西海岸のヘリコプター搭乗員のなかに投げこんでも、彼はそのヘリを飛ばし、搭乗員が全員、彼がいっていることを正確に理解するようなやりかたで即座に話しかけることができる。誰もが同じ考えを持っているからだ。

9・11同時多発テロ事件以降、各小隊を現実世界の戦闘状況のもとで展開しだすと、われわれは気づきはじめた。「なんてことだ、われわれの狙撃手たちはちがう言葉をしゃべっている」彼らはおたがいにこういいあっていた。「ちょっと待て――なぜ分角《ミニット》でかまえを指示するんだ？　あんたらは分角で射撃号令《コール》するっていうのか？　おれたちはミルでコールしているぞ」

われわれは明確な計画もなしに成長した閉鎖的な課程に取り組み、それを標準化して、専門的な課程に変えなければならなかった。

（注意：この問題はそれ以降、軍全体で取り組まれているが、標準化はいまもなおアメリカの法執行機関全体で依然として大きな問題である。新たに出現したテロ行為と銃乱射事件の脅威に直面して、文民部隊全体で最適な訓練および作戦のやりかたを標準化する必要がある)。

四週間の教官訓練課程にくわえて、わたしは上級訓練スペシャリスト(MTS)の認定書を得るための三カ月の課程も修了した。この訓練課程は、ゼロから教育課程を組み立て、学習目標(自分の学生がまちがいなく教えたいと思うもの)とパフォーマンス目標(自分の学生がまちがいなく実際に出かけていって実地に応用できるようにしたいと思うもの)の両方を明確にして、それからこれらの目標を具体化して達成する完全な授業計画を書き上げる方法を教えてくれる。彼らはこの三カ月に膨大な量の勉強を詰めこんでいた。これが〝上級《マスター》〟訓練スペシャリストと呼ばれるのもうなずける。これは実質上、濃縮された大学院の修士課程である。

わたしは、ああいう勘と経験にたよったスタイルをあとかたもなく消し去り、狙撃手訓練課程の教育の質を、どんな場所の最高の高等教育課程にも匹敵する水準に高める決意だった。

われわれは二〇〇三年八月に着手し、三カ月間、猛烈に働いて、試験的な教育課程を固め、まとめ上げた。この三カ月の終わりに、われわれの仕事は完了した。あるいは、少なくとも、そう思った。

ほとんどすぐに、われわれは引き戻された。ニールセン上等兵曹は、われわれがさらに先へ進むことを望んでいた——課程を開発しつづけ、限界に挑みつづけ、ハードルを上げつづけ、いったいどこまでこれを発展させられるか確かめることを。さらに彼はわれわれが課程の内容を改めるだけでなく、それを教えることを望んでいた。当時、わたしはそのことを予想していなかった（功績により二等兵曹に昇進したばかりだったので）が、結局、翌年中に自分も一等兵曹に昇進して、全教育課程のコース・マネージャーになり、エリックは、課程のきわめて重要な偵察部分（メンタル・パフォーマンス技能、忍び寄り、隠密行動、そして隠蔽）を担当することになった。

エリックとわたしは、その翌年をついやして、革新し、実験して、いろいろなことをためし、なにが役に立って、なにが役に立たないのかを学んだ。われわれはアメリカで最高の狙撃教育課程を調査し、最高のやりかたを見つけるたびに採用し、あるいはアレンジした。さらに海外の同様の課程にも目を向けた。アフガニスタンで〈Kバー任務部隊〉とともに駐留していたとき、われわれはオーストラリアやカナダ、デンマーク、ドイツ、ニュージーランド、ノルウェー、トルコの特殊作戦部隊員と知り合いになった。いまその関係を活用しはじめた。われわれは、イギリスのSASやドイツの特殊部隊コマンドー（KSK）、ポーランドのGROMがやっていることを、ほかのいくつかの有志連合軍のパートナーたちとその狙撃訓練課程とともに、くわしく調べた。

プロスポーツの世界で際だった業績を上げた人たちにも目を向け、それからオリンピックの分野の調査に取りかかり、そこで金メダルのチャンピオンたちに注目した。銀メダリストや銅メダリストの体験には一瞬たりとも目を向けなかった。それには関心がなかった。われわれはひとつのことだけが知りたかった。金メダリストはなにをしているのか？

それは信じられないほど創造力を必要とする時間だった。意見を出し合い、いろんなことをたえるものごとを入れ替え、順序を変えめし、新しい課程をつけくわえ、古い課程を完全に刷新する。ものごとを入れ替え、順序を変える。新しい技術を導入する。われわれはたくさんのアイディアをためした。その多くはじゅうぶん満足のいくものではなく、結局、課程には組みこまれなかった。厳選したひと握りのものは定着させた。

その年のあいだに、われわれはすべてを変えた。

手はじめに、われわれは課程の先頭に、まったく新しい教育課程をつけくわえた。デジタル写真術とデジタル通信術というポストモダンの情報収集術を徹底的に訓練する、まるまる二週間の課程で、ＰＩＣ（写真情報収集課程）と呼ばれる。われわれは、科学と技術の利用面で、状況を二一世紀に持ちこみたかった――そして、それは初日からはじまった。

なぜこの部分を最初に持ってきたのか？　狙撃手の第一の任務は、前にもいったように、ライフルを撃つこととはなんの関係もないからだ。狙撃手はなによりもまず情報収集に有益な存在である。狙撃手は野戦部隊の前方の目と耳である。偵察と監視はわれわれの技能一式の基盤だ。

当時、狙撃手はまだ自分の双眼鏡をのぞいて、見たものを紙にスケッチするよう教わっていた。たしかに、持っているとすばらしい技能一式ではある（ジェイスン・デルガードのその技能はフサイバで大いに役立つことになる）。しかし、われわれはうちの連中に技術的な優位をあたえたかった。そこで、紙と鉛筆の時代から足を踏みだして、学生たちの手に最上位機種のカメラ器材を持たせた。この二週間の課程で、カメラの偽装法、発見されずに写真を撮る方法、最大限鮮明になるように写真をトリミングして、調節し、解像度を上げて、それからそれを圧縮し、暗号化して、無線あるいは衛星アップリンクで後方の司令部に送るための専売ソフトウェアの使いかたを教えた。

このことは、これが同時に本格的な通信技術の課程でなければならないことを意味する。戦場にいて、きわめて重要な一連の写真を後方の戦術作戦センターに送らねばならないというのに、無線アンテナがぶっこわれたらどうするか？ 間に合わせで作るのだ。内なる冒険野郎マクガイバーと接触して、なんでも手元にあるものから代用品を作る。しかも、それを迅速にやるのだ。この課程はそのやりかたを彼らに教えた。

われわれにはこの課程を教えるために、もっとも驚くべき舞台装置があった。ジェームズ・ボンド映画からそのまま抜けだしてきたような見た目と感じの道具立てが。サンディエゴのまさに海岸沿いに、ほとんど誰も知らない古い地下の武器庫があった。ボブ・ニールセンは、これを引きついで、われわれの課程専用の訓練施設に変えることに成功した。自前の秘密地下壕である。

ここは冗談抜きですごい場所だった。地所に入って、両開きのドアを抜けると、われわれのすばらしい教室がある。むき出しの高い天井、最大五十名の学生用の高級テーブルと、製図台で見るような種類の身長ほどの高さの椅子。デジタル・プロジェクターと全照明を操作できるコンピューター・サーバー付きの大きな教壇。完璧な二一世紀の教室に望めるあらゆるものがあった。自前の武器庫もあった。高性能のペレット銃用の屋内射場もあった。裏手のドアを開けると、弾薬と装備をしまう安全なロッカー区域があり、心地よい海風を入れることができた。学生には、人が立って入れる大きさの個人用スチール製ケージが用意され、そこに銃と弾薬をしまうことができた――それから写真情報収集課程用の最上位機種の器材も（このカメラはじつにすばらしい一台二万五千ドルの精密機器で、われわれの手に入る断然最高の製品だった。エリックはよくこのカメラを持って家族と動物園に行ったが、人々は彼がてっきり《ナショナル・ジオグラフィック》の仕事でそこにきたと思ったほどだ）。

しかも、わたしは冗談で〝秘密〟といっているのではない。ほかの誰も、そこでなにが行なわれているのかを実際に知らなかった。ほかのＳＥＡＬ隊員たちは、なにかの訓練をするためにコロナードへやってきて、われわれが衛星アンテナとすばらしい写真器材を持って出てくるのを見かけると、よく「あの地下でいったいなにをやっているんだ？」とたずねた。われわれは教えなかった。

先端技術と精密科学、そして専門的な水準によって、写真情報収集課程は、訓練課程の残りの部分のお膳立てをした。

古い課程では、学生たちはかなり早くから武器を渡されて、射場に送りだされ、射撃術段階を修了してからやっと、偵察／忍び寄り部分に移った。しかし、これはわれわれには筋がとおらなかった。射撃は忍び寄りの前に起きるわけではない。あべこべだ。目標を撃てる距離内の一点まで見つからずに進めないかぎり、一発お見舞いする機会が得られることはない。もし忍び寄れなかったら、射撃術はたいして役に立たないだろう。

そこで、われわれは順序を逆にした。学生に必要な野外行動術をすべて学ばせ、その絶対不可欠な基礎を築かせてから、そうした技能を実際の野外の忍び寄りに組み入れさせて、それから訓練課程全体を射撃段階で締めくくろうと、われわれは考えた。ちょうど実際の忍び寄りが射撃で終わるのと同じように。すると流れがずっとよくなった。課程は現場で経験することを忠実になぞっていた。そして、それが目標だった。われわれは射撃競技の偉大な選手を作ろうとしているのではなかった。戦闘の分野で大物狙いのハンターとして完璧に機能できる静かなる殺し屋を育成していた。ここは射撃学校ではない。〈殺しの学校《キリング・スクール》〉だ。そして、殺しは忍び寄ることからはじまる。

こうして、写真情報収集課程のすぐあとに、課程の偵察部分がやってきた。そのはじまりがKIMSだった。

KIMという言葉がどこからきたのかについては、ふたつのちがった説がある。ある者はラドヤード・キプリング作の古典小説『キム』から取ったのだという。インドで成長するアイルランド人孤児の物語だ。子供のころ、キムは政府の情報活動のための訓練を受ける。その訓練とは、お盆にのった石や宝石、あるいは硬貨、あるいは写真を見せられ、それからそのお盆をいったん隠して、見たものをできるだけ正確に描写するようもとめられるというものだ。だから「キムのゲーム」という。よくできた話だ。もしかするといくらかの真実もそこにはあるのかもしれない。しかし、わたしが知るかぎりでは、これは単純に「記憶にとどめる《キープ・イン・メモリー》」の頭文字を取ったものである。だから「記憶系統に保存」だ（ひょっとすると、もしかしてキプリングはすでにその頭文字を知っていて、少年の名前はそこから取ったのかもしれない)。

名前の由来がなんであれ、KIMSゲームは、狙撃訓練のもっとも初期の時代から存在してきた。しかし、われわれは通常の訓練課程をただ忠実になぞりたくなかった。ハードルを上げたかった——そしてエリックはまさにそれをやるのに誰よりもうってつけだった。すでに述べたように、エリックの専門は、複雑な過程を取り上げて、何十という(あるいは何百、何千という)個々の構成要素と手順をすべてつきとめ、それから理解できる順序でそれを教えることだった。KIMS以上にその技量がよく役立てる場所はほかになかった。

「記憶力というのは、狙撃学校で発達させるそのほかのあらゆるものと同じだ」とエリックはいった。「大切なのは強引な力でも純然たる努力でもない。大切なのは集中と精確さ、緻密さだ。強引な精神的努力で記憶力をむりやり向上させようとすることはできる。しかし、丸暗記はある程度のところまでしかいかない」

エリックはこれをずっと先まで発展させる方法を学んでいた。

何年も前、9・11同時多発テロ事件以前に、エリックは最初の展開任務中にクウェートでごろごろしていた。情勢はじつに退屈で、ある日、彼が基地の売店で本を見てまわっていると、一冊の書名が彼の目に飛びこんできた。ハリー・ロレインとジェリー・ルーカス著の『驚異の記憶法』。

〝なんでもいいさ〟と彼は思った。彼はその本を買って、読みはじめた。翌日には、彼はアメリカ大統領全員の名前と在位年度を順番に記憶していた。シャッフルしたカードひと組を順番どおりにおぼえていた。さらに元素の周期表も。そして、あらゆるものの長いリストを記憶する術をほとんどものにしていた。

エリックにとって、それはパーティの手品以上のものにはならなかった。人を感心させることはできるが、実際に役に立つ使い道はないものにしか。

われわれが海軍特殊戦狙撃手課程を改革するよう指名されるまでは。

ＫＩＭＳの初日、エリックは二、三十名のクラスの前に立ち、無作為にそのひとりを指さして、名前をたずねた。全員、彼がそれまで会ったことも、話したこともない相手である。学生が名を名乗ると、エリックは彼の電話番号と住所をすらすらといった。さらに彼の社会保障番号も。

それからつづけて、クラスのほかの全員に同じことをやった。

わたしはエリックがこれをやったとき、彼らの顔を見ていて、いちばん興奮した。ＳＥＡＬ隊員を感心させるのは大仕事だ。この連中は完全に圧倒されていた。わたしも同様だ。腰を抜かすほど驚いた。

これが面白いのは、エリックの記憶力はほかの誰ともたいして変わらなかったということだ。エリックはわたしが知るなかで指折りの愛情深い男だが、彼は自分の子供たちの誕生日をおぼえるのが苦手だといっている――そして、わたしは彼の言葉が冗談ではないと確信している。しかし、彼は連想と視覚化の特殊なテクニックを独学していた。記憶する必要のある生のデータを取り上げて、その前後関係を作り上げる。そうするとデータは、無作為な断片から、幾重にも重なる心の蜘蛛の巣に引っかかった、意味のある一連の事項へと変わるのだ。

「人間はものごとを忘れるのではない」とエリックはいう。「それを正しく思いだせなくなるだけだ」

エリックはロレインとルーカスの古典的教科書を学生全員に支給しはじめ、それから本のなかのテクニックを強化する授業を教えはじめた――そして、それをさらにくわしく説明する授業を。学生たちはテクニックをすぐに身につけ、あっという間に、伝統的な狙撃手のＫＩＭＳゲームはもはやまったく挑戦でなくなった。そこでわれわれは、これをもっとむずかしくする方法を探しはじめた。

まずは、気を散らす音のボリュームを上げた。屑籠の蓋を叩きつけ、彼らが物品をちらりと見なければならない短い時間帯のあいだ、がんがん鳴らしはじめた。特殊閃光手榴弾を爆発させ、実弾をぶっ放しはじめた。ボリュームを上げて、成人映画を見せはじめた。〝あああー！　ううーん！　いいわ、そうよ……もっと、もっと、深く、奥まで！〟

むだだった。彼らは依然としてどのテストでも満点を取った。

そこでわれわれは鬼のようになった。彼らに物品を見せ、それから数日間待って、彼らをテストしはじめた。それから何週間も。彼らは依然として止められなかった。

これはわれわれにとって影響力の大きな経験だった。一見不可能に思える技能を身につけられるだけでなく、その不可能に思える技能をほかの多くの者につたえられることを、エリックに教えた。これは課程の全体的な発展にきわめて重要だった。あらゆる領域で訓練の限界を押し上げつづける自信をわれわれにあたえたからである。

野外の忍び寄りでは、われわれは学生たちを乗せて、ラ・ポスタ山岳訓練施設まで内陸に約一時間、車を走らせた（以来、マイクル・モンサー山岳戦訓練センターと改称されている）。この施設は、約二六〇〇平方キロの高山地形に広がっている。われわれはこの場所をＳＥＡＬ隊の訓練にずいぶん使ってきた。いみじくも、わたしが自分のＳＥＡＬ訓練中に、はじめてうまくやって、へたくそな鉄砲撃ちから、射撃の名手になったのは、まさにこの場所だった。

われわれの忍び寄りの演習は根本的に、どんな狙撃手の忍び寄りの授業とも同じだった——ただし、ひねりがくわえてあった。学生たちはまず、ライフルではなく、カメラを持って忍び寄りをはじめた。彼らは教官の二〇〇ヤード（約一八〇メートル）以内に忍び寄って、彼らの顔が見分けられる写真を撮影するか、あるいは、一連の数字が書かれた紙切れを掲げた教官のはっきり判読できる写真を撮らねばならない（ロブ・ファーロングの課程の「狩りの頭」と同様に）。それから、お供が彼らの正確な位置を指ししめす——そして、彼らは、その時点でも教官たちに彼らの姿が見えないほど、姿を隠さねばならない。

これは銃を持って忍び寄る以上にむずかしい。自分が隠れている小枝や茂みのあいだから、ライフルの銃身とスコープを前方につきだすことはできる。銃弾がさえぎられずに通れる道が必要だが、銃弾の直径は何ミリかしかない。さらに、スコープは標的のはっきりとした姿をとらえる必要があるが、それが標的のすばらしい眺めである必要はない。

カメラにはこうしたことは、なにひとつ当てはまらない。カメラを自分の九〇センチ前方につきだすことはできない。写真を撮影するためには、カメラを障害物のない開けた通り道にさらけ出す必要がある――しかも、そのすべてを、太陽光線がレンズに反射することなくやらねばならない。光線が標的の方角に反射するかもしれないからだ。しかも、レンズには、どんなほこりや土をつけてもいけない。そんなことをすれば写真が台無しになるだろう。これはとんでもなくむずかしい。

われわれが標的に狙いをつける典型的な距離は、カメラであれ、ライフルであれ、一八〇ヤード（約一六〇メートル）から二〇〇ヤード（約一八〇メートル）の範囲だった。そして、学生たちは、エリックとわたしのような、何千時間もの経験を持つ、訓練を受けた教官ふたりに立ち向かう。教官たちは、日陰に心地よく腰掛け、高倍率の双眼鏡で学生たちのほうをまっすぐに見ている。その訓練場はそもそもわれわれが設営したもので、われわれは学生たちがどの方角からやってくるのかを知っているだけでなく、途中の地形のあらゆる断片を知っている。しかも、ここは身を隠すための木の葉が山ほどある鬱蒼としたジャングルの森ではなかった。忍び寄りの大半は、高地砂漠の地形が舞台だった。

それから、カメラをライフルに持ち替えて、伝統的な忍び寄りの課程になった。ライフルで教官を追い、空砲を撃ち、最終段階では、実弾を撃った。忍び寄りは一般的に、脱落の大多数が起きる部分だ。しかし、われわれの学生たちがライフルを手にわれわれを追うようになるころには、彼らはすでに忍び寄りに熟練していて、それほど多くの脱落者を出すことはなかった。

偵察段階のあと、われわれは地下壕にふたたびもぐって、射撃のために射場に出る前に、教室で少し授業をやった。最初にわれわれは弾道の物理学にかんする講義を教えた——内部弾道学（銃身内で起きること）、外部弾道学（銃弾が飛翔中に起きること）、そして終末弾道学（銃弾が目標に到達したとき起きること）。われわれは学生たちをただの腕のいい銃の使い手だけでなく、弾道学の専門家にしたかった。さらに、弾道学のソフトウェアの使いかたも訓練した。これはちょうどそのころ真価を認められ、戦場で本当に役立つようになっていた技術である。

こうした科学的な教育にはすべて、ひじょうに実用的な理由があった。既存の訓練は学生を初弾の達人に変えることに長けていた。しかし、初弾がかならずしも目標を捉えるとはかぎらない。われわれには彼らを二発目、三発目の達人にする必要があった。

これはわたしの役目だった。エリックが主として課程の偵察部分の責任を負うのにたいして、射撃段階はわたしの分野であり、そこにはわたしがぜひとも実行に移したいと思う根本的な変更点があった。

古典的な狙撃訓練では、優秀な観測手と協力することが、作戦の成功に必要不可欠であると教えてきた。観測手は銃弾がどこへ行くかを見守り、それから二発目に必要な修正のデータを提供する。銃をかまえているとき、あなたは基本的な動作について考えている。呼吸、姿勢、引き金の引きかた、フォロースルー。射撃を行なうことに集中している。ほかの誰かに、向こうで起きていることの力学について心配してもらう必要がある——射距離と仰角、風、目標の挙動。あなたがたふたりは、パイロットと航法士のようなものだ。あなたは飛行機を操縦する人間だが、自分が正確にどこへ向かっているかを教えてくれる航法士が必要だ。もし有能な狙撃手になりたければ、観測手に完全に忠実でなければならない。つべこべいわず、疑問を持たずに、ただ彼のいうとおりにするのだ。

少なくとも、それが伝統的な考えかただ。エリックとわたしにとって、それは狙撃訓練の神聖で犯すべからざる掟だった――そして、なくさなければならない掟だった。

われわれはふたりとも、湾岸でヘリコプターから監視狙撃手をつとめたことがあった。わたしはうちの多くの連中が村に突入する強襲隊のために監視狙撃手をつとめるのを見てきたし、自分でもそれをやったことがあった。そうした状況では、観測手がいないという単純な理由から、観測手にたよることができない。自分で観測しなければならないのだ。だったら、学生たちにそのやりかたを訓練してはどうだろう?

観測スコープに取りついた男がとなりにいて、「おい、六分角、高いぞ」とか「向こうはものすごい突風が吹いているから、風を考慮して三分角、右にかまえろ」とかいってくれる贅沢がかならずしも許されないのが、戦場の現実だ――いや、この言葉は取り消す。そんな贅沢はめったに許されない。いや、もし許されれば、それはすばらしいことだ。しかし、許されなかったらどうする?　狙撃して、はずしたら、それからどうするのだろう?　自分がなぜはずしたのか、どの要素がどれだけまちがっていたのかを、正確に知ることができなければならない。それらの修正を大急ぎでやって、二発目を撃てるように。もし自分の命がそれにかかっていなくても、ほかの誰かの命がたぶんかかっている。

伝統的なふたり組のチームは、現状ではすばらしいものだ――しかし、現実の戦争の状況では、そんなふうに機能する能力は、いったん初弾が発射されれば、多くの場合、一瞬で完全に失われてしまう。われわれは卒業生が、狙撃手と観測手を同時につとめられる完全な能力を持って、単独で活動できるようにする必要があった（この単独訓練のおかげで、じきにクリス・カイルやほかのたくさんのＳＥＡＬ狙撃手がイラク都市部の蒸し暑い通りであれほどの破壊力を見せることになる）。

こうした変化の多くは、任務自体の性格と関連していなければならなかった。狙撃手は日常的に、危険な状況で通常部隊の臨時の見張り役として使われていたからだ。しかし、技術の進歩とも関連していなければならなかった。戦争の性格が変わっていただけではなく、戦士の道具の性格も変わっていた。

たとえば、半自動兵器は有効性と信頼性の面で長足の進歩をとげ、野戦における働きぶりを大いに向上させることになった。過去の九〇年代には、ボルトアクション銃のほうがはるかにすぐれた狙撃銃だった。半自動銃はとにかくじゅうぶん信頼できず、弾詰まりのような故障を起こしやすかった。もはやそうではない。二〇〇一年後半にわたしの小隊がアフガニスタンに降り立ったときには、半自動銃の技術はほかのどんな銃とも文句なく同じ程度に信頼できるようになっていた。しかも、半自動銃を使うというのは、ボルトアクションを操作する手順にいっさいかかわらなくてもよくなるということだ——ボルトを解放し、空薬莢を排出して、ボルトを押しこみ、閉鎖する。おかげで、一連の機構の動作全体がなくなり、射撃量が増大し、狙撃手が倒す敵の数が増加する。

また、もうひとつの例がある。レーザー距離計だ。技術のおかげで、目標の距離を測定する手順がはるかに簡単に素早くなった。多くの状況で、狙撃手が射撃から注意を大きくそらすことなく自分でできることになったのだ。

技術のおかげで、しだいにうちの学生たちは、つねに相棒とペアを組まねばならないのではなく、全部ひとりでできるようになりつつあった――そして、ふたりの狙撃手がべつべつに活動するというのは、いまやより広い有効射撃範囲をカバーできるということでもあった。

われわれは彼らをテストし、評価する方法も変えた。

わたしが最初に狙撃手課程を修了したときには、銃は撃てるが、弾道学の基本を理解していないので、そのせいで観測手としてはお粗末な者たちを見かけた。わたしが課程を修了したとき使われていた評価方式は、海兵隊と陸軍の課程と同じだった。狙撃手と観測手はひとつの機能単位と見なされ、よって評価を分け合っていた。それはつまり、射撃の腕前がよくても、へたくそな観測手に足を引っぱられて、お粗末なデータしか得られないせいで脱落する可能性があるということだった。わたしはその実例を見ている。

実際、それは海兵隊のジェイスン・デルガードの身にもう少しで起きるところだった。すでに述べたように、彼は狙撃手課程で三回連続の資格検定射撃のうち最初の二回に落第した。しかも、僅差でしくじったのではない。惜しくさえなかった。三日目、教官たちは、彼を横につれていき、もしこの最後の三回目で成功しなかったら、家に帰ることになると指摘した。

彼らは観測手を変えるよう提案した。その時点で、ジェイスンの観測手は、彼の友人で、彼らが展開しようとしているイラクでじきに射撃の相棒となるジェシー・ダヴェンポートだった。ジェイスンは思った。もし自分とジェシーがいっしょに働くのなら、いま欠点を取りのぞいたほうがいい。問題は、前にいったように、ふたりとも射撃の腕はすばらしかったが、いずれもまだ観測手としての経験が不足していたことだった。ジェシーの射撃号令《コール》は、ジェイスンを失敗させつつあった。

ジェイスンはかたくなに変更したくないといった。

「おまえはこの地球上でおよそいちばん馬鹿な糞野郎だ」と彼の教官はいった。「観測手を替えたほうがいいといっているんだぞ」

やはりこの課程を受けていたひとりの海軍ＳＥＡＬ隊員がたまたま近くに立っていた。「おい、おれが観測してやろうか」とＳＥＡＬ隊員はいった。

〝こうなったら、やけだ〟とジェイスンは思った。〝やってみようじゃないか〟そこで彼はその言葉に乗った。ジェイスンは資格検定の最後の回で全弾を命中させた。

いま、これをちょっと考えてみよう。ここにジェイスン・デルガードがいる（じきにわかるように）イラクでたくさんの命を救うスーパースター狙撃手になる、優秀な海兵隊員だ――なのに、われわれはまさにこのときこの場であやうく彼を失うところだったのだ……なぜなら彼の観測手が彼に適切な射撃号令を発していなかったからだ。

これはわたしにはまったく理解できなかった。初弾で命中させられるだけでは、有能な狙撃手とはとうていいえない。顔が真っ青になるまで「一発必中」というお題目を心のなかでくりかえすことはできるが、多くの場合、そんなふうにうまくものごとは運ばない。しばしばそうなるように、初弾が失敗したら、即座に最大限の緊張のもと自力で原因を解明し、あやまちを正す必要がある。それが、信頼できる狙撃手であるということと偉大な射撃競技選手であることは同じではない、ひとつの理由だ――ただひとつだが、大きな理由である。

わたしは観測術のテストを考案し、実施して、その一連の技能を完全に自分のものにしないままでは、誰ひとりこっそり試験を通過できないようにした。これは残酷なほどむずかしかったが、目的があって残酷なのだった。

われわれは観測スコープで彼らをテストし、それから銃そのものでテストした。それから彼らの銃をめちゃくちゃにして、ふたたび彼らに撃たせた。たとえば、学生に五〇〇メートルで標的を撃たせたとする。バーン。標的のどまんなかに命中。けっこう。それからわれわれは、「よし、銃から離れろ」という。そして、彼の銃を取って、偏流調節と仰角調節の転輪を上または下、左または右に、たぶん十分以内の角度までリセットし、なにをやったかは正確に教えずに銃を返して、こういうのである。「ここに弾薬が三発ある。二発で問題を解決しろ――そして三発目は必殺の一発にするんだ」

いまや学生は三発以内に修正して、標的のどまんなかに戻らなければならない。それができる唯一の方法は、本当に弾道学を理解しているかどうかだ。もしそれができたら、疑いなく自分で修正ができることがわかる――そして、それがまさしく、われわれが送りだしたい種類の射手だった。

以前にわたしは、ロブ・ファーロングがカナダで修了した課程は、われわれが「紳士の教育課程」と呼ぶものだといった。学生が大人のように、ほとんど同僚のように敬意を持ってあつかわれる課程だと。エリックとわたしが一九九九年と二〇〇〇年に修了したとき、海軍特殊戦狙撃手課程は、まさにその正反対だった。教官連中はわれわれをつねにしかりつけた。一部の教官はほかの者以上に。

われわれはこれを効果的とも、生産的とも考えなかった。

われわれが、やわだとか、愛の鞭の価値を高く評価していないというわけではない。それとはほど遠い。とんでもない、われわれはふたりとも、ＢＵＤ／Ｓ訓練をくぐり抜けて、おかげでもっとすぐれた人間になって出てきたのだ。しかし、これはＢＵＤ／Ｓ訓練ではないし、彼らは新兵ではなかった。熟練した戦士だった。冗談じゃない、彼らはＳＥＡＬ隊員なのだ。新兵訓練所の第一週目の間抜けどものようにあつかう必要はなかった。

そこで、われわれは彼らを怒鳴ったり、徹底的に痛めつけたりするのをやめた。かわりに、成績のネジを締めた。緊張はゆるめなかったが、緊張の性格を変えた。怒鳴るかわりに、許容範囲を狭め、期待のレベルを上げた。

さらに、教官と学生の関係の根本的な性格を変えた。

昔のクラスでは、その関係は教官ひとりひとりの性格によっていくらか変わっていた。ほかより意地が悪い者もいれば、もっと感じのいい者もいた。しかし、関係自体は敵対的といっていいほど冷淡だった。まるで彼らがわれわれを落第させようとしているかのようだった。ここでも、わたしはこれがBUD／S訓練のやりかたを手本にしていると思った――これはBUD／S訓練ではうまくいく。しかし、狙撃学校ではそうではない。かわりにわれわれは、クラスをふたり組に分けて、各組に教官をひとり割り当てて、彼らの個人的な指導者をつとめさせた。

個人指導という発想はすばらしいものだったが、わたしはこれを自分の功績にはできない。これはマンティ最先任上級上等兵曹の思いつきにちがいないと思っているが、どこからきたにせよ、エリックとわたしが到着したときにはすでに、新しい課程の仕組みの一部としてそこにあった。

これがいかに賢明で、効果的であるかはすぐにわかった。海軍全般と、とりわけSEALチームの一員としての訓練で、わたしはすばらしい指導力と、お粗末な指導力の両方の例を山ほど見てきた。わたし自身はなんとかやり抜いて、とにかく進みつづけることができた。大半の連中がそうしている。しかし、わたしが本当に目覚ましい進歩を達成したのは、偉大な指導者がいたとき、いた状況だったことは明白だった。見習い方式ほどよく技能を訓練するものはないし、よき指導者が提供するものはまさにそれだった。それがそういうふうにちゃんと組織化されているにしろ、あるいはもっと形式ばらない、純粋に指導者の性格に基づいているにしろ。

しかし、この場合には、見習い方式は組織的なもので、訓練課程にしっかりと組みこまれていた。つまり、人だのみではないということだ。その訓練課程をやり抜く学生はひとり残らず、個人教授の恩恵を得ることになる。担当する学生がまちがいなく成功するために個々に割り当てられた、腕が立ち、高度の訓練を受けた専門の教官の。

これは驚くほど有益な新機軸だった。これは、誰ひとりまちがいなく無知のままで放置しないようにする責任制度をもたらした。毎日、われわれは受け持ちの四人の生徒に目を配ることになった(通常は教官ひとりにふた組が割り当てられた)。われわれはやったことすべてが詳細に記録された学生の書類フォルダーを持っていた。そこに成績をメモし、あらゆるテストの得点をつけた。彼らと一対一で連携して、彼らが必要とする場合には指導し、必要なことはなんでもやった。彼らの成功はわれわれの責任となった。

毎週金曜日には、学生たちとミーティングをして、一週間の教育内容をおさらいし、なんでも学生たちが困っているかもしれないことや、彼らが助けてもらいたいと感じていること、助けがいると気づいたことに目を向けた。彼らの記録を見返して、話し合ったことをメモした。週末は通常、必要ならば、われわれは週末に追加の時間を彼らと過ごした。週末は通常、練習や補習勉強のためにとってあった。

つぎの月曜日には、会議を開いて、コースマネージャー(この時点ではわたしだった)に連絡を取り、部屋をまわって各教官をたずねる。「ええ、うちの連中に確認しました。いまの状況はこうです。学生Aはここで困っています。学生Bはここで助けを必要としています」その結果、昼間、その連中と射撃線に出る教官たちは、どの学生が観測術、あるいは引き金の引きかた、そのほかどんなことにでも、追加の教習が必要なのかわかる。

この方式はまた、スタッフのあいだに競争の要素を導入した。それも、もっとも健全な種類の競争である。各自が自分の受け持ちの学生をまちがいなくいちばんにすると心に決めていた。それは、自分の能力の最大限まで学生の力になるために、たえず努力することを意味した。月曜日の朝に出てきて、名簿に目を通したとき、受け持ちの学生をリストのいちばん下にいさせたいとは思う者はいなかった。自分の学生がまちがいなく遅れずについていって、よい成績をおさめるためには、できることはなんでもやった。

二〇〇〇年に親友のグレン・ドハティとわたしが課程を修了したときには、正直なところ、われわれが合格しようがしまいがちっとも気にしない教官がいた。少なくともひとりは、われわれを脱落させるために積極的に努力した。いま、われわれはその力をくつがえし、教官全員が、自分が成功してもらいたいと強く思う学生たちと協力するための自発的な動機づけを、訓練計画に組みこんだ。

わたしは訓練計画にたずさわった三年間で、三百名以上の学生が修了するのを見てきたが、わたしが受け持った学生のうちで落第したのはひとりだけで、それはマーカス・ラトレル（『アフガン、たった一人の生還』の著者）だった。彼はすぐに戻ってきて、もう一度、課程を受け、二度目にはみごとに合格した。それ以外は全員が合格した——わたしは受け持った学生をぜったいに落第させないつもりだったからだ。

その年の終わりには、エリックとわたしは、二〇〇三年後半から二〇〇四年後半までぶっとおしで働いて、自分たちが目指していたプラチナの水準を達成した。われわれは以下の組み合わせによってＳＥＡＬ狙撃学校を根本的に変えた。

◎教育の専門的な水準を高める。
◎教育課程の組織化と標準化。
◎先進の科学と技術を授業に取り入れる。
◎課程の内容すべてを延長し、再構成して、強化する。
◎学生に単独で活動する方法を訓練することに重点的に取り組む。
◎そして、的を絞った指導プログラムをもうける。

しかし、これ以外に、われわれが課程に組みこんだ変化がまだもうひとつあった――しかも、そのもうひとつの変化は、わたしにとっては、ほかのどんな変化よりも、戦闘の分野でわれわれの成果に大きな影響をおよぼすことになった。この変化は学生に銃の撃ちかたや忍び寄りかたを訓練することとは直接関係がなかった。

それはいかに考えるかを訓練することと関係があった。

6 禅の心、死を招く心

人狩りほどすばらしい狩りはない。武器を持った人間を長時間たっぷり追いかけて、それが気に入った者たちは、それ以降、それ以外のどんなことにも興味を持たなくなる。――アーネスト・ヘミングウェイ「青い海で」

「そっちでいったいぜんたいなにが起きているのかを、三語以下の言葉で説明してもらえないかね？　きみたちはどんな種類の呪《まじな》いを使っているんだ？」

男の声は、わたしが座っているサンディエゴ海岸の地下のオフィスから三〇〇〇キロ以上離れたジョージア州フォート・ベニングから響いてきたが、その口調は手にした受話器を溶かしそうなほど激しかった。この陸軍少佐は、自分がなにをもとめているかを正確に知っていて、それを手に入れることに慣れている人物だった。

わたしはなにもいわずに、ただ彼が先をつづけるのを待った。つぎになにがくるのかわかっているような気がした。思ったとおり、彼はひと呼吸置いて、もうひと言いった。

「というのもだ、ウェッブ兵曹、それがなんであれ、そっちの連中がどんなクラフト・ビールを飲んでいるにせよ、わたしがいま電話をかけているのは、『もっとほしい』というためだからだ」

それは二〇〇五年のことで、戦争はイラクで猛威をふるい、われわれの卒業生は戦場でその猛威を鎮めつつあった。すでに噂が立っていた。うちの連中は戦地に変化をもたらしていて、われわれはほかの部門の将校から問い合わせを受けはじめていた。彼らは、戦場にこれほど劇的な変化をもたらしているうちの学生たちに、われわれがなにをやったのかを正確に知りたがっていた。

では、われわれの秘伝のソースとはなんだったのか？　それは前の章にすべて書いてある——それにくわえて、もうひとつ。わたしにとっては、そのもうひとつ、その未知の要因こそが、われわれが課程に導入したもっとも重要な変化だった。ほかのなによりも、われわれが作りだす狙撃手の質を変えたひとつの新機軸である。

認めなければならないが、わたしは最初、これを完全に受け入れようとしなかった。部分的には、この新しい方向にわれわれをはじめて押しだした人物のせいで。

エリックとわたしが課程に取り組みはじめて間もないある日、ボブ・ニールセンがわれわれを自分のオフィスに呼んで、自分は退役するつもりだと告げた。これは衝撃的な知らせだった。ボブはわたしがかつて得たなかでも屈指のよき指導者だったし、わたしは彼を失うことがつらかった。この知らせはつらかったものの、しかし、彼のつぎの言葉で状況はさらにひどくなった。彼は自分の後任が誰になるかをわれわれに教えた。

わたしは、回想録『レッド・サークル』で、ハーヴィー・クレイトンと、その翌年、彼の下で働くことがどんな悪夢になったかについて書いている。最先任上級上等兵曹であるハーヴィーは、腕の確かな射撃競技選手だったが、戦闘の試練を受けた狙撃手ではなかった――まさにアレックス・モリスンが修了した時代に課程を運営していた人間たちと同じだった（実際、アレックスが一九九四年、二度目で課程を修了したときには、ハーヴィー本人がまさに主任の最先任上級上等兵曹だった）。

わたしは本のなかでハーヴィーにさんざん文句をつけたが、ひとつの点にかんしては、誤解を正すべきときがきた。SEAL狙撃手課程にたいするわたしの貢献に最大の影響をおよぼすことになる人物にわたしを引き合わせたのは、彼のお手柄である。

二〇〇四年前半、ハーヴィーはわれわれがアリゾナ州スコッツデイルに数日間、出かける手配をしたと告げた。彼の知り合いで、精神面の自己管理《メンタル・マネージメント》の専門家であるオリンピック射撃競技選手に会うためである。

なんともすばらしい話だ、とわたしは思った。いまわれわれは、うちの学生たちを戦争にそなえさせようとしているのに、ハーヴィーはわれわれを送りだして、なにかのくだらんトニー・ロビンズ式自己啓発講座を拝聴して貴重な数日を無駄にさせようというのか？　イギリス人がいうように、こいつはたまげた《ブラディ・ヘル》！　エリックの顔をひと目見て、彼も同じことを考えているとわたしは確信した（彼は考えていた）。

その数日後、ハーヴィーとエリックとわたしは、飛行機でスコッツデイルへ向かい、そこで東海岸の課程からきたマンティ最先任上級上等兵曹とほか数名と合流した。エリックとわたしをのぞけば、そこにいた全員が等級Ｅ－７（一等兵曹）以上だった（わたしが昇進するまでにはまだ一年あった）。われわれは、一団のなかでいちばん階級が下だったので、自分たちの意見をあまり声高に口にすべきではないと思った。しかし、心のなかではまちがいなく声高に口にしていた。

　われわれはみすぼらしいディスカウント・チェーンのホテルにチェックインした。どの壁にも同じ安っぽい絵が掛かっていて、どの貧弱なベッドにも同じすり切れたシーツが掛かっているたぐいの。旅行通を気取るつもりはないが、わたしはこういう場所がきらいだ。一流がむりなら、むしろ安いＢ＆Ｂ（あるいは最近なら〈エアビーアンドビー〉）のホテルに泊まりたい。

　われわれの会議は、殺風景な狭い会議室で行なわれた。わたしはこれから三流の共同所有リゾートマンションの売りこみを受けようとしているような気分だった。

　これはわたしの信頼を築くことにはならなかった。

　ＳＥＡＬ隊はつねに競争上の強みを探し求めている。したがって、誰よりも早く新しいものを採用したり、積極的にものごとを革新したりする傾向がある。それと同時に、われわれはひじょうに懐疑的でもあり、もし水準に達していないと見抜いたら、それがなんであれ誰であれ、いつでもよろこんでこき下ろす。わたしは最近、東海岸に派遣され、特殊作戦軍《ＳＯＣＯＭ》用の新しい特殊作戦「専用兵器改修キット」――ＳＯＰＭＯＤ――に提案されている装備更新を審査する委員会に出席していた。ひとりの販売業者が入ってきて、売りこみをはじめると、数秒以内にわたしにはそれが欠点だらけであることがわかった。この男は現場に出たこともなければ、おそらく銃を撃ったことさえなかった。彼はわたしの異議をうまく処理しようとしたが、見込みはなかった。彼は急所をさらけ出し、わたしは彼を骨抜きにした。要するに、われわれは手強い連中だということだ。

わたしは安っぽいホテルのお粗末な狭い会議室に入っていき、腰を下ろして、骨抜きにする準備万端で待ち受けた。

それからラニー・バッシャムが姿を現わした。

最初にわたしがラニーから受けた印象は、彼がじつに謙虚で、もの柔らかな人物だということだった。うぬぼれたっぷりでもなく、いばった様子もなく、気取って歩いてもいなかった——しかも、もしそうしたければ、彼にはひけらかす功績が山ほどあった。この男は本物だった。射撃の天才であるラニーは、若いころにＡＭＵ（陸軍射撃術隊）に配属されていた。同隊の隊員には、世界最高の射撃競技選手がふくまれている。二十五歳で一九七二年のミュンヘン・オリンピックの射撃競技に出場したとき、彼はすでにスポーツ界で最年少の世界チャンピオンであり、金メダル獲得の本命だった。

しかし、この高い期待は、彼の失敗の原因となった。

ある日、ミュンヘンで彼は、たまたま数名のソ連選手が自分のことを話していて、きっとものすごいプレッシャーを感じているにちがいないといっているのを小耳にはさんだ。彼らの言葉は彼の脳裏に刻みこまれた。彼は大事な場面で緊張してミスを犯した——そして期待された金メダルではなく銀メダルに終わった。
ラニーは打ちのめされた。客観的に見れば、オリンピックで銀メダルを取るのはすばらしい成果だとわかっていた（それどころか、オリンピックの選手になるだけでも、じつにすごいことだ！）しかし、無念きわまる挫折感をぬぐい去ることはできなかった。彼は新たな知人が自分はオリンピックに出たことがあると知る瞬間を恐れはじめた。なぜなら、そこから会話がどう進むかわかっていたからだ。

知人「え、ほんとに、オリンピックに出たんですか？」
ラニー「ええ」
知人「それはすごい。結果はどうでした？」
ラニー「銀を取りました」
知人「うわあ。で、その年の金は誰が取ったんです？」

自分の銀メダルの定義は、「自分のできるかぎりだが、それでも負けることのある最大限」になったと、ラニーはいっている。
「銀メダリストなんて誰がおぼえている？」と彼はいう。「あるいは、ミス・アメリカの次点者、あるいはワールドシリーズもしくはスーパーボウルの決勝戦出場者を？　おぼえているのは、次点者本人たちだけだ――そして、彼らはけっして忘れられない」

彼の言葉はエリックとわたしにはとりわけ意味があった。ラニー同様、二位には関心がなかったからだ。特殊作戦の分野では、二番目によいというのは、銀メダルを持って帰国することを意味しない。それは木製の箱に入って帰国するということだ。

ラニーは数年間、失望に苦しんだ。やがて一九七四年、彼は人生を変えるひとりの男に会った。彼はその話を著書『フリーダム・フライト』のなかで、たとえの形で物語っている。そこでは彼はその男を「ジャック・サンズ」と呼んでいる（彼の本当の名前はジャック・フェロウズだったが、ここではラニーのたとえ話にしたがって、彼をサンズと呼ぶことにする）。

海軍の少佐（のちに中佐に昇進した）だったサンズは、ヴェトナム上空で撃墜され、「ハノイ・ヒルトン」として知られる悪名高い捕虜収容所で戦争捕虜として六年以上過ごした。六年以上たって、やっと解放され、飛行機でサンディエゴにつれもどされて、そこで救急車に乗せられ、検査のためバルボア病院へつれていかれた。体重は五〇キロもなかった。なにしろ、ひどい環境のなか、六年以上も捕虜収容所に入っていたのである。

病院へ向かう途中、救急車はノースアイランド海軍航空基地の裏門近くにあるゴルフ場を通りすぎた。突然、サンズが声をかけた。「待った――救急車を止めてくれ！」

いったいなにごとだ？　救急車の運転手は驚いて車を止めた。この男は死にかけているかなにかなのか？

「ちょっと降ろしてくれ」とサンズはいった。「少しゴルフをしなきゃならないんだ」

運転手は頭がどうかしたのではないかというように彼を見つめた。しかし、サンズは引かなかった。いいさ、彼は帰還した英雄なんだ。運転手はしぶしぶ彼を救急車から降ろすと、ゴルフ場のクラブハウスにつれていった。クラブの会員たちは最初、彼にプレイさせるのをこばみ、彼を放りだそうとした。

サンズは自分がどういう人間で、六年以上も北ヴェトナムの想像できる最悪の収容所に閉じこめられていて、ぜひともグリーンに出て、ゴルフを一ラウンドしたいのだと説明した。会員の大半も彼ら自身、従軍体験者だった。彼に同情をしめし、彼をプロショップにつれていって、プレイのしたくをさせたが、そのあいだじゅうずっと中佐の背後で神経質な視線をおたがいにかわしていた。この男はほとんど骨と皮同然のまったくひどい状態で、ひとりではほとんど歩けないようなありさまだ。なんてことだ、彼は病院へ行く途中だったのだ。倒れずにクラブを振ることさえできるのだろうか?

中佐はグリーンに出ると、一番ホールをパーで上がった。そして二番も。そして三番も。彼のドライバー・ショットは毎回フェアウェイを切り裂いた。パットは完璧だった。彼は全十八ホールをパーでまわった。

クラブの正会員たちは全員、まるで宇宙からきたかのように彼を見つめた。この男は何年もゴルフ・コースに出ていなかった。それどころか、何年も草さえ見ていなかったのだ。ちっぽけな監房で運動もさせてもらえずに痩せ細っていたのだ。彼がたったいまやったことは、ありえなかった。しかし、彼らはたったいま彼がそれをやるところを見ていた。

「こんなことを聞いてすまないがね、中佐」とクラブ会員のひとりがいった。「あれはいったいどうやったんだね？」

するとは彼はいった。「諸君、わたしは過去六年以上、頭のなかで何千ラウンドもゴルフをプレイしてきたんだ。それに、いっておくがね、わたしがパットをはずしたのはずいぶん昔の話だよ」

そうやって彼は戦争捕虜としての長い刑期のあいだ正気をたもっていたのだった。いつも狭苦しい監房に座って、お気に入りのコースを頭のなかに思い浮かべ、何ラウンドもゴルフをプレイしながら、コースをまわっていた。六年間、毎日。彼は肉体的にはずいぶん長いあいだゴルフ・コースに出たことがなかった――しかし、精神的には完璧なまでにプレーを練習していた。彼のあらゆる筋肉と関節が正確にどうすればいいのかわかるまで、徹底的に練習したのだ。

サンズ中佐の体験は、めずらしいものではない。かなりの数のヴェトナム戦争捕虜が、正気をたもつために、こうした壮大な想像という行為に着手した。ハワード・ラトリッジ中佐という人物は、想像のなかでまるまる五軒の家を建てて、囚われの七年間を過ごした。土地を見つけ、売買を交渉するところからはじめ、それから自分で地ならしをして、基礎を掘る。最後に、家のあらゆる細部を建築し、敷地を造園して、家具をそなえつけ、それを売りに出して、利益が出るように売ると、つぎの建築計画に注意を向け、すべての工程をもう一度はじめる。べつのウィリアム・ローレンス中佐なる人物は、記憶をさぐって、一年生のときの同級生からどれだけ多くの名前を思いだせるかやってみて、最終的には現在までの全人生を詳細によみがえらせた――それも、三回も。

これら全員に共通するものは、もちろん、彼らが戦争捕虜であり、事実上、肉体的な自由がないことだ。しかしまた、サンズが指摘したように、レニーもまた囚われの身だった。ただし、自分が作った牢屋に。彼はあの金メダルを取れなかった失望と後悔と自己限定という箱に押しこめられていた。

実際には、ラニーを悩ませていたのは、自分が二等賞だったという明白な事実ではなかった。自分には一等を取る能力があったということだった――しかし、彼は環境がソ連選手の言葉という形で自分をコントロールして、試合で自分を打ち負かすのを許したのである。小耳にはさんだ言葉が彼を牢屋に閉じこめ、彼もそのことをある程度知っていた。

サンズが彼に語り、彼の人生の道筋を変えたことは、つまるところこうだ。もし環境と状況が人の態度をコントロールするなら、人は監獄に閉じこめられる。もし自分の考えと態度を自分でコントロールすれば、そのとき人は自由になる。

これはわたしにとって天啓だった。われわれがみすぼらしいホテルの会議室で話を聞きにスコッツデイルまで飛んできた、この「メンタル・マネージメント」は、たんなる特定の技能一式を身につけるためのテクニック、あるいは方策のようなものではなかった。これは哲学だった。わたしの心に響き、われわれがやっているあらゆることの核となる性質と共鳴する。

われわれの狙撃手課程の核心は、学生を射撃のエキスパートにすることではなかった。

われわれの課程の核心は、学生を自分の運命の支配者にすることだった。

これこそまさに、ラニーが出かけていって、やったことだった。一九七四年にジャック・サンズに会ったあと、彼はつぎの二年をついやして、百人近いオリンピックの金メダリストとそのコーチに話を聞き、エリックがものごとを分析して取り入れるやりかたそっくりに、彼らがいったことをすべてメモして、彼らがいかに訓練したかを正確に分析した。こうしたメンタル・マネージメントの核となる原則は、そのすべての中心にあった。一九七六年、彼はモントリオールでオリンピックに戻った——そして今回は、金メダルを取った。彼はその後、この分野で何年間も圧倒的な強さを誇り、個人と団体で二十二の世界タイトルを獲得して、四つの世界記録を樹立した。また、自分が学んだすべてを体系化して、それをいまや全世界のコーチとスポーツ選手に教えていた。

その日、ラニーはわれわれと一日中ずっと話をした。陸軍の少佐はまさに的を射ていた。われわれはその狭い会議室から完全に信奉者になって出てきた。わたしはそれ以来ずっと信奉者である。

われわれは新しいメンタル・マネージメント哲学を三つの主要な領域で実行した。最初は、教えることにたいする根本的に前向きな取り組みを確立した。その手はじめが、サンズが囚われの身のあいだに身につけたとラニーに語った根本的な原則である。「問題の解決策にのみ集中せよ——問題自体にはけっして集中してはならない」

この考えかたは、わたしにはおなじみだったし、どのSEAL隊員にとってもそうだったろう。われわれは一日目から、解決策なしにはぜったいに問題を持ちだすなと教わった。特殊作戦の戦士たちは、訓練と性格の両方によって、極度の解決策志向である。われわれは軍事の起業家であり、命令にしたがって、すでに確立された道にそって行動する、よき従業員ではない。不可能な状況におちいっても、なんとか目標を達成する。

しかし、こうした行動志向の解決策を取りたがる傾向があるにもかかわらず、われわれはそのようには教えていないことに、わたしは気づいた。われわれは、ほとんどの者がお手本から学んだやりかたで教えていた。子供のころから、ほとんどの者が教えている方法で。それは、「問題に集中する」ことだ。

わたしは以前、リトルリーグでコーチをしていたが、ほかのコーチの一部が子供たちに話しかけるやりかたにいつもひどく驚かされた。わたしはあるコーチが、ちょうど打席に立とうとしている子供にこういうのを聞いた。「おい、ビリー、まちがっても三振だけはするなよ！」

いったいそのかわいそうな子供が打席に入るときなにを考えると思っているのだろう？　その子が考えるのは三振になることだ。そのことしか考えられない。そして、実際に三振したとき（もちろん、そうなる）、それは彼のミスではない。たとえ彼がそう思ったとしても。わたしが見るかぎりでは、それは百パーセント、コーチのミスだ。

ここにもっとなじみのある例がある。親友のグレン・ドハティとわたしが狙撃学校に行くため荷造りをしているとき受けたあの簡潔な激励の呪文をおぼえているだろうか？　その三年後、エリックとわたしが新しい任務の準備をしているとき、わたしがいまだに自分に向かってくりかえしていたあの言葉を？

〝しくじるんじゃないぞ〟

もし誰かが人に百回「しくじるんじゃないぞ」といったら（あるいは人が自分自身に百回いっ

たら）、そのとき人はなにを考えるだろう？　もちろん、しくじることだ。そして、人は自分が集中していることを手に入れるものだから、なにが起きると思う？　人はしくじるのだ。野球でヒットを打とうとしている七歳の子供では、そのようにものごとが動く――そして世界最高の軍狙撃手になろうとする大人にも、まったく同じようにものごとが動く。

ラニーの話を聞いたとき、わたしはすぐさま彼がいっていることにはたと思いあたり、われわれの核となる教育法を「そういうふうにやるな」から「こういうふうにやれ」に変える必要があることを知った。

問題の解決策にのみ集中せよ――問題自体にはけっして集中してはならない。

われわれの新しい教育課程が新しい狙撃手課程の憲法だとしたら、この言葉はその独立宣言になった。

われわれは手はじめに、自分たちが重要と見なす射撃のあらゆる側面を書き留めた――分析して取り入れる典型的なエリックのやりかたである。終わったとき、われわれはおよそ百のはっきりとしたポイントを思いついていた。それから分類とふるい分けの過程に取りかかり、優先順位をつけて重要性を段階化し、最終的に、射撃術の核となる七つの基本までリストを減らした。機密にかかわるＴＴＰ（戦術、テクニック、そして手順）をあかさないために、その七つの基本のリストをここでくわしく説明するつもりはないが、「スムーズな引き金の引きかた」を例に引こう。

狙撃手にとって、引き金をスムーズに引くことは、まさにゴルファーのスイングやクォーターバックのパスと似ている。講演者ならば、それは、紹介が終わって拍手が鳴り止み、ホールが静かになったあとで、最初に話すあの言葉である。アーチの要石、タイヤが道路と接する要点だ。成功か失敗かの瞬間。

しかし、ちがいがある。射撃競技の選手にとって、引き金を引くのは、つぎのきわめて重要な点において、プロゴルファーのスイングのようなものだ。つまり準備ができたときに、それをやるという点である。観衆は静まっている。準備はすべてやった。銃の照準はすでに標的に合わせてある。機が熟すまで、待つ必要があると思うだけ待つ。そして発射する。

戦争では、狙撃手にそんな贅沢はない。射場で銃を撃つのではなく、騒々しい戦闘の混乱のなかで撃つことになる。だからわれわれは全員、学生たちをできるだけ大きな重圧と騒動のなかに置くために全力をかたむけ、彼らが戦い抜かねばならない種類の妨害状況を模擬体験させることに最善を尽くすのである。

学生が必要としていないものは、彼の思考過程を妨害する教官である。

読者は、新兵訓練所をはじめとする基礎軍事訓練課程で、身体でおぼえこませる式の消極的強化を数多く目にしている(もし教官が「おまえは役立たずの糞野郎だ、ウェッブ!」というのを聞くたびに一ドルもらえるとしたら、わたしはマーク・ザッカーバーグやビル・ゲイツ、ウォーレン・バフェットといった連中の親しいお仲間になれるだろう)。これは海軍特殊戦狙撃手課程でも同じように当てはまった。その教育方式は、海兵隊の課程の消極的強化手法をモデルにして作られたからだ。

しかし、わたしはそれが狙撃学校でうまくいっているとは思わなかった。学生が大失敗をしでかしたからといって、それを思い起こさせる必要はない。彼らはそれを自分ひとりでやるだろう。概して、学生は的をはずすと、すぐに自分を非難するものだ。われわれにへまをやったといわれる必要はない。それは自分でやっている。

消極的強化の問題は、実質的に学生に失敗するよう仕向けていることだ。わたしは彼らが成功するように仕向けたかった――それがどんなことであれ。

そこで、この七つの基本が射場における射撃術教育の焦点であることを確認すると、わたしはスタッフ全員にこういった。「よし、諸君、これからわれわれがやることはこうだ。われわれはこのように教える。もし学生がなにかまちがったことをするのを見たら、彼に前向きな修正をあたえる。後ろ向きの修正ではない。彼がまちがってやっていることをやるなというのではなく、彼が実行する必要のある基本を特定して、それをやるよう彼に注意するんだ」

あなたが射距離五〇〇ヤードではじめて銃をかまえ、わたしがそばに立って見おろしているところを想像してもらいたい。わたしは標的に照準を合わせる方法をあなたに伝授し、あなたは引き金を引く。作動不良が起きたとしよう。そして、わたしは撃針が弾薬を叩くかちっという音がしたのに銃弾が発射されなかったとき、あなたがびくっとしたのに気づく。

わたしは、「おい、次回はびくっとするなよ」ということもできる。

すると、あなたはなにを考えるだろう？　もちろん、びくっとすることだ。それしか考えられない。わたしはたったいま、否定であなたを教えたのである。

あるいは、あなたにスムーズな引き金の引きかたの基本を思い起こさせ、それからこういうこともできる。「いいか、これは次回のためのすばらしい学習体験だった。どこをどう変えなければならないかわかるな？　よろしい！」まちがってやったことを顔の前につきつけるかわりに、わたしはただ今度はどれだけうまくやるかに正面から集中させたのだ。そして、それはいったいなぜかに。

いずれの想定でも、わたしはあなたにどうすればいいか話している。ただし、最初の場合では、わたしはまちがいをくりかえすようにいっていて、第二の場合では、わたしは前向きな習慣を強化している。

じつに単純で、じつに効果的だ。

問題の解決策に集中せよ――問題自体にはけっして集中してはならない。

わたしは現在、仕事でもこれとまったく同じ取り組みかたを使っている。うちのチームに話すときや、新しい従業員を教育しているときに。わたしは彼らにどう話しかけるか、どんな言葉やいい回しを使っているかに慎重に気をつけている。わたしは自分の子供にも同じことをしている。これは効果がある。

われわれがメンタル・マネージメントを実行に移した二番目の領域は、頭のなかで反復練習することによって技量を研ぎ澄まし、完璧なものにする方法を学生に教えはじめたことだった。ジャック・サンズの完璧なゴルフの話とまったく同じように。

これは、ラニーが一九七四年から一九七六年にかけてオリンピックの金メダリストたちに話を聞いたさいにつねに気づいたことだった。彼らは全員、想像の力を利用して、彼らの特定のスポーツあるいは大会がなんであれ、その全過程を、時間をかけ、慎重に考え抜き、細部にいたるまで完全に視覚化して、それを頭のなかで完璧に練習していた。

わたしはメンタル・マネージメントと射撃術へのその応用にかんする二時間の講座を書き上げ、それを射撃術の基本教育課程に組みこんだ。それは最初にやってきた。狙撃手課程の射撃術部分で最初の授業のまさにはじめに。そして、それは二時間の授業にすぎなかったが、われわれはこの題材を何度もおさらいして促進し、学生たちは課程のあいだじゅうこれを学びなおすことになった。

わたしはラニーの話をすることからはじめた。彼の経歴、オリンピックの実績と出場歴、そして彼がどうやって自分の取り組みかたを作り上げたかを。わたしはわれわれのメンタル・マネージメント哲学の核となる原理を説明した。それから、頭のなかで反復練習することによって、完璧に練習する方法を教えた。

ある課程で、わたしはブラントとリーバーマンというふたりの学生を受け持った。彼らがすばらしい潜在能力を持っていることはわかっていた。ＳＥＡＬ関係者の誰もがそうであるように、彼らは課程の評判と、それがとてつもなく困難であることを知っていた。射撃術段階のはじめに、彼らはわたしのところにやってきて、こういった。「実際のところ、兵曹、この最初の射撃試験でわれわれになにを期待しているんですか？」

わたしは彼らにいった。「おまえたちが百点満点の射撃をすることを期待している」

これはもちろん馬鹿げていた。百点満点の射撃をした者は誰もいなかった。しかし、それが彼らにいったことだった。そして、理由がわかるだろうか？　なぜならそれが彼らに期待していたことだったからだ。

わたしはCD化されたラニーの著書のひとつ『フリーダム・フライト』（ラニー自身が朗読している）も彼らに渡し、最初から最後まで、ひと言ひと言、聞くようにいっていた。彼らが使えたCDプレーヤーは、彼らのレンタカーについているやつだけだった。そこで、彼らは毎晩、車に乗って、そこに座ってCDに耳をかたむけた。

ほかの連中は彼らをからかいはじめた。夜、車にいって、いちゃついているとか、そういうくだらないやつだ。SEAL隊ではいつものことだ。彼らはからかいを無視した。わたしが百点満点の射撃を期待しているといったとき、彼らはCDを最後まで全部聞いていた。二回も。

ちょっと基準について説明すると。その最初の試験では、三〇八口径半自動ライフルを射距離一〇〇〇メートルで撃たせる。これは銃の性能でぎりぎりいっぱいの射距離だ（工場で認定された銃の本来の能力を超えていたし、完全無欠の射撃もそれることがある）。

われわれは彼らに隠顕標的と移動標的の試験を課した。突然、ぱっと起き上がる標的（隠顕標的）と、予測できない不規則な間隔で左右に動く標的（移動標的）の複数の標的を、射距離二〇〇ヤード、四〇〇ヤード、六〇〇ヤード、八〇〇ヤード、一〇〇〇ヤードで撃って命中させるのである。それから彼らは未知の距離（UKD）試験で撃たねばならない。標的を見て、スコープで測定してすばやく距離を見積もり、それから正確にそれを撃たねばならないのだ――レーザー距離計などの技術は許されない。こうした変数と風の影響にくわえて、彼らは予測できない人間的な変数にも対処しなければならなかった。きょうたまたま向こうで標的を起き上がらせているやつが、もしかすると前の晩、飲みすぎて、ちょっと曲がって標的を起こしだすかもしれない（ちなみに、ありえない想定ではない）。

彼らは試験を二度受けることになる。最初は射手として、それから観測手として。われわれは、どちらの場合でも、射手と観測手をべつべつに採点した。したがって、誰もほかの誰かのおかげで成功することはありえなかった。全員がどちらの技能一式も完全にマスターしていなければならなかった。これはつまり、ふたり組で合計四つの得点を獲得するということだ。

わたしがこのふたりに百点満点を期待しているといったという話が広まると、ほかの教官たちでさえわたしを軽蔑の目で見た。

つぎの日は試験の日だった。ブラントとリーバーマンはすべて撃ちおえて、つぎのような得点で合格した。

100
100
95
100

八十発のうち、はずれたのは一発だった。ほとんど人間に可能なかぎり完璧に近い。

つぎの日、彼らの兵舎の部屋の外に行列ができた。あのＣＤを手に入れて、彼らのレンタカーに座りに行きたい連中だ。
われわれはさらに緊急事態対策を予行演習するためにつぎのようなやりかたを使うことも彼らに教えた。

もし戦場でうまくいかない可能性のあることを十個思いついたら、そのひとつひとつに緊急事態対応策を策定し、それからそれぞれの状況を緊急事態対策の実施とともに予行演習して、潜在的な問題に前もって対処することができる。実際にそれが起きたとき——もしそれが起きた場合には——すでにそれを十回予行演習していて、ほとんど無意識に対処できるように。

当時、わたしはパイロットの免許をちょうど取ろうとしていたときで、パイロットの訓練にも同じ取り組みかたを取り入れた。もし飛行中に突然、エンジン火災に直面したら、どうなるだろう、とわたしは自問した。あるいは、エンジンが離陸時に停止したら? わたしはこうした想定を頭のなかで予行演習して、緊急事態の手順全体を何度もおさらいし、もしそれが実際に起きても、自分が完全な自信を持って状況に対処できると確信するようにした。シミュレーターで訓練するようなものだが、ただしわたしは、高価な施設に物理的に縛りつけられるかわりに、頭のなかにただシミュレーターを作ったのである。

三つ目のメンタル・マネージメントの領域は、われわれが「セルフ・コーチング」と呼んでいたものに、積極的な教育方式を適用したことだった。これはわれわれが慣れていた消極的な教育スタイルからの大きな転換で、学生にどう語りかけるかだけでなく、とくに学生が自分自身にどう語りかけるかに焦点を合わせていた。

自分自身より強い影響をあなたにおよぼす人間はいない。他人は限られた長さの時間しかあなたに話しかけることができないが、あなたは自分に一日二十四時間ずっと話しかけている。声に出してではない（普通は）し、だいたいの場合、自分でもそうしていることを意識的に自覚すらしていないことが多いが。しかし、まちがいなく、そうしている。みんなそうだ。そして、自分自身にいっていること――自分がやっていることや、自分のやりかたや、自分ができるあるいはできないと思っていることについて――は、あなたの行動に、はかりしれない強い影響をあたえているのだ。

もしこのことを自分である程度知っていなかったら、そもそもわたしが狙撃学校へ進むことはなかっただろう。

わたしは銃にはまったく不慣れだったが、さかのぼること一九九七年に、BUD／S訓練の射撃部分をなんとか生きのびた。わたしが本当に苦労したのは、上級SEAL訓練に進んで、実際にSEAL隊員になる方法を学び、学んだ技能をすべて応用しはじめたときだった。われわれはラ・ポスタ訓練施設へ出かけていって、射場で専門的な資格射撃課程をやったが、わたしはほかの連中から「いったいどうしたんだい？」という目でたくさん見られるようになった。あきらかにわたしは射撃がクラスでいちばん下手だったのだ。

わたしの頭のなかの思いはこのように聞こえた。

〝ああ、どうしよう、どうやってもこいつをうまくやれない！　どうやったらうまく切り抜けられるんだろう？　頭がおかしくなりそうだ！〟

　そのとき、わたしは突破口を見つけた。わたしは自分が考えていることと、その考えがどんなに自分を無能にしているか、自分が持っているかもしれない向上のチャンスをどんなに妨害しているかに気づいた。わたしは自分自身のつまらない考えで墓穴を掘っていたのである。

〝おいおい、そんなことはさっさとやめにして、リセットしよう〟とわたしは自分にいった。〝おまえには射撃がうまくなるための技能が全部あるんだ。完全な能力がある。さあ、こいつをさっさと片づけよう〟

　その瞬間、わたしは自分自身についての考えかたと、自分自身に語りかけるときに使う言葉づかいを変えた。進歩は最初ゆっくりだったが、だんだんスピードを上げた。じきにわたしの射撃の腕はクラスでビリから自分の小隊でトップクラスになった。

　いま、それから数年たち、わたしは教育課程全体のコースマスターだった。

　ラニーは、著書『ウィズ・ウィニング・イン・マインド』のなかで、詳細なセルフ・コーチング計画を説明している。スコッツデイルであの日、彼がその要点をわれわれに説明したとき、わたしはすぐに彼が話していることの力を理解し、それを課程に組みこまねばならないことを確信した。

　われわれの最初の二時間の授業では、わたしはセルフ・コーチングとはどういうもので、どのように機能するのかを説明した。わたしは学生に自分自身をコーチする方法を教え、もし自分自身にあるやりかたで話しかけているのに気づいたら、すぐさまそれを修正して、思考習慣を変えはじめられるようにした。
「自分に話しかけるというのは、どこかの夢物語のようなセミナーのコンセプトではないんだ、諸君」とわたしは彼らにいった。「それは血や銃弾と同じように現実だ。われわれがあたえられるあらゆる教育や指導よりも、もっとも重要なことは、自分自身を効果的に指導する方法をしっかりと知ることだ。なぜならわれわれはみな、自分自身の最良のコーチあるいは最悪のコーチだからだ——そして、普通は、最良ではなく、最悪のコーチだ」

いまでも、わたしは、ビジネスやメディアの世界で働いていて、人々がこういうのをよく耳にしてひどく驚かされる。「いやあ、これはあまり得意ではないんですよ」とか、「やれやれ、あれには手を焼きそうだな」とか。そうだろうか？　まあ、自分にそういいつづけていれば、ずっとそのとおりだろう。なんのことをいっているにせよ、実際には苦手になる練習をしているからである。

消極的に自分に話しかける習慣が大半の人々の心にどんなに深く根づいているかは、驚くほどだ。積極的なセルフ・コーチングを人々に教え、それをすべて完全に説明することはできるが、実際にそうした深い思考の習慣を根こそぎにするには練習が必要だ——たくさんの練習が。

その一方で、われわれが相手にしているのはＳＥＡＬ隊員たちだった。われわれの学生たちはすでに肉体面だけでなく精神面でもすばらしく自己管理ができていた。彼らはすぐに意味を理解して、それが第二の天性になるまで、自分の思考習慣を修正しはじめた。

もちろん、実際の教育は、われわれの小さな秘密の地下壕に座っての、その二時間の講義だけでなく、それにつづいて射場でも、一日十六時間、毎週毎週、行なわれた。われわれが学生たちに経験させている種類の重圧下に置かれると、古い思考の習慣と自分に話しかける古い習慣に逆戻りすることは、心が動きそうになるほど簡単だからである。

しかも、われわれはいつも、最大限の重圧と逆境を作りだすために、学生たちに体験させる想定を積極的に探した。彼らがそれにどう対処するかを見るためだ。アフガニスタンやイラクより、そっちのほうがましだろう?

ある時点で、わたしはふたりの学生に試験を受けさせたが、彼らは頭部の隠顕標的が完璧にまっすぐに上下するのではなく、かすかに曲がって出てくると文句をいいだした。

〝本当かね〟とわたしは思った。〝おまえたちは戦場でどうするつもりだ? こっちが撃っているあいだは、どうかまっすぐに立ち上がってくれないかと、敵にたのむのか? やれやれ〟

「いいか、まっすぐだろうがなかろうが、そんなのは問題じゃない」とわたしは彼らにいった。「標的はそれでもそこにあるんだ。標的をより少なく露出させているわけじゃない。いいから、そいつを撃つんだ」

しかし、彼らは文句をいいつづけた。放っておけなかったのだ。

そこで、わたしはレーンで標的を動かしている学生に無線で連絡して、もっとむずかしくしろと命じた。「四十五度の角度で立ち上がらせるんだ」とわたしはいった。それからわれわれは全員、そのふたりの学生が内部崩壊するのを見守った。彼らは完全に自制心を失い、叫んで足を踏みならした。彼らは冷静さを取り戻すことができなかった。重圧に対処できなかったのだ。
これは、瓦礫が散らばるラマディの通りを歩いていたり、ジャララバードの施設を急襲したりする場合に、望ましいことではない。人は自分の背後を警戒してくれて「なあ、おれは標的がどこだろうが、どんな位置にあろうが気にしない。撃ち倒して、先へ進むだけだ」というやつをもとめている。

わたしはこれを教訓に使った。このふたりは無残に落第したが、それは純粋に彼ら自身のセルフ・コーチングの質のせいだった。標的が悪いのではない。標的は、まっすぐではないだけで、命中させるのは少しもむずかしくなっていなかった。なにかがおかしくなって、彼らはそれに影響を受けたのが事実だ。

標的のせいではなかった。彼らが標的について自分自身に語りかけていたことのせいだった。

このふたつの態度がいかにちがうかは、じつに興味深い。そして、わたしはそれを、現在の民間の生活のなかでも、ずっと目にしている。現実の世界では、ものごとはかならずしもうまくいくわけではない。それどころか、うまくいかない場合がほとんどだ。「よくないことは起こるもの」という言葉が車のバンパーのステッカーとして大ヒット商品になるには理由がある。しかし、こういうちがいもある。なにかがうまくいかないと、普通の人はいらいらするか、くよくよ悩むか、あるいはかんかんに怒る。王者は逆境を受け入れ、それを贈り物として歓迎しさえする。「わたしになにができるか見たまえ！　こんなひどい状況に置かれていてさえ、それでもわたしは勝つだろう！」という機会として。

まったく同じ状況でも、ひとつの態度が失敗を生みだし、その一方でべつの態度が成功を作りだす。これが、ラニーがわれわれに語ったように、金メダリストの考えかたである。

われわれがこうした変化をすべて実行に移すと、興味深いことが起こった。われわれの水準が上がったのである。しかし、脱落率は下がった。われわれは狙撃手向けのウォートンMBAに相当するものを作り上げ、課程で身につける題材の量を増やし、むずかしさの段階を上げていた――にもかかわらず、以前より少なくではなく、多くの学生を卒業させていた（ペンシルヴェニア大学ウォートン校のMBAは世界ランキングでつねにトップクラスにある）。

われわれが課程を作り変えるまえには、海軍特殊戦狙撃学校は、約三〇パーセントの平均脱落率を誇っていた。われわれがオーバーホールの大部分を終えるころには、それが一パーセントまで低下していた。最初の射撃試験でブラントとリーバーマンが上げたような信じられない得点は、じきに例外ではなく普通になった。

エリックとわたしは、二〇〇三年の中期に課程の革新に取り組みはじめ、翌年の一月に常勤で教えだした。わたしは二〇〇六年七月に軍を離れるまでそこにいた。この三年間で、人数にして三百名以上の十数クラスが課程を修了するのを見送った。この連中のなかにわたしが見たものは、言葉ではほとんどいい表わせないほど驚異的だった。海軍特殊戦狙撃手課程を終えたとき、彼らははじめたときと同じ人物ではなかった。内面の変化は完璧で徹底していて、彼らが部屋に入ってくる様子でそれがわかるほどだった。ただ優秀になっただけではなかった。自分でできると思っていたものを超えて、自分でも驚くほどの能力の水準に達していた。

この数年間は、ＳＥＡＬ狙撃手の人名録のようなものになった。学生の一部は戦場に出て、勲功を立て、それからつづけて自分の体験記を執筆した――あるいは、いくつかの例では、ほかの者が体験記を書いた。その名簿には、誰あろう、クリス・カイル（彼は二〇〇四年春に課程を修了した）、モーガン・ラトレル（〇四年夏）、マット・アクセルスン（〇四年夏）、マーカス・ラトレル（〇四年秋と、同年冬に再度）、アダム・ブラウン（〇五年春）、そしてＪＴ・タミルスン（〇五年夏）がふくまれる。

『アフガン、たった一人の生還』で狙撃学校の体験を書いたマーカス・ラトレルは、わたしのことを（もっとも彼の編集者たちはわたしの名前をブレンダン・ウェッブと綴っているが）、訓練の水準を「アパッチの偵察員でも息をのむほど高く」したと言及している。そのあと、タリバンの高価値目標を倒す任務の準備をしているとき、頭のなかを去来したことを説明して、こういっている。「たぶんシャーマク（彼らの高価値目標）には一発しか撃てないだろう。ただ一回、たぶん数百ヤードの距離から十字線に捉えて、その引き金を引くことができたときしか。ひとつだけわかっていることがある。はずさないほうがいい。ほかのすべてのＳＥＡＬ隊員はいうまでもなく、ウェッブとデイヴィスの亡霊がまちがいなく出現して、わたしをどやしつけるだろう」

マーカスは二〇〇四年秋に課程を受けたが、忍び寄り段階を合格できなかった。ある程度まではこつをつかんでいたが、そのときには手遅れだった。彼は完全には追いつけなかった。しかし、優秀なＳＥＡＬ隊員がみなそうであるように、彼は「あきらめる」という言葉の意味を知らなかった。彼は戻ってきて、困難な課程をすべて最初から最後までもう一度受け、二〇〇五年前半、みごとに二度目で楽々合格した。

ふたりとも海軍を離れた数年後、マーカスは、サンディエゴの空母ミッドウェイ艦上のある慈善イベントで、涙ながらにわたしを抱きしめて、アフガニスタンで命拾いをしたのは自分の訓練、とくに忍び寄りの段階のおかげだと語った。

「あなたの訓練がわたしの命を救ったんだ」と彼はいった。「あれがなければ、わたしはここに立っていなかっただろう。だから、そのことにお礼をいいたい」これはわたしにとって教官としての誇らしい瞬間であり、課程に一心不乱に打ちこんで自分の家族に会えなかった長い時間を、すべて価値のあるものにした。

『アフガン、たった一人の生還』のおかげでマーカスは、全世界が知っている、あのラトレルになった。しかし、彼の双子の兄弟モーガンは、兄弟と同じぐらい桁外れの人物である。マーカスはいっている。モーガンがスピード違反の反則切符を支払わなかったせいで自分は四回も牢屋にぶちこまれたと。それが本当なのか、それともテキサスらしい大ぼらなのかは、はっきりとはわからないが、まちがいなくふたりの関係がどんな感じかはつかめる。たとえどちらが先に生まれたか知らなくても、わたしはそれがモーガンであることにいくらでも賭けるだろう（七分差で、モーガンだった）。さらにふたりは、一卵性双生児だけができるように、深く身を捧げ合っていた。モーガンは二〇〇四年夏に課程を受けたときに、よくこういっていた。「ねえ、おれの兄弟がやってきたらしっかりと面倒を見てやってくださいよ」モーガンは新人で、まだ小隊勤務もやっていなかった（すでにやっていたマーカスとちがって）。しかし、彼はなんの問題もなく、課程を片づけた。

ラトレル兄弟にとって、SEAL隊員であることは、骨の折れる体験だった――文字どおり。マーカスは〈レッド・ウィングズ〉作戦で脱出中に背骨を折った（二〇一三年のピーター・バーグ監督の映画版〈ローン・サバイバー〉を見ていたら、これは驚きではないだろう）。その四年後、モーガンが訓練中に背骨を折った。乗っていたブラックホーク・ヘリがケーブルを切断し、彼らが乗りこもうとしていた船に墜落したのである。マーカスと同じように、彼も医師の予想を裏切って、誰もが予想していたよりも早く快復して、退院した。モーガンは最終的に戦闘勤務を九回やったあとで、応用認識の博士号取得にはげむため除隊した。それが外傷性脳損傷の犠牲者を対象とする彼の仕事に役立つからだ。

マット・アクセルスンはモーガンの親友で、ふたりはペアを組んで二〇〇四年夏の課程を突破した。わたしが修了を見とどけた三百名以上の学生のうちで、アクセルスンは最高のひとりだった。わたしは自著『英雄たちのあいだで』のなかで、彼のことをまるまる一章分、書いた。彼は二〇〇五年の夏にマーカスとともに〈レッド・ウィングズ〉作戦で派遣された四名のSEAL隊員のひとりでもあった。彼とマーカスは、チームのふたりの狙撃手だった。マーカスとちがって、アクスは任務で生きのびられなかった。彼がいなくなったことを、多くの者が心から寂しく思っている。

J.T・タミルスンも同様だ。彼はわたしの受け持ちのひとりでもあった。JTは二〇〇五年の夏に課程を修了したとき、特別な役割を演じた。われわれは各クラスにひとり、とびきり優秀な学生をクラスのリーダーに指名した。そのクラスでは、それがタミルスンだった――そして、彼はわたしが最初から最後まで得たなかで最高のクラス・リーダーだった。JTは、マーカスとモーガン両方の親友でもあり、チーム・ファイブでは彼らの小隊の一員だった。JTは二〇一一年八月、ほかの三十七名とともに命を落とした。彼らが乗ったチヌーク・ヘリがカブール西方のタンギ渓谷でタリバン部隊に撃墜されたのである。わたしは『英雄たちのあいだで』でJTのことも書いている。

アレックス・モリスンやマーカス・ラトレルと同じように、アダム・ブラウン（ベストセラー本『フィアレス』の題材）は、二〇〇二年にはじめて課程を受けたとき、忍び寄り段階で落第した。ほかのふたりのとびきり優秀な男たちと同じように、彼もまた戻ってきて、もう一度やり、二度目で最後までやってのけた。

アダムが二〇〇五年の最初の数カ月、課程に再挑戦したとき、それはわれわれが東海岸と西海岸の課程を完全にべつべつに運営した最後の機会だった。その年の夏、われわれは射撃段階をひとつの全国的な教育課程に統合した（もっとも写真情報収集課程と忍び寄りはべつべつの海岸でつづけたが）。その学期では、わたしはマーカスのクラスといっしょに西海岸にいて、アダムの課程の教官ではなかったので、彼のことはよく知らなかったが、東海岸の訓練施設でちょっと彼に会い、そのときには彼についてすべて聞いていた。この男はすでにSEAL隊関係者のあいだでは伝説的だった。彼がSEAL隊員にしても、まったくどうかしているとしか思えないことをやっていたからである。

それより二年近く前の二〇〇三年夏、アダムが近接戦闘訓練に参加していたとき、よくある訓練中の思わぬ事故が発生した。彼は模擬弾（先端部に液体塗料が詰まった本物の銃弾）を目に食らった。目は完全に失われた――しかも右目だった。生まれつき右利きだったアダムは、左目利きになり、左手で銃を撃てるように自分を訓練しなおしてから、二度目で課程を修了した。SEAL隊の狙撃手課程を修了するだけでもすでにものすごい業績だった。このどうかしているやつは、それを片目で、左利きで銃を撃って修了したのである。

まさに、思考の力のあかしとはこのことだ。

それから、「ザ・レジェンド」ことクリス・カイルがいた。

クリスの物語は、いまではよく知られているので、わたしがここでくりかえしてもあまり意味はない。二〇〇四年春に彼が課程を修了した当時でさえ、まだ「ザ・レジェンド」でなく、海外で百六十名以上を倒した記録もまだ持たず、イラクの武装勢力から「シャイタン・アル・ラマディ」（「ラマディの悪魔」）のレッテルもまだ貼られても、その首に八万ドルの賞金がかけられてもいないときでさえ――こうしたことがまだなにひとつ起きておらず、彼がテキサス出身の狙撃学生のひとりに過ぎなかった当時でさえ、彼がマークすべき人物であることはすでにあきらかだった。

マーカスやモーガン、アクセルスン、そしてＪＴとちがって、クリスはわたしの受け持ちではなかった（彼はエリックの受け持ちだった）が、わたしはどうやら彼に印象をあたえたようだ。

もっと正確にいうと、わたしは彼に印象をあたえるひと言をいったのだ。

われわれの傑出した卒業生たちが戦地から——イラクやアフガニスタン、アフリカといった紛争地域から——本国に交替で戻ってきはじめると、エリックとわたしは彼らを定期的に校舎に招いて、腰を据えて話し合い、彼らが向こうで見たことや経験したことについて事情聴取をする習慣をはじめた。われわれが変えるべきことはあるか？　もっとよくやれること、新たに教えるべきことは？　われわれは彼らから聞いたことを定期的な課程見直しに取り入れ、もし相応に重要に思えたら、その変更を数週間以内に課程に組みこんだ。

クリスはイラクから帰還したのちのある日、地下壕へやってきた。オフィスは仕事で大忙しで、彼が戦地で使っている市街地の隠れ場所について詳細をいくらか報告しはじめたちょうどそのとき、電話が鳴った。

わたしは人差し指を立てて、手短にすませるとクリスに合図すると、受話器を取った。

相手は特殊舟艇チームの隊員で、狙撃学校の入校資格にかんする問い合わせの電話だった。本気か？　狙撃学校の入校資格だと？　この男はSEAL隊員ですらないのに。

当時、BUD／S訓練をやめたり、脱落したりした学生は、特殊舟艇隊あるいは、SWCC（特殊戦戦闘艇乗組員）をためす場合があった。これは奇妙で居心地の悪い力学を作りだした。舟艇に乗って発進してから、突然、自分を乗せて艇を走らせているこの男が数年前、自分のBUD／S訓練のクラスをやめたのと同じ人物であることに気づくのである。これは奇怪だった。われわれはこの連中をまったく信頼しなかった（はっきりさせておくが、彼らは、マーカスとアクセルスンが配属されていたSDVつまりSEAL運搬艇チームと同じではない。同じ太陽系にすら属していない)。上層部もじきにこれがうまくいっていないことに気づき、そのときからこれをすぐれた訓練計画に変えるすばらしい仕事をしている。しかし、当時はまだどこか欠点があった。

わたしは舟艇の隊員をスピーカーホンに出した。

「やあ、こちらは、なになに兵曹だ」と声がひどく興奮していった。「XYZ特殊舟艇チームに所属しているが、狙撃学校の必要条件がなにか知りたいんだ!」

わたしはクリスを見た。

「BUD/S訓練だ」と、わたしはいって電話を切った。

クリスは完全にこらえきれなかった。げらげら笑いだし、笑いを止められなかった。

後年、ふたりとも軍をやめてからずいぶんたって、著者の立場でふたたび会ったとき、彼はこの話を思いださせてくれた。わたしは完璧に忘れていた。彼はいまだに笑っていた。

この点呼表――カイル、ラトレル、ラトレル、アクセルスン、ブラウン、タミルスン――を見れば、訓練計画から生まれたプラチナ水準の狙撃手の力量がうかがい知れる。しかも、これらはみんなが聞いたことのある名前にすぎない。彼らのひとりにつき、それ以外に何十人もの者がいて、あきらかな影響をあたえ、敵のふるまいかたを変えさせたのだ。敵が「たったいまおれは連中の狙撃手のひとりに見張られているのか?」と心配する必要があれば、敵の行動の自由は奪われることになる。それは戦場の方程式を変える。

ＳＥＡＬ隊の狙撃手が同行している海兵隊と陸軍部隊が、どれほど感謝しているかという噂が、われわれのもとに戻ってきはじめた。読者はたぶん映画〈アメリカン・スナイパー〉を見て（あるいは本を読んで）、建物をつぎつぎに掃討する海兵隊の部隊にクリス・カイルが同行してイラク国内中を移動する場面をおぼえているかもしれない。クリスが上のどこかに――屋根の上や窓など、彼がその日、たまたま身を隠している場所ならどこでも――いるとわかっていることで、兵士たちはより安心し、それがひいては彼らの有効性を高めることになった。クリスが上にいることで、通常部隊には、撃たれたり、吹き飛ばされたりすることなく動きまわれる余地が広くなった。クリスは相手にとってそれをより危険にした――そしてわが軍の兵士たちにとってはより安全に。

では、その効果を百倍にしてもらいたい――なぜなら、クリスのような連中がほかにも山ほどいたからだ。同じ訓練を受け、同じ水準の技能と殺傷力を持ち、わが軍の兵士たちを見守って、敵を何百と倒した連中が。一冊も本を書かず、ＣＮＮでインタビューを受けることもなく、名前を聞くこともないだろうが、わが軍の通常部隊に所属する無数の男女のために、戦争の様相を変えた男たちが。

テロとの戦いとされるものが中東とアフリカでくりひろげられた十余年のあいだに、われわれは多くのアメリカ人と、多くの有志連合軍の男女同志も失ってきた。しかし、カイルやラトレル兄弟、タミルスンのような者たち――そしてロブ・ファーロングやジェイスン・デルガード、そしてニック・アーヴィングのような者たち――がいなかったら、恐ろしいほどもっと多くの者を失っていたことだろう。

新しい課程は十三週間で、アメリカ陸軍狙撃学校のほぼ二倍の長さがあり、陸軍の上級特殊作戦目標阻止課程（SOTIC）あるいは海兵隊の偵察狙撃手基礎課程のいずれよりも何週間も長かった。しかし、それですらその全部ではなかった。われわれは基礎課程の先の上級講座も運営していた。われわれの教育課程の範囲をさらに遠くまで広げる狙撃手のための一種の継続教育である。

そのひとつである、地方教育課程では、学生を、篦鹿《へらじか》や尾白鹿《おじろじか》を追いかける一週間の狩猟旅行のために、カナダ国境に近い北西部の荒野につれていった。なかには以前、狩猟をしたことがある者もいたが、多くは未経験だった。これは屋外に出て、忍び寄り、銃を撃って、脈打つ心臓を止める機会だった。

これは文字どおりの、〈キリング・スクール〉だった。

われわれはいつも日の出前の暗いうちに出発して、日差しの暖かさで梢から霜が消えはじめるころには狩りをしていた。数時間、狩りをしてから、山小屋に戻って朝食を取る。夕暮れ近くに、もう一度出ていって、暗くなってからもしばらく狩りをして、それから戻って、なんであれ獲物を解体した。これは、男たちが引き金を引いて、おたがいに背中を叩きあい、ビールを飲みに出かける気晴らしの物見遊山のようなものではなかった。われわれは忍び寄り、銃を撃って、皮を剝ぎ、内臓を抜いて始末をし、料理して、殺した動物をすべて食べた。

あいまの真昼の時間には、長距離射撃と現実世界の忍び寄りの上級授業を行なった。

こうした忍び寄りの授業は、この連中がかつて経験した、ほかのどんなものとも似ていなかった。古典的な課程では、決められた一画を忍び寄り、左右の境界線もどこだかわかっている。ここでは学生たちを三六〇度の環境に立たせ、実弾射撃をさせる。そして、何時間も努力して、標的にじゅうぶん近づき、みごとな一発を放とうとしているあいだ、われわれは無線機で対抗狙撃手に彼らを追いかけさせ、彼らを捕らえるためにあらゆる手をつくさせた。これは通常の忍び寄りの課程と基本的には同じコンセプトだった――ただし、はるかに現実的だった。

すでに述べたように、わたしは水中銃で魚を捕って大人になったが、以前に陸上で狩りをしたことはなかった。地方課程のひとつで、わたしは最初の鹿を仕留めた。当時、われわれは弾道ソフトウェアを使いはじめたばかりだった。南カリフォルニアにいるとき、まえもってわたしは新品の銃を取って、一〇〇ヤードで零点規正をし、それからカナダ国境まで持っていった。わたしはもう一度、銃の零点規正をしなかった。それどころか、この新しい環境のもとで、その銃で一発も撃つことなく、ソフトウェアがあたえるデータをただ利用したのである。荒野に出たわたしは、距離計で鹿にレーザーを照射し、高低差の調整を行ない、狙いをつけて、発砲した。まったくちがう環境、ちがう高低差、ちがう気候におけるこの銃の一発目は、四三七ヤード（約三九三メートル）の射距離で、上二〇度の射角で発射された――そして、その一発目が鹿を撃ち倒したのである。一発必中で。

指揮命令系統の上層部には、この教育課程を葬り去ろうとしていた者たちもいた。ただのむだな道楽にふけっているＳＥＡＬ隊員の集団。それが彼らの見解だった。さいわいにも、もっと分別のある人間たちが勝った。これはむだな道楽ではない。ほかの方法では成し遂げられないレベルの必要不可欠な訓練だった。われわれは学生たちを殺しに慣れさせていたのである。

もし鹿を追いかけ、うまく仕留めることができれば、戦場に出る訓練はじゅうぶんできている。なぜなら、人間は実際にはわれわれが追いかけていた動物たちよりずっとたやすい獲物だからだ。人間は怠け者のきらいがあり、その状況認識は家暮らしの心地よさと安心感でにぶっている。野生動物は剃刀のようにするどい本能を持っていて、それに耳をかたむけるすべを知っている。彼らの感覚は超自然的なほど研ぎ澄まされている。グレート・ノースで箆鹿に近づくには、自分自身がある程度野生動物になる必要がある。

クリス・カイルやマーカスとモーガンのラトレル兄弟のように、狩猟をしながら大人になった学生たちも課程を修了した。しかし、ＳＥＡＬ訓練以前にはほとんど銃に触れたこともない者もたくさんいる――エリックやわたしのように。そうした者たちにとって、鉛弾で脈打つ心臓を止めたのは、生まれて初めてのことだった。これは自分にそれができるかどうかを見きわめる機会を彼らにあたえる。

もっと重要なのは、それがわれわれにその機会をあたえたことである。

なぜなら、誰もができるわけではないからだ。そして、それは、自分が戦場に送りだそうとしている誰かについて知っておく必要があることである。彼は勇気と忠誠心と献身と、そのほかあらゆる種類のすばらしい資質を持った逸材かもしれない。しかし、スコープのなかの生き物を見つめて、躊躇なく引き金を引けなければ、彼は、死の危険であふれかえった施設に部隊が突入するさいに、人が監視狙撃手をつとめてもらいたいと思う人物ではない。人は、もし殺しが必要なら、ためらわずに殺す人物を求める。

しかし、核となる海軍特殊戦狙撃手課程に自分たちが行なったあらゆる改善と、地方課程のような上級訓練をもってしても、われわれはひとつの議論の余地がない事実をけっして見失わなかった。依然としてそれは現実ではないということを。戦争の混沌のなかで、人間に銃を向け、彼を撃つという現実ではない。どんな訓練計画を作りだそうと、実際にそれを訓練する方法はない。

本当に戦争の現実にそなえて訓練する唯一の方法は、戦争に行くことだ。

それが〈キリング・スクール〉の三番目にして最後の段階である。

7 戦争の現実

戦争の本質は暴力であり、戦争における節度は愚行である。――ジョン・〝ジャッキー〟・フィッシャー提督

異国に上陸して、死体を目の当たりにし、自分を殺す意図を持った人々に撃たれ、先に殺す意図を持って撃ち返すことと、訓練とは、まったく別ものだ。人は戦地に出てやっと、〈キリング・スクール〉の最終段階、卒業段階と大学院段階を経験する。

わたしが戦争の現実にはじめて襲われたのは、9・11同時多発テロ事件の一年前、駆逐艦コールが高速艇に乗ったふたりの自爆テロリストにイエメン沖で攻撃されたときだった。

わたしの友人で、わが小隊の海軍衛生隊員《コァマン》のクリント・エマースンは、できるだけ早く死者と負傷者の対応に手を貸すために、小隊の残りの者たちより少し先に向こうに送りこまれた。クリントは、その場面がこれまで見たなかでも指折りのひどいものだったと形容している。戦闘部隊に配属される衛生兵として、いくつかの凄惨な場面を目にしてきた彼がである。彼は艦に到着し

て、爆弾が炸裂した艦底部分に降りていった。そこでは十体以上の死体がすでに何時間も放置され、温かい水たまりでふくれ上がっていた。手をのばし、腕をつかんで死体をひっぱると、腕が耐えられずに手のなかでちぎれた。クリントは死体がゼリーでできているようだったといっている。

十七名の乗組員が攻撃で命を落とした。われわれSEAL隊員はそこに十七名いて、その穴を埋めたので、ひと眠りする機会があったときはいつでも、亡くなった乗組員の寝床で眠ることになった。あまりいい気分はしなかった。

駆逐艦コール事件は衝撃的だったが、少数の人間だけが共有した体験だった。世界全体は依然として、これから起ころうとしていることにたいしてほとんど無関心だった。地図で場所を見つけられる者もほとんどいない、読みかたもはっきりしない、中東のどこかの国の沖合いで起きた爆弾事件には、じつのところ誰もほとんど気を留めなかった。その十カ月後、すべてが変わった。二機の民間ジェット旅客機がニューヨーク市でもっとも高いビルに激突し、戦争の現実がわれわれの家のドアを叩きにきたときに。

わたしの小隊は新たな戦争で戦地に降り立った最初のSEAL部隊のひとつだった。戦争はいまのところ慎重で局部的なやりかたで遂行され、選ばれた特殊作戦部隊がアフガニスタン軍を支援し、アメリカ軍の地上部隊はごく簡潔な作戦のために小部隊単位でのみ使われていた。われわれは戦闘に参加したくていてもたってもいられなかった。われわれは制服に、わたしがデザインして、白い悪魔と「憎しみを受け入れよ」というスローガンが描かれたわがエコー小隊の部隊章といっしょに、ニューヨーク消防局の隊章を縫いつけていた。十月と十一月はペルシャ湾で阻止活動に従事し、クウェートとオマーンを中継基地として過ごした。ついに十二月中旬、われわれは黒っぽいC－130輸送機に乗りこみ、数時間後、カンダハルで後部貨物ドアを降りていった。

妙に現実ばなれしていた。カンダハル国際空港の急襲は、ソ連が一九七九年十二月に侵攻したとき、最初にやったことのひとつだった。いまそのまさに二十二年後、なんと驚くことに、ここでわれわれはまったく同じことをしていた。十年にわたるソ連との戦いで、空港は荒れ果てていた。タリバンが彼らの重要な拠点のひとつとしてここを奪取したとき、維持と修繕は彼らのやるべきことのリストのいちばん上にはなかった。そして、われわれが到着するほんの数日前にアメリカ海兵隊の一個中隊が降り立って、タリバンの手からこれをもぎ取ったとき、空港は徹底的に叩かれていた。割れたガラスがそこらじゅうにあり、床には血痕が残り、あちらこちらに残骸が散らばっていた。われわれはその夜、メインターミナルで眠った。まるで世界の滅亡後を描いた映画のセットのようだった。

駆逐艦コールは事件だった。これは戦争だ。

その数週間後、われわれはアフガニスタン北東部へ行き、パキスタン国境近くの山地で過ごすことになった。そのあたりの地域はまったくちがう感じがした。田舎は美しくてすばらしく、小さな農村は雪をいただく広大で峻険な山々にかこまれている。ここではなにか悪いことが起きているのは知っていたが、それでもある種の正常さの背景には、文化と伝統の枠組みがあった。

カンダハルはそうではなかった。カンダハルは最悪の場所で、ただの平らで硬い砂漠と醜い都市の広がりで、危険な状況がそこらじゅうで起きているのがわかった。ここは巨大な規模の怪しげな武器市場のようなもので、いつでも誰かがＡＫ－47を抜いて撃ちだす感じがあった。

カンダハルには特有の臭気があった。西洋の発展した国々の回廊の外へ旅したことがない者たちがけっして嗅いだことのない臭い――処理されていない下水と、焚き火や木材、そのほか人々が腹を満たすための燃料として手に入るものならなんでも燃やすストーブのたえまない臭気が入り交じった臭いだ。目隠しをして、飛行機に放りこみ、どこにいるのか教えずにそこで降ろしたとしても、わたしは一瞬でそれをかぎ分けるだろう。

カンダハルでもっとも印象的なものは、その奇妙さ、不思議な異質さだ。アメリカにもカナダにもヨーロッパにも、わたしが旅したことのあるほかのどんな場所にも（少なくとも西洋では）それに匹敵するものはなかった。

後年、わたしはイラクで民間請負業者として働いて過ごした。ある日、イラクの街で車を走らせていると、忙しい市場の真ん前の道ばたに、檻に入った子供が座っているのに気づいた。たぶん五歳か六歳の少年は、ハムスターやモルモット用に用意するたぐいの小さな金網の箱に詰めこまれていた。子供が。檻に。あれはなんだ？　しかし、わたしはなんだか知っていた。子供はある種のお仕置きとしてそこに入れられていたのだ。公然の辱めとして。みじめな様子だったが、運命を受け入れ、完全におとなしくしたがっていた。彼の態度はこういっていた。ひどい仕打ちだけど、ぼくはこうされてもしかたないんです。わたしは身震いした。

わたしは戦場でひどいことをたくさん見た——最悪の状況で、激しい迫害を受けながら生きている人々、死体の一部が散乱した原野、血の染みと化した人々。しかし、檻のなかに座ったその少年に偶然出くわしたのは、わたしが目にしたもっとも奇怪で奇妙な出来事で、多くの意味でもっとも心をかき乱す出来事に位置づけられる。

カンダハルとはこういう感じの場所だ。異世界である。これが、ロブ・ファーロングがその数週間後に降り立った世界だった。

二〇〇二年二月二日、ロブ・ファーロングとそのチームメイトたちは、バスでエドモントン国際空港の駐機場に乗りつけ、巨大なロッキードC-5ギャラクシー輸送機に乗りこんだ。ロブはこんなものを見たことがなかった。C-5は巨大で、かつて製造された最大級の軍用輸送機である（ギャラクシーの搭乗員のあいだでは、フレッドという、あだ名をつけられている とてつもなく馬鹿げた経済的大失敗《ファッキング・リディキュラス・エコノミック・ディザスター》を略したものだ）。

アメリカはあきらかに真剣に戦争を始めようとしていた。

六名のカナダ兵はバスから降りて、巨人機を目指した。搭乗員は全員、アメリカ人で、全員がにこにこして、あきらかにカナダ兵が自分たちに加勢することを心からよろこんでいた。

PPCLI連隊がアフガニスタンに派遣されるという準備命令がカナダ政府からくると、連隊は自分たちの狙撃手をつれていくことを決定した。三名ずつ二チームを展開させる。一名は大きなマクミランTAC-50を持ち、一名は観測手（チームリーダー）をつとめ、一名は警戒要員をつとめる。その時点でＰＰＣＬＩ連隊の狙撃班には五名がいた。六人目が必要だった。ロブが狙撃学校でひじょうに馬が合った教官だったティム・マクミーキンが、63ブラヴォーのリーダーとしてくわわり、射手役のロブとチームを組むことになった。もうひとつのチームである63アルファは、やはり狙撃手課程の教官だったグレアム・〝ラグズ〟・ラグズデイルにひきいられた。「選りすぐり」という言葉が、この六名ほどぴったり当てはまる者はいなかっただろう。彼らはカナダでもっとも優秀な面々だった。

一行はエドモントンからドイツへ飛び、つぎにドイツからアラブ首長国連邦へ向かい、そこでアフガニスタン行きのＣ－17輸送機に乗りこんだ。カンダハルで駐機場につくと、あの大きな後部貨物ドアを降りていき、それより約七週間前にわがＳＥＡＬ小隊がそこに降り立ったときにわたしが見たのとまったく同じものを目撃した。ただし、そのころにはわれわれはいくぶんそこを片づけていて、ものすごい数の活動が進行中で、何十種類もの制服があたりを飛びまわっていた。

ロブはわたしがはじめてＣ－１３０輸送機の後部貨物ドアを降りていったときに心に浮かんだのとまったく同じ言葉でその場面を形容している。妙に現実ばなれしていたと。古ぼけたソ連製の飛行機やジェット戦闘機の残骸がころがる、破壊された古いコンクリートの空港。彼らは腰をおちつけて、装備を荷ほどきしはじめた。まもなく飛来するロケット弾の攻撃のせいで、遮蔽物に避難しなければならなかった。この一件は彼らのアドレナリンを溢れださせた。

それでも、自分たちが大きな危険にさらされているという感じはなかった。彼らはその奇怪な煉獄のような場所にいた。戦争の状況下で、戦争の端っこにいて、しかしまだ実際には戦争の生々しい現実のなかに立っていなかった。

彼らは二人組の狙撃チームに振り分けられ、アメリカ軍の偵察チームと何名かの地元アフガニスタン戦士とともに展開するために送りだされた。野営地の二キロほど外にある、ロシア人が建てたいくつかの古い監視塔に詰めて、観測所と早期警戒システムの役目をつとめるためである。

つぎの二週間、彼らは地元民たちとそこで暮らした。ロブはその時間の大半を、自分の五〇口径狙撃銃と観測スコープを持って、監視塔のてっぺんの狭い監視台で過ごした。彼らは地元の軍閥の一部とかなり情報をやりとりして、彼らの周辺防御線をすり抜けて空港の有志連合軍基地に近づこうとする幾人かの悪い連中を実際に捕まえた。ロブにとってこれは正確には〝戦闘〟と呼ぶものではなかった。そうした連中が車かダートバイクで乗りつけると、地元民は彼らとおしゃべりをはじめ、すると突然、大声が上がり、騒ぎの兆候がある。地元民たちが男を車から引きずりだし、アメリカ兵やカナダ兵にそいつがタリバンだと確認すると、ロブと同僚たちはそいつを引っ捕らえて、ラベルを貼り、憲兵を呼んで、それでおしまいだった。野郎はグアンタナモ収容所送りになり、ロブは自分の監視塔に戻る。

およそ二週間、この見せかけの警備任務についたあと、ある日、ロブはアメリカ軍のハンヴィー高機動車が飛び跳ねながらこちらへやってくるのを目にした。毎週火曜日は補給が予定されていた。その日は火曜日ではなかった。ハンヴィーはゆっくりと停まると、助手席の窓が開いた。

「おまえたちふたり」と車内の男がロブと仲間の狙撃手のひとりを指していった。「とっとと荷物をまとめるんだ。野営地にきてもらう。部隊長がおまえたちに会いたがっているんだ」

野営地で、ロブと彼の相棒は63アルファと63ブラヴォーのほかのカナダ軍狙撃手と合流し、彼ら六名は指揮テントに案内されて、そこでPPCLI戦闘団の指揮官であるパット・ストグラン中佐とじかに顔を合わせた。ストグラン中佐のとなりには、アメリカ軍の指揮官が、数名の随員をつれて座っていた。

中佐は六名を見て、こういった。「わたしはこちらのアメリカ軍指揮官から依頼を受けている」そして、右にいる人物のほうへうなずいた。「諸君らにはある作戦を支援してもらいたい」

「もちろん、必要ならなんでもやります」とラグズデイルは答えた。

ストグラン中佐は少し身を乗りだした。「よろしい、諸君、状況はこうだ。これから起きようとしているのは特殊作戦ってやつだ。わたしもあまり情報は持っていないし、いずれにせよ諸君らに話すことはたぶん許されないだろう」

ロブはいまもこれからも、自分たちの得られる情報はその程度だろうとよくわかっていた。それが意味するところはわかっている。自分たちは人々を探しだして殺すために戦闘地域のただなかに送りこまれるのだ。

「しかし、まず諸君はしばらく隔離されることになる」と指揮官はつづけた。「たぶん明日、飛んでいくことになるだろう。少し休んで、装備を準備するんだ。なにか必要なものがあれば、遠慮なくいってくれ」

数名のアメリカ軍憲兵が彼らをつれだすためかたわらに姿を現わした。彼らは部屋を出るために向きを変え、ちょうどドアのところまでくると、ストグラン中佐がもう一度、口を開いた。

「ところで」と彼はいった。「わたしはまだカナダ政府に連絡できていないんだ。彼らがこの件を動かせるようにね。わたしはわが子の誕生を待つ父親のようにそわそわと行ったり来たりすることになるだろうな」

いいかえれば、彼は許可なしで行動しているということだ。

「ご心配にはおよびません」とラグズデイルは答えた。「失望はさせませんから」

ストグラン中佐は、この言葉を思いだすことになる。

憲兵たちは彼ら六名を、柵で囲まれて、基地のほかの部分から離された施設につれていき、そこに彼らを残した。誰とも接触することは許されなかった——親とも、配偶者とも、ほかのカナダ軍のチームメイトとも、誰ひとり。世界のそれ以外の人々にたいして、彼らは完全に姿を消した。

それからの二週間、彼らはその狭い施設で暮らし、訓練しながら待ちつづけた。それは奇妙な生活だった。装備を準備し、体力トレーニングをつづけながら、質素な環境を維持するふりをする——しかし、忙しさのうわべの下では、彼らは実際には時間を空費する以外になにもしていなかった。〝さあ、おれたちはここにいる。つぎはどうするんだ〟

ある時点で、ひとりの准尉がやってきて、高い高度における作戦の性質について彼らに状況説明をした。そして、極端な高度の影響を相殺するのを助ける薬であるアセタゾールアミドを彼らに処方し、なにか必要とかほしいとかいう特別な装備があるかとたずねた。どんなものでもたのむことができる、と彼はいった。「だいじょうぶだ」と彼らは答えた。彼らは必要なものをすべて持っていた。准尉は去って行った。

そして、彼らは待ちつづけた。

戦争の大きな部分は待つことだ。ある意味で――多くの意味で――待つことは戦闘よりもひどい。何年間もそのために準備をしてきたのだ。戦闘に参加したい。どこかのむさ苦しい場所でごろごろしながら、戦争の仕組みがゆっくりと動きだすあいだ待ちつづけたくはない。しかし、ほとんどの場合、それがものごとの仕組みである。緊張と神経質な不安が入り交じった退屈と無活動。戦争の技能はそれに耐えうる戦士の能力にかかっている。

ついにある晩、ひとりの将校がやってきて、こういった。「よし、諸君、三十分の猶予をあたえる。準備しろ。出撃するぞ」

彼らは装備を準備し――何日も準備していたのでまったくなんの努力もいらなかった――その三十分後、何人かの人間がやってきて、彼らを待機中のC－17につれていった。後部貨物ドアを上っていくと、巨人機の洞窟のような機内は完全に空っぽなのがわかった。乗客は彼らだけだった。

貨物ドアが閉じはじめると、ひとりのカナダ軍将校が装備を腕いっぱいにかかえて駐機場に駆けだしてきた。「おい！」と彼は叫んだ。「おまえたち！　ヘルメットをかぶらなきゃだめだ！」彼は装備の山を差しだした。防弾ベストとヘルメットが六組。

ロブとほかの狙撃手たちはおたがいに顔を見合わせ、それから将校に視線を戻した。「ああ」とひとりがいった。「おれたちは、そういうじゃまなやつは着ないんで」

貨物ドアが閉まり、将校と装備を駐機場に置き去りにした。

ロブにとって、戦争はシャヒコト峡谷で現実になろうとしていた。

ジェイスン・デルガードにとって、すべてはその一年後の二〇〇三年春に現実となった。彼の所属部隊である第四海兵連隊第三大隊が、イラクの下腹部を進撃して、サダム・フセインの立像を引き倒すために首都へ向かったときのことだ。イラクの南東端から北西のバグダッドまでは約五五〇キロで、その進撃の大半、ジェイスンと狙撃手の相棒ジェシーは大隊が遭遇したわずかばかりの抵抗を経験しそこなった。

彼らがディヤラ川にたどりつくまでは。

四月六日、海兵隊はバグダッドの南東端からディヤラ川（ユーフラテス川の支流）を渡ってすぐの小さな都会の街ジスル・ディヤラにたどりついた。彼らは乗車して《メックト・アップ》——つまり軍用自動車輛に乗って、車列を組んで進む——移動中だった。誰もその街で停まるつもりはなかった。計画では、通り抜けて、橋を渡り、対岸で停まって、連隊からの許可を待ち、アル・ラシード航空基地を通りすぎてバグダッド市内に進撃をつづける予定だった。

しかし、順序はその通りにはいかなかった。

ジェイスンとジェシーは、水陸両用《アンフィビアス》トラクターを略して「アムトラック」とも呼ばれる水陸両用強襲車輛（ＡＡＶ）で街に入った。通常の順序にしたがって、彼らは車輛を止め、下車した。彼らはインディア中隊を支援していて、その移動する縦隊の監視狙撃手をつとめるのに適した場所を見つけるためだ。すばやく小さな鐘楼を見つけると、自分たちの目的にかなうと判断して、ほかに数名の小隊員といっしょに登っていった。上の階で彼らはパネル・ウィンドウが四つある空っぽの部屋に入りこんだ。ひとつの窓がそれぞれ東西南北に面していた。完璧だ。ジェイスンはM16を取りだし、ジェシーはM40をかまえた。もうひとりの狙撃手、アレックス・コードヴァは五〇口径のSASR（特殊利用スコープつきライフルの略で、「ササー」と発音する）をかまえた。インディア中隊は一帯を通過して、橋に向かって移動していた。

そのとき、ジェイスンは近くの屋上に人影が長い筒を肩に水平に載せてうずくまっているのに気づいた。筒はインディア中隊の水陸両用強襲車輛の一輛に直接向けられている。ジェイスンがちょうど、あの糞野郎はRPGロケット弾でうちの連中を撃とうとしている、と思った瞬間、爆発音が聞こえ、同時に灰色の煙が筒の後ろから噴きだすのが見えた。コンマ何秒か後、ロケット弾は水陸両用強襲車輛の側面に命中した。

信じられないことに、それは爆発しなかった。水陸両用強襲車輛は、偽の装甲板の層をまとっていた。外側には中空の層があり、車内の兵士を守る実際の鋼の装甲板はその下にある。ロケット弾は中空の外側の殻をつらぬいて、そこで止まっていた。けがをした者は誰もいなかった——しかし、中隊はすぐに激しく反応した。その数日前、彼らは最初の死傷者を出していた。マーク・イヴニンという若いPIGが、ディヤラ川の南東約一六〇キロのアル・クートにおける小競り合いで受けた銃創で戦死していた。その前日には、急造のイラクのトラック爆弾がエイブラムズ戦車に——よりによってエイブラムズ戦車に！——つっこんで、それを完全に吹き飛ばしていた。海兵隊員たちはいまや一触即発の状態で、寛容になるような気分ではなかった。

コードヴァは何秒かで、窓台に載せた彼のＳＡＳＲをそのべつの屋上のほうに向けると、一弾を放った。そのＳＡＳＲの銃弾が発射される音はあまりにも大きかったので、一瞬、ジェイスンは自分たちがＲＰＧロケット弾で撃たれたのだと思った。室内の誰もが頭をかかえて、耳を手でふさいだ。

「おい、おどかすな」とジェイスンは叫んだ。「いったいなにやってるんだ、まったく」

そのあいだ地上にいる誰もがあわてふためいていた。誰ひとり、ＲＰＧがどこから飛んできたのか知らなかった。ジェイスンとジェシーは射手と煙の雲をはっきり見ていたので、必死で通信系統を通じて地上の連中に教えようとした。しかし、誰ひとり聞いていなかった。彼らは戦争の霧にどっぷりつかっていた。無線系統は叫び声だらけだった。「撃たれた！」「接触、左！　接触、左！」「ちがう、接触、右だ！」そして誰もが射撃を開始していた。

無線が通じないので、彼らは階段を降りていって、外に出た。そこで一個小隊が通りの向こうを走って通りすぎるのを目にした。それはたまたまジェイスンが狙撃手になる前に所属していたインディア中隊麾下の小隊だった。彼らはジェイスンに気づき、彼は「ついてこい！」と声をかけた。彼とジェシーは近くの路地を目指して走りだし、男がＲＰＧロケット弾を発射した建物のほうへ向かった。いまやもう一つの小隊が彼らのあとについてきていた。彼らは路地をつっ切って、ジェイスンが端にたどりついて角から首をつきだした瞬間、思ったとおり、建物からこっそり出てくる黒いトラックスーツ姿の男がいた。

男はジェイスンを見ていなかった。ふりかえって、だいたいジェイスンがいる方向を――ちょうどジェイスンが男の顔を見るのにじゅうぶんな長さだけ——ちらりと見てから、また背を向けて、さりげなく通りを反対方向に歩きだした。

ジェイスンにはこの男を逃がすつもりはまったくなかった。路地から二歩足を踏みだして、銃をかまえると、慎重に狙いをつけて、一発放った。

なにも起こらなかった。

男は銃声を聞いて、ふりかえりもせずに走りだした。

〝しくじった！〟とデルガードは思った。〝たぶんちょっとぴりぴりしていて、ライフルをしっかりかまえていなかったんだろう〟

それほどむずかしい射撃のはずはなかった。男はおおむね一直線に彼から走り去っている。つまり、依然として完璧な標的になっているということだ。ジェイスンはM16をかまえて、もう一度狙いをつけ、呼吸をととのえて、できるだけ冷静に引き金を引いた。

そして、ふたたび、なにも起きなかった。男は走りつづけた。

〝いったいどうなってるんだ？〟とジェイスンは思った。彼はいまや標的を二回もはずしていた。男は自分が撃たれているのを知っていて、走って逃げていく。ただ三度目を撃つのはむだだった。彼はすでに力のおよぶかぎり正確に狙いをつけて、二度はずしていた。

これからいったいどうすればいいんだ？

ジェイスン・デルガードは地球上で屈指のすぐれたアメリカ海兵隊の訓練をやり抜き、過酷なまでに徹底的な六カ月の〝教化〟訓練を経験した。これは、実質上は六カ月におよぶ完全な狙撃学校である。さらに海兵隊狙撃学校そのものも修了していた。彼はこのうえなく訓練されていた。

しかし、どれほど徹底的に訓練しても、依然として本物と同じではない。

テコンドーの教室に十年間まじめにかよって、何兆億段もの黒帯をもらった誰かをつかまえて、街の邪悪な地区でバーのけんかに投げこんだら、どうなるだろう？　その男が突然、自分の目を死にものぐるいでえぐり出そうとする、どこかの薄汚い酔っぱらいの糞野郎とフロアで取っ組み合うことになったら。その薄汚い酔っ払いの糞野郎は、彼の目をえぐり出すだろう。

教室は教室、現実は現実だ。

現実の場合には、内面的にじつに多くのことが起きている。心臓は速鐘のように打ち、人は不安に駆られ、アドレナリンが流れだす。とりとめのない思いが頭のなかを勝手に飛びまわる。そして、頭のなかの〝どうしよう、これは現実に起きているんだ！〟という、まったく無視などできない声をなんとか無視しようとする。

軍はそのための訓練をすることに最善をつくした。とくにヴェトナム戦争の経験から、そしてそれ以降のもっと小規模な戦闘経験から、彼らは科学にもとづく種類の取り組みを開発し、戦闘に参加しているとき人の心理のなかでなにが起きているのかを調べて、それを訓練で再現しようとした。戦闘のただなかで、銃火を浴びて銃撃戦に入ろうとしているときには、心拍数が上がることがわかっていた。そこで軍は訓練で兵士たちの心拍数を上げた。訓練生に徹底した体力トレーニングをやらせ、それから射場に直接送りこんで、銃を撃たせるようになった。

しかし、現実はそんなに単純なものとはほど遠い。心拍数が上がる以外にも、ずっと多くのことが起きている。数回、腕立て伏せをして、数百メートル走り、それから銃を取れば、そう、銃を撃とうとしているあいだ息が荒くなる。しかし、依然として自分が訓練中であることはわかっている。自分がなにをためされているのかわかっている。この射場には以前、出たことがある。なにがやってくるのかわかっている。どんなに手荒くあつかおうとも、苦痛がどんなに激しくとも、結局のところ、それほど大した問題ではない。それは戦闘ではないからだ。

戦闘には、じつに多くの未知の要素があり、その感じを実際に人に訓練することは誰にもできない。

ジェイスンが訓練を修了したころには、軍はもっと高度な取り組みをするようになっていた。いまや、海兵隊の教官は狙撃手を訓練するとき、特殊閃光手榴弾を爆発させ、自動火器を散発的に撃たせて、あるいは鼓膜が破けそうな音量でロック・ミュージックを流し、照明を不規則な間隔で点滅させて、五感に過剰な負担をかけて麻痺させるためなら、どんなことでもやった。もし狙撃手が回路に過剰な負担がかかっている場合でもちゃんと行動できたら、それは戦場向きの人材だ。

しかし、それでも。それは戦闘ではない。

ジェイスンは深呼吸をして、頭をはっきりさせようとした。彼は二回しくじっていて、時間は刻一刻とすぎていく。チャンスはあと一度しかないとわかっていた。彼は自己修正の技術を経験しようとしていた。

もし的をはずしたら、二度目の挑戦で人は修正を過剰にする傾向があると思うだろう。それはわれわれの日常の経験と合致する。あなたがぼんやりと車を走らせていて、突然、自分が左にそれて対向車線に入ろうとしているのに気づいたと想像してもらいたい。あなたはどうするだろう？ほとんどの人間はハンドルをぐいと右に切るだろう――普通は少しばかり右に切りすぎて、もしかするととなりの車線にいる人にぶつかりさえするかもしれない。ハイウェイ事故の多くはそうして起きる。最初に車線からそれたことによってではなく、修正しすぎたことによって。

しかし、奇妙なことに、射場で起きがちなことはそうではない。学生の射手は、的をはずすと、過少に修正する傾向がある。二〇〇〇年にSEAL課程を修了したとき、わたしは教官たちが「大胆に修正しろ」といっていたのをおぼえている。

これはある程度、悪いアドバイスではない。こわごわやるより、大胆にやるほうがいい。しかし、実際にはそれほど役に立たない。エリック・デイヴィスは教官がそういうのを聞くたびに、〝いったい「大胆」とはどういう意味でいっているつもりなんだ〟と思ったといっている。

その数年後、われわれ自身が課程を教えているとき、わたしはエリックが学生たちによくこういうのを聞くたびに、笑わずにはいられなかった。「大胆に修正するな――正しく修正しろ」

というのも、大切なのは大胆になることではないからだ。態度を変えることが大切なのではない。大切なのは精確さだ。数値だ。これはあの精確さの問題と、レーザーのように集中する必要性を物語っている。狙撃学校がじつにむずかしい理由全体を。「大胆に修正」しろということは、もっと一生懸命努力しろとか、もっとするどくなれというようなものだ。しかし、努力したり、だましたり、あるいは態度を調整したりして、その銃弾を標的に持っていくことはできない。それをきわめて精確に標的に命中させなければならないのだ。

そして、それがいまやらねばならないことだった。デルガードは正しく修正しなければならなかった。しかも、いますぐ即座にやらねばならなかった。

デルガードは銃の感触を確かめた。銃床は肩に押しつけられ、銃身の下に装着されたM２０３擲弾発射器のせいでM16は重く、あつかいづらく感じた。彼は照準装置を見おろした——そして、気づいた。彼は後部にある照門を六〇〇ヤード（約五四〇メートル）に合わせていた。あの男はたぶん二〇〇ヤードかそこらにいた。

ジェイスンは射距離六〇〇ヤードで撃っていた。それはつまり、標的をかなり撃ち越していたということだ。

銃の仰角調整をやりなおしている時間はなかった。勘と経験で計算して、その場で補正しなければならない。彼はM16を水平に戻すと、照星を走る男の尻近くに合わせて、引き金を引いた——

これはすべて数秒のあいだに起きたが、ジェイスンの頭のなかでは、何分間にものびていた。長くゆっくりとした一連の出来事のように、各段階がごくゆっくりと起きた。まるで岩から岩へと慎重に歩いて、すべって落ちないように一歩ずつ足を置きながら、川を渡るように……。

一発目——

観測する——

〝はずれた！　どうしたんだ？――〟

熟考する――

〝わからない――〟

銃をしっかりかまえて、狙う――

二発目――

観測する――

〝またはずれた！――〟

いまや、男はもっと速く動いている――

〝まずい、やつはこっちが狙っているのに気づいている――〟

熟考する――

〝いったいどうなっているんだ？　なぜおれははずしている？――〟

銃を見おろす――

突然、気づく。銃が六〇〇ヤードに合わせてある――

照準器を調整しなおす時間はない――

うなずく。〝どうすればいいかはわかっている――〟

ふたたび狙いをつけ、M16をほんの少し下げて、照準の中心を走る男の尻にしっかりと合わせる――

ジェシーもいまや一発放とうと自分のライフルをかまえつつある――

しかし、そのときには、ジェイスンがすでに引き金を引いている――

彼は三発目を放つ――

観測する――

バーン！……ビシッ！

――そして、三発目が男の背中にまともに命中した。

これが戦闘の現実離れしたところだ。こういう状況では、頭脳があまりにも速く働き、あまりにも多くのアドレナリンが身体に流れるので、まわりのすべてが極端に遅い動きになる。ジェイスンにとって、一連の出来事全体が経過するのには一時間かかったも同然だった。それは時間を超越していた。

そこから、この出来事すべてが、よりいっそう現実離れしたものになった。銃弾が男に命中したときなにが起きたかを見ていたジェイスンにとって、それはかつて目にしたもっとも奇怪な出来事に思えた。彼はあのハリウッド映画の場面を待ちかまえていた――男が銃弾を食らって、ボウリングのピンのようになぎ倒され、死んでそこに横たわる場面を。低い金管楽器の不吉な和音がサウンドトラックでしだいに消えていく。しかし、実際に起きたことはそうではなかった。男は腹をつかんだのである。

なんだと？　ジェイスンは男の背中を撃っていた。だから、これがすでにわけがわからなかった。ジェイスンは、〝待てよ、あいつを撃ったのはおれか？　それともほかの誰かが前からやつを撃ったのか？〟と半分思った。しかし、そうではなく、彼はまちがいなく男を撃っていた。しかし、この男は腹をつかんでいた。

それから男は、なにかをするために歩いていくように、数歩前に足を踏みだした。それからごくゆっくりと地面に座った。

そして横たわって死んだ。

戦争が進むにつれて、ジェイスンはこういうのを何度も見た。自分が誰かを撃ち、確かに命中させたとわかっているのに、予想とはまったく性質がことなるように思える反応を目にするので、一瞬、自分がそもそも撃ったのかどうかさえ疑わしく思うほどだった。あるいは、まったく反応が見えないか。男はそのまま何歩か歩いて、それから腰を下ろし、たぶん煙草に火をつける。そして煙草に火をつけたあと、横たわって、足を組み、死ぬのである。

まさにこの男と同じように。そこにはなにかまったく予想外のところ、じつに奇妙なところがあった。ジェイスンにとってそれは、男がそのまま映画のスタントマン式のことをやって、あおむけになぎ倒されるのより、ずっと気分が悪かった。

しかし、ジェイスンにはいまそのことを考えている時間も、それに反応している時間さえも、なかった。最初の戦闘における戦果のすぐあとで、もうひとつ初めての戦場体験をしようとしていたからである。

予期しないＲＰＧロケット弾の砲撃と、それが引き起こした反応は、川のほとりでかなりの規模の混乱を誘発したようだった。銃撃戦が起きていた。ジェイスンとジェシーは二階の見晴らしのいい場所にふたたびいそいで駆け上がって、すぐに屋上から屋上へと走り、戦闘が見えて、味方に掩護射撃を提供できるいちばんいい場所を確保しようとしていた。一瞬、ある屋上に立ったとき、ジェイスンは突然、いまいましい音を聞いた。怒った蜂の群れが、彼らの頭の真上を飛び越えはじめたのだ。

〝なんてこった〟と彼は思った。〝蜂だと？　イラクの屋上で、銃撃戦のさなかに？〟

彼らふたりは一瞬で自分たちが実際になにを聞いているのかを理解した。それは怒った蜂の群れではまったくなかった。怒った銃弾の群れだった。

彼らは撃たれていた。

〝ヴァン・コートランド・パークからずいぶん遠くへきたもんだな、デルガードよ〟

ふたりとも自分で銃を何万発と撃ってきたし、まわりでほかの者たちも何万発と撃っていた。しかし、実際に撃たれること、実弾が自分めがけて直接発射されることは、訓練ではけっしてない。ふたりとも、こんな敵の集中射撃の目標にされたのははじめてだった。

しかも、これはまちがいなく狙った銃撃だった。ジェイスンは厳密な意味での狙撃だとは考えたくなかったが、まちがいなくそうであるように思えた。この射撃はまさに彼らを狙ったもので、高速弾だった。ジェイスンが〝怒った蜂〟と思ったのは、銃弾が飛びすぎるときまさにそういう音がするからだった。イーーーーバシン！　イーーーーバシン！

ふたりとも同時に反応すると、屋根の底部に溶けこんで、かすかな防御物の背後にすべりこんだ。それからの数分間、ふたりは釘づけにされた。

〝やばいな！〟とジェイスンは思った。敵の狙撃手に狙いをつけられているのに、頭を出して、相手がどこにいるのか正確に確かめようとすることさえできない。いらだたしい状況だった。

ジェイスンは、ずんぐりしたいまいましいM２０３擲弾発射器がついた自分のM16をもう一度見た。そのしろものは彼をいらいらさせた。ひどくじゃまで、走りだすたびに、膝の裏側にたえずぶつかってくる。本当に厄介者だった。

そのとき、気づいた。おれはM２０３の擲弾を十二発携行しているんだ。

彼はにやりとした。

ドカーン！　ドカーン！　ドカーン！　ジェイスンはひとりだけの迫撃砲チームに変身して、銃撃がやってきていると推測した方向にM２０３の擲弾を発射し、一発ごとにかすかに射角を変えた。ドカーン！　ドカーン！　ドカーン！　ドカーン！　彼は擲弾が正確にどこへ着弾しているのだろうと思い、それがどこであれ役に立ってくれることを願った。

彼らはちょっと待った。

どうやら役立ったようだ。屋根の縁から首をつきだしてあたりを見まわしたとき、なにも起きなかったのがわかったからだ。そして、怒った蜂ももはやいなかった。

彼らはその屋上をいそいで離れ、となりの屋上に移動して、まだ狙われていない場所に陣取った。

敵はその場ですぐに攻勢をかけるつもりではなかったとジェイスンは確信している。海兵隊員の一部が橋を渡るのを待って、それから橋を爆破し、両岸に分断された部隊を攻撃する計画だったと考えている。しかし、RPGロケット弾の攻撃で起きた小競り合いが長くつづいたので、敵はついに「もういい!」といって、橋の南側の海兵隊員に攻撃を仕掛けたのだ。

もしあのひとりのイラク人が冷静さを失わずに、あの一発のRPGロケット弾を発射していなければどうなっていたかはわからないが、イラク人はそうして、任務全体の成り行きに影響をおよぼし、関係者全員に恐るべき結果をもたらした――われわれがのちに見るように。


現実の戦闘では、ものごとはかならずしも本国の訓練演習のようにいかないものだ。二〇〇五年、SEAL隊のアレックス・モリスンとほか数名の狙撃手は、イラクのラマディのすぐ対岸にあるタミンで陸軍の通常部隊と協力して、武装勢力がIED(即製爆弾)を仕掛ける前に思いなおさせるために、監視狙撃手を何度もつとめていた。まさにクリス・カイルが二〇〇四年にファルージャでやり、二〇〇六年にはラマディでふたたびやることになる種類の活動で、影響をおよぼしつつあった。アレックスのチームメイトたちはすでにラマディを抜ける主要ルートに爆弾を仕掛けようとする武装勢力の人間を多数倒していて、ここでの即製爆弾事件の頻度は減少しはじめていた。

だいたい一週間に一度、即製爆弾で攻撃されているタクシー乗り場の近くに交差点があって、陸軍はSEAL隊員たちに、そこに監視所を設営できないかとたずねた。彼らはそこのメインの幹線道路に面した近くの建物を選んだ。その二階建ての壁面ひとつは交差点を向いていた。

彼らは数輌のブラッドレー戦闘車で夜出かけて、あたりを走りまわり、数カ所で止まって偽の潜入をやり、それから彼らが選んだ建物の八〇〇メートル以内で降車した。建物に足を踏み入れて、住人に自分たちがなぜここにいるのかを説明し、その夜、彼らを確保すると、それから二階を目指し、そこで壁にいくつかのぞき穴を開けて、腰を据えて待った。

そして、待った。

その夜は、なにも起きなかった。アレックスは朝一番の監視に立ち、うさんくさい人物がぞろぞろと通りすぎるのを見たが、違法な行為はなかった。午後二時ごろ、いまはシフトを離れたアレックスは、壁にもたれて座り、短い仮眠を取ろうとした。のぞき穴のひとつにしばらく張りついていたべつの狙撃手が、立ち上がってのびをすると、たまたま窓の外を見た。

「ありゃなんだ！」と彼は叫んだ。「あそこに男がいるぞ！」

アレックスはぱっと立ち上がって、見た。言葉どおり、ほんの四〇メートルほど先に男がいて、通りを掘っている。

「何時間もじっと鹿を待ちかまえていて、それから小便をするために立ち上がると、突然、巨大な牡鹿が真後ろに立っているのに気づくようなものさ」とアレックスはいう。

困ったことに、彼らは通りのその方向にではなく、交差点に向かって撃つように陣取っていた。ガラスごしに撃つのはむりだったし、窓は分厚くしっかりしたしろもので、鉄格子がはまっていた。それに、彼らはあの男をおどかして、みごとな命中弾をお見舞いするまえに逃げられたくなかった。

「いいか」とアレックスは同僚の狙撃手にいった。「ハンマーで窓をぶち抜く。そうしたらガラスをたたき落として、あいつを撃てる」彼らは完璧にタイミングを合わせて、すばやくその動きをやってのけなければならない。

アレックスはハンマーをつかんで、振りかぶり、そして――ガチャン！――窓を破った。

そこでハンマーは鉄格子にしっかりと引っかかった。アレックスは引き抜こうとした。びくともしない。

武装勢力の男はその場で急に動きを止め、建物を見上げた。アレックスは目の隅で、男が自分のほうを見つめているのがわかった。こう考えている様子がありありとうかがえた。〝ちょっと待てよ――あの窓はなんでいきなり割れたんだ？〟しかし、男はぴくりとも動かなかった。これはアレックスにとって幸運だった。まだいまいましいハンマーを窓の残骸からむりやりはずそうとしていたからである。

そのあいだにべつの狙撃手がＳＲ－25を持ってきて、割れた窓のあいだからなんとかつきだすと、ちょうどそのときアレックスがハンマーを引っこ抜いた。

バーン！

男はＳＲ－25の銃弾が胸に命中し、自分を地面に叩きつけたときも、まだ窓を見つめていた。

ニック・アーヴィングは、彼のレインジャー部隊が二〇〇六年中期、イラクのティクリートに降り立ったとき、戦争の現実にどっぷりと漬かった。つぎの三年間、彼の人生は銃撃戦につぐ銃撃戦であっという間にすぎていくことになる。ある時点で、彼の部隊は九十日間で百二十回の任務を遂行した。作戦のテンポは現実とは思えなかった。それでも彼が参加したはじめのひと握りの銃撃戦はすべて、基本的には一方的で、実際の組織的な応射はなかった。

ある夜、彼らはとてもよく知られた高価値目標（ＨＶＴ）を追う任務に出た。当時、謎につつまれていたアル・カーイダ・ネットワークでトップクラスの人物だ。彼らは永遠に思えるほど長いあいだ歩いていた。ニックは当時、体重約七〇キロで、彼が携行していた弾薬全部をふくめて、たぶんさらに七〇キロを運んでいた。ニックの脚は、大量の荷物を運びながら果てしなく行軍する仕事にけっして慣れることはなかった。彼の身体の残りも同様である。

ついに彼らは目的地にたどり着いた。ニックは機関銃手として、警戒任務につき、その場所の裏手にある大きな煉瓦壁に立って配置され、誰も裏口から抜けださないように気をつける責任を負った。

彼は任務が終わるのを立って待った。そして待った。突然、奇妙な音が聞こえてきた。

ピシーッ！　ピシーッ！　ピシーッ！

しまった、と彼は思った。イヤホンがはずれかけていた。彼はそれをこつこつと叩きはじめた。異常はなさそうだ。じゃあいったい、あのピシピシいう音はなんだろう――

彼がまだ考えにふけっているとき、彼のチーム指揮官が彼をつかんで、地面に押し倒し、背中に膝を載せた。「さっさと伏せるんだ！」と指揮官はいった。「おれたちは撃たれているんだぞ！」

となりの建物の屋根では敵の狙撃手たちが消音ライフルで彼らを銃撃していた。だから射撃自体が発する大きな銃声はなかったのだ。彼らが発している唯一の音は、超音速の銃弾が彼の頭上をかすめて背後の壁にぶつかるときの小さなソニックブームの音だった。

彼が聞いていたものはそれだった。

訓練でニックは部屋の掃討のやりかた、爆薬を使ってドアを吹き飛ばして開ける方法、徒手格闘のやりかたを学んだ。おかげで、果てしない行軍や睡眠不足、不可能な状況の不快さと重圧にそなえができていた。訓練は彼に銃の撃ちかたと人の殺しかたまで教えていた。しかし、自分が撃たれるのはどうだろう？　それに、撃たれながらも、自分が訓練されてきたそうしたことを依然として全部やるというのは？　それは大学院課程の勉強だった。

ある考えがニックの頭をよぎった。〝おれはまだ若いんだ！〟　彼はいまここで本当に冗談抜きで死ぬかもしれなかった。

しかし、彼は死ななかった。レインジャー部隊の狙撃手が応射をはじめ、それから強襲チームがそのもうひとつの屋上によじ登った。ひとしきり熾烈な銃撃戦がくりひろげられたあとで、死んだのは敵の狙撃手たちだった。

夜は終わっていなかった。

敵狙撃手の差し迫った危険が制圧された一方で、周囲全体で活動が一気に活発化し、彼らは敵に包囲される危険にさらされていた。ニックと彼の機関銃チームの残りは周辺を確保し、誰も入ってこないようにするために移動をはじめた。彼は移動しながら右肩ごしに目をやった――そして、ＭＨ－６リトルバード・ヘリコプターが遠くを危険なほど低空で飛んでいるのを見つけた。その瞬間、ニックは大きなドカーンという音を聞いた。煙がヘリの上部から噴きだしはじめ、機体がぐるぐるまわりはじめた。一瞬、ニックはＲＰＧロケット弾を食らったのだと思った。それから、パイロットが送電線にぶつかったのだと気づいた。

ヘリはアーヴィングが立ってすべてが起きるのを見守っている場所から一キロ半ほど先に墜落した。ちくしょう、と彼は思った。こいつは〈ブラックホーク・ダウン〉そっくりじゃないか。

小隊軍曹がニックとほか数名が立っているところにやってきて、ニックにこう怒鳴った。「おい、リトルバードが墜落した。おまえとそっちの連中には、このパイロットを確保しにいってもらいたい」

彼らは駆けだした。何十キロもの装備を身につけて、一キロ半の全力疾走だ。ニックの心の声は走っているあいだずっとこういっていた。〝おれは十八歳だってのに、数人のティーンエイジャーといっしょに、敵に包囲されているいまいましい墜落したヘリコプターを確保しに向かっているんだ〟リトルバードにたどりつくと、彼らは土手に登って、パイロットが小さなヘッケラー＆コッホMP5短機関銃をかまえて茂みの陰に身を隠しているのを見つけた。かわいそうに男はびくびくしていた。

ニックの分隊員のひとりは、ニックが携行しているのと同じ銃（そしてMP5よりもっと威力のある機関銃）であるマーク48を取り上げると、銃弾を浴びせはじめた。何人かの人間がAK‐47を持って彼らのほうに近づいてきていた。ニックには村人全体が、全員AK‐47を持って、この男の後ろから押し寄せてくるように思えた。これは本当に、ソマリアの一場面のようになってきた。

それからさらに悪くなった。

ニックは右に目をやって、戦車がおおむね自分たちのいる方向へ進んでくるのを目にして仰天した。〝冗談じゃないぞ！〟と彼らは思った。〝こいつらは戦車を持っているのか？〟

彼は右を向いて、狙いを定め、銃の赤外線レーザーを車体前方近くの小塔についている小さなセンサーにじかに向けた。そこに操縦手がいると考えたのだ。もし撃てば、最小限でも、戦車の前進を止めるだろうとわかっていた。もし運がよければ、操縦手を殺し、もしかしたらあのなかでさらに乗員をおまけに倒せるかもしれない。

彼はマーク48の安全装置をはずすと、用心鉄に指をすべりこませ、引き金の金属が人差し指に押しつけられるのを感じると、指を引き絞りはじめた。

引き金が作動し、マーク48が息を吹き返すコンマ何秒か前、戦車は突然、停止し、その大きな大砲を旋回させて、ニックにぴたりと向けた。時間もまた完全に停止したようで、彼はその長く黒い穴を見つめかえした。なるほどたしかに、これはいい勉強になりそうだ。狙撃手に撃たれて一時間もたたないうちに、彼はいま一二〇ミリ戦車砲弾で撃たれることがどんなものかを身をもって知ろうとしている。そいつは彼の腕より直径が太い〝弾丸〟だ。

〝やばいな！〟と彼は思った。〝こいつは本当にまずいことになりそうだ〟

「おい」と彼の肩越しに声がいった。チーム指揮官の声だった。「おい」と彼はくりかえした。

「あれはこっちの連中だ」

あれはM1エイブラムズ戦車だった。ニックはアメリカ軍の戦車を撃とうとしていた。

彼はゆっくりと銃を下ろし、戦車から後ずさると、パイロットを確保するのを手伝いに行った。

彼の部隊はその夜、三十名近い武装勢力の戦闘員を倒したが、高価値目標はすでにべつの場所にかった。

移動していた。問題ではなかった。パイロットは無事で、彼らはその夜の仕事をちゃんとやった。ニックはあの戦車の大砲の黒いトンネルを見つめ返していたときの気分を、けっして忘れなかった。

戦闘に参加したからといって、かならず撃たれるわけではない。致命的な暴力の脅威が、これから起きようとしている事件のすぐ表面下でくすぶっていて、完全に爆発することはない場合もある。不確かな膠着状態（連中ははったりをかけているのか、それとも撃とうとしているのか?）、あるいは民間人の尋問（連中は本当にただの罪のない市民なのか?）の緊張が高まりすぎて、それをさいの目に切って、高性能爆薬として使えそうな場合もある。しかし、市街地の待ち伏せで武装勢力の戦闘員と対決しようが、強襲で監視狙撃手をつとめようが、真夜中に部屋から部屋への掃討をやって捕虜を取ろうが、任務は任務であり、戦争は戦争だ。人は自分を殺すことを任務とする武装した敵がいる状況に追いこまれる。それは、どんなに巧みに計画されていても、基本的にはマッチがどまんなかに投げこまれた火薬樽のようなものである。

それが訓練ではつたえられない戦争の重要な現実だ。どの作戦も、なかば組織化され、きわめて致死率が高い狂気である。安全な任務などない。そして、その現実が過酷であきらかになったときでも、人はいずれにせよそこに飛びこんで、能力を発揮しなければならない。

任務はどれもスカイダイビングのようなものだ。するどい予感、わずかな緊張感があるが、後部貨物ドアから飛びだして、宙に浮かぶと、緊張や不安や懸念はすべて消え、自分が飛びこんだ現実の風速に吹き飛ばされる。すべてがかき消されて、人は完全に集中する。自分が参加している死のゲームと、自分のチームメイトをかならず生還させるために必要とあらばなんでもやること以外には、なにひとつ考えることも気にすることもない。そして、できれば自分も生還できること以外には。

これは興味深い特徴だ。

なかには、この完全に集中した状態に入れない者もいる。交戦という熱湯に投げこまれた場合に、即座の反応が、そこからいそいで抜けだすためにあらゆる手を尽くすことしかないという者もいる。彼らの頭にチームメイトの安全への気遣いが入る余地はない。彼らがチームメイトのことを気にしていないわけではない。ただ、生存本能の叫び声が耳をふさぐほど甲高いので、それ以外のすべてをかき消してしまうのだ。わたしはそうしたことが起きるのを見たことがある。戦闘に参加した経験のある誰もがそれを見ている。

ニックは二〇〇七年、二度目の展開任務のとき、モスルでそれが起きるのを見た。彼の部隊はすでにとりわけ長くて熾烈な銃撃戦にどっぷりとはまっていた。そのときRPGロケット弾が彼のストライカーの前端で跳ね返り、真正面の地面に落ちた。

ニックの部隊員のひとりが、その爆発していないロケット弾がそこにころがっているのを見た――そして、そのまま気力を失った。横たわると、丸まって胎児の姿勢になった。そして、それでおしまいだった。彼は動こうとしなかった。

ニックはストライカーのハッチの上に跳び上がると、制圧射撃を浴びせはじめ、弾倉七個を全部M4ライフルに装塡して、周辺にいた敵の戦闘員を全員倒した。ロケット弾は結局、爆発しなかった。そして、そのあいだじゅうずっと、その男はそこの地面に丸くなってただ横たわっていた。任務が終わったあと、彼はまっすぐ国に送り返された。

カナダ軍のロブ・ファーロングは、〈アナコンダ〉作戦でそれが起きるのを見た。そのとき彼のチームのひとりは、あのニックの部隊の男とそっくりに、まったく動かなくなった。

わたしの部隊が参加した、あるとくに危険な任務では、アフガニスタンの山地の降下地点にちょうど降り立ったとき、隊員のひとりが突然、足首が痛いといいだした。彼はくるりと向きを変え、ヘリにまた乗りこんだ。

〝まあ、いいさ〟とわたしと小隊のほかの全員は思った。〝銃撃戦になったら、自分があいつのとなりにいたくないのはわかっている〟

わたしはこれらの人々を、劣った人間だとか、ある意味で道徳的に欠点があるとは判断しない。彼らの性格を非難するものではない。ただこういうことなのだ。彼らは戦闘に参加するのにふさわしくない。軍事訓練の厳しさと苦しさは、こうした人間たちを事前に取りのぞくために可能なあらゆることをやるが、どんな方式も絶対確実ではない。臆病者が漏れるものだ。

それに、本当のところ、実際には自分自身のことだって確実にはわかっていない。確実にわかることなどできないのだ。あの戦争の煙と喧噪とアドレナリンのなかに実際に立ってみるまでは。誰もが自分は仕事を遂行できると思っている。しかし、そうであるかは、わかるまでまったくわからないのだ。はじめて戦闘に参加したとき、人の心の奥には避けられない疑問が浮かぶものだ。〝自分は撃たれるのだろうか？　殺されるのだろうか？〟――これらの疑問はたしかに心の奥にあるが、いちばん前面にあるものではない。もっと大きな疑問は、〝自分は期待にこたえられるだろうか？〟ということだ。これは降着地帯に近づくときもっとも強く忍び寄ってくる疑問だ。〝自分は戦争に行って、能力を発揮し、臆病者にならないために必要なものを持っているだろうか？〟

これは〈キリング・スクール〉の大学院課程で最初の日々に得るひじょうに重要な情報であり、それ以前にも、それ以外の場所でも得ることはできない。数回任務に出たら、誰がそれを持っていて、誰が持っていないかは、直感でわかる。これはじつにいい気分だ。〝おれは必要なものを持っている。怖じ気づいたりはしない。おれは仲間を守っているんだ〟と知ることは。

ロブ・ファーロングがアフガニスタンに到着する数週間前、わたしの小隊ははじめての大がかりな任務に出た。ザワル・キリの洞窟にある訓練施設にたいする索敵掃討潜入作戦で、十二時間の予定だったが、実際にはえんえん一週間の作戦になった。その最初の夜、われわれはその山の頂上で見つけた廃村で準備をととのえた。

翌朝の夜明け少し前、われわれの小規模なチームは、前夜、爆撃を受けた地域でＢＤＡ（戦闘被害評価）を行ない、ある特定の戦死者の死体を探すために出かけた。しばらく、おそらく一二キロから一五キロ、重装備強行軍をして、その地点にたどり着くと、周辺防御態勢を敷いた。日はちょうど昇りはじめたところだった。ふたりが見つけだすことになっている死体を探しに出かけ、残りのわれわれはその場に留まった。

その数分後、近くの洞窟から男たちの一団が出てくる音がした。こちらに気づくほど近くはなかったが、彼らが武装していることがわかるほどには近かった。RPG対戦車ロケット弾、機関銃、AK-47。これは問題だった。向こうはこちらよりかなり人数が多かった。われわれの隊長は、グループにくわわっていたが、近くのB-52爆撃機と連絡がついていて、JDAM(統合直接攻撃弾)と呼ばれる一〇〇〇ポンド誘導爆弾を投下するといった。彼はわたしに距離を教えてもらいたがっていた。

問題は、われわれが距離計を持っていなかったことだった。さらに悪いことに、わたしは狙撃スコープも、狙撃銃も持っていなかった(思いだしてもらいたいが、これは十二時間の作戦のはずだった)。持っていたのはM4ライフルだけ。これは基本的にはM16の軽量小型版で、小さなACOGミニ・スコープがついていた。ここでわれわれの役に立ちそうなものはなにもなかった。わたしは距離を推測で見積もらねばならないだろう。

戦争の現実だ。

しかたない、ここは推測で見積もろう。この場合、誤差の余裕はあまりない。もしまちがった方向に少しでもそらすと、爆弾は敵方と完全に同じぐらい簡単に自分たちを殺すことになる。〝おい、プレッシャーを感じるなよ〟とわたしは思った。わたしは距離を算定して——約四五〇メートルで、危険なほど近かった——隊長に座標をつたえ、彼はそれを交信中のこちらの連中に伝達し、彼らがそれをB-52に送信した。このころにはすでに敵の戦闘員がこちらを見るか聞くかしていて、われわれの方向に撃ってきていた。隊長が許可を出して、われわれは撃ち返しはじめた。爆弾が向かっているのはわかっていた。願わくは、向こうに向かって。

最初の爆弾は離れたところに落ちた。わたしはリスクを避けて、座標を九〇メートルほど遠くつたえていた。近すぎるよりは、遠すぎるほうがいい。わたしは修正した座標を隊長に告げた。二発目の爆弾は直撃だった――向こうに。

煙が晴れると、われわれは戦闘被害評価をするために歩いていった。前夜投下された爆弾のではなく、われわれがたったいま要請した爆弾の。爆発の黒鉛の臭いが、焼けた肉の悪臭とまざって、そこらじゅうにただよっていた。死体の一部、あるいは少なくともそう見分けられるものはなにもなかった。見分けられるほど大きなものはなにひとつ。むしろひどい悪臭を放つぼんやりとした染みに近かった。一〇〇〇ポンドの爆薬が真上に落ちたら、そうなるだろう。

さっきまで十名以上の人間がそこに立っていたのに、いまはどこかへいってしまったことを実感するのは、奇妙なものだった。あとかたもなく消えてしまうとは。

のちにわれわれはこの行動で表彰された。賞詞ではこれは勇敢に見える。この種のことは映画では勇敢に見える。しかし、実際に起きているときには、勇敢な行為のようには感じない。それはその瞬間の真実にすぎない。殺されようとしているか。あるいは殺そうとしているか。

それが戦争の現実だ。

8 射撃の技術と科学

この距離では象にも当たるまい。——南北戦争で北軍のジョン・セジウィック将軍が射距離八〇〇ヤードで南軍の狙撃手から顔に致命的な一弾を受ける寸前にいった言葉

海兵隊のジェイスン・デルガードと相棒の狙撃手ジェシー・ダヴェンポートは、熱いイラクの太陽の下、屋上でかがみ、標的となりそうなものを偵察した。一発のＲＰＧロケット弾が引き起こした散発的な銃撃戦がなおも火花を散らすなかで、彼らはインディア中隊と大隊の残りの警戒監視に当たっていた。大隊はバグダッドへの最後の入り口であるディヤラ川橋に向かって前進していた。

彼らは遠くのほうで、人影が屋上の胸壁の上に顔を出し、不規則な間隔でＡＫ－47らしきものを自分たちに向けて撃ってくるのに気づいた。男は一発撃っては、低い壁の背後にひっこみ、それからまたひょいと顔を出して、もうひとのぞきするか、もう一発撃ってきた。

デルガードが海兵隊の訓練をいっしょに経験した友人たちのなかで、狙撃学校を最初から最後

までずっと耐え抜いたのはダヴェンポートが唯一だった。ふたりはあまりにも多くのことをいっしょに体験したので、戦闘でも言葉がほとんどいらなくなるほど即座の自動的な信頼関係ができあがりつつあった。さらにふたりとも、あの戦闘の最初の試練を体験していた。そこでは、〝おれはどうすればいいんだ？〟が、〝よし、やってやろうじゃないか〟に変わる。彼らは肩の力を抜いて戦闘の流れに身をゆだね、ふたりでスムーズに撃ったり、移動したり、コミュニケーションを取ったりしはじめた。

友人ふたりは、M40A1狙撃銃を交替で使い、かわりばんこに狙撃手と観測手をつとめていた。きょうはジェシーがたまたま長い銃を持ち、ジェイスンが彼の観測役だった。

ジェシーは遠くの屋上のほうへうなずくと、こういった。「あいつが見えるか？」

「ああ」とジェイスンは答えた。文章でいう必要はない。おたがいに相手のいいたいことはわかっていた。デルガードは距離計を取りだして、建物にレーザーを照射した。建物は八〇〇ヤード（約七二〇メートル）先に立っていた。

「おい、八〇〇だ」と彼はいった。相手は八〇〇ヤードのところにいる。

現時点ではあの男は八〇〇ヤードの距離からまったく損害をあたえていないが、狙撃手はふたりとも地上の部隊がもっと近づいてきたらあの男が問題になることはわかっていた。男を始末する必要がある。

ジェシーは彼のBDC（銃弾落下量補正器）を8にセットした。M40狙撃銃は〈ユナーテル〉のスコープを装備している。これはかなり基本的な装備で、われわれがSEALチームで使っていた種類の狙撃スコープの精巧な調整機能はついていなかった。銃弾落下量補正器は、ある程度の調整を可能にするが、それでもかなりの経験と勘が必要だった。

ジェシーは照準を合わせて、「風は?」とつぶやいた。〝風の状況はどうなっている?〟

ジェイスンはすでに周囲を観測して、風向と風速を計算していた。近くの屋上に紐で干してある衣類や、開いた窓の布の覆い、さらには、そこかしこでそよ風にはためくいくつかの旗も見えた。多くの視覚的な手がかりが、おだやかな風が左からきていることを教えてくれた。ジェシーが質問をする前に、ジェイスンはすでに狙いを左に微調整して、その風を相殺する必要があると決めていた。つまり男を照準線の中心のちょっと右に置くのである。だから、ジェシーが「風は?」といったとき、ジェイスンはただ人差し指を舐めて、高く掲げ、まるで指の唾が正確にどう乾くかをもとになにかの秘密の計算を行なっているかのように、考え深げに首をかしげると、こういった。「ああ、そうだな、右にひとつ半だろう」

ジェシーは洗練された英国紳士をせいいっぱい真似して答えた。「了解、右にひとつ半と」ときにユーモアは戦闘のさなかで冷静さをたもつもっとも効果的な方法である。

ジェシーは偏流調整のためスコープの転輪をひとつ半、右に動かした。「目標捕捉」

「スコープで捕捉」——とジェイスンは答えた——「用意ができたら撃て」

これぞまさに、不可能ではないにせよ信じがたい射撃そのものだった。

経験豊富な狙撃手は、もし避けられるのなら、ぜったいに頭部を狙わない。ひとつには、あまりにも簡単にはずれるからだ。標的の面積において、頭は胴体にとうていおよばない。それに、頭を撃つ必要もない。音速かそれに近い速度で飛翔する金属弾で人を撃てば、「相手を殺さずにただ傷つける」ことにはならない。死にいたる損傷をあたえることになる。だから、そう、狙撃手は頭を狙わない。物質の中央、胴体のどまんなかをいつも狙う。もし可能ならば。

ジェシーにとって、それは不可能だった。男の身体は胸壁の背後に隠れていた。さらに悪いことに、ジェシーには男の頭以外、なにも見えなかっただけでない。男がひょいと頭を出して縁ごしにのぞき、またしゃがむときに、顔のほんの一部がちらりと見えるだけだった。

しかも、彼は銃の最大有効射程のまさに上限である射距離八〇〇ヤードで撃とうとしていた。アメリカンフットボール場八面分だ。誰かの不規則に上下する頭をぶち抜くには、とてつもない距離である。成功する見こみは万に一つもない。

彼はその一弾を放った。

バーン。

零コンマ九秒後、男がまるで角材で殴られたように顔をつかんでよろめくと、後ろに投げだされた。

「おい、まじかよ!」デルガードはつぶやいた。これはジェシーがはじめて敵を倒した一発であり、ジェイスンがかつて目撃したなかで、もっとも途方もない一発だった。しかし、まもなく彼はもっと途方もないものを見ることになる。

わたしは、忍び寄りが狙撃学校のいちばんむずかしい部分であり、戦地では射撃は狙撃手の時間の比較的小さな部分しか占めていないと、自分がくりかえし指摘してきたのはわかっている。しかし、まちがってはいけない。人はやはり並はずれた射手でなければならないのだ。

ご存じのように、人々は、なにかがまったく難しいことではない、というとき、「なあ、これはロケット科学じゃないんだ」という表現を使う。そう、特殊作戦狙撃手であることは、そのロケット科学である。人が撃つ銃弾一発一発がミニチュアの宇宙船で、それ独自の旅行に打ち上げられ、その旅行が単純な直線ではないのは、NASAの火星への宇宙飛行と同じである。その銃弾の飛行に影響をおよぼすあらゆる要素を知り、状況の変化を、それがどんなに小さくても大きくても相殺する方法を理解することは、プロの狙撃手と狙撃手志願者とを分けるものである。

われわれはずっと、ダイアルで調整することについて話し、「仰角調整」と「偏流調整」という言葉を、それがどういうものなのかを実際に説明せずに使ってきた。そこで、ちょっと「一時停止」ボタンを押して、このふたつの言葉と、それらを狙撃手がどのように使うのかを手はじめに、全体の仕組みについての入門編に移ろう。

仰角調整

スコープごしに遠くの標的を見て、自分と標的とのあいだに、銃弾が飛翔するための、さえぎるもののない開けた経路が見えるからというだけでは、本当に開けた経路があるということにはならない。実際には、枝や架空線などの障害物が途中にあるかもしれない。ただそれは目に見えない。なぜ見えないのか？　銃弾はたったいま見ているところを進むわけではないからだ。

あなたは銃弾の通り道を見ていると思っている。しかし、そうではない。銃弾は、あなたの視線で規定された、すばらしくきれいな線形経路にそって飛翔するわけではない。遠くの標的からの光は直線を進んであなたの目にとどく。実際には、光自体が曲がるので、文字どおり直線ではないが、われわれが話をしている距離では、その屈曲はきわめて小さいので、実際上はそれを無視して、あなたの視線は完璧な直線を進むといっていい。

あなたの銃弾はそうではない。

遠くの物体に向かって銃弾を投じるのは、野球のボールを投げるのとそっくりだ。ここから向こうへ行くには、弧を描いて進まねばならない――上昇して、頂点にたどりつき、落下する。銃弾は、銃身を離れた瞬間、空気抵抗で遅くなり、重力で地面に引っぱられる。もし銃身を標的に直接向けたら、銃弾はぜったいにそこにたどりつかない。なぜなら、意図した目標にたどりつくころには、重力が銃弾を引きずり下ろすので、銃弾は標的の下を飛んでいるだろう。あるいは、射距離と標的の高さによっては、そこまでたどりつく前に地面につっこんでさえいるかもしれない。

それを相殺するためには、銃身を標的の上の一点に向ける必要がある。どれぐらい上か？　それは、使っている武器と弾薬の物理的特性をふくめ、多くの要素に左右される。標的の正確にどれぐらい上を狙わねばならないかを決定することが、われわれが「仰角を調整する」というとき意味しているものだ。

ところで、これは同時に、射撃を計画するときには、視線の先を見るだけではいけないということでもある。かなりの射距離（だいたい三〇〇ヤードかそれ以上）の狙撃を行なう場合、銃弾がおおいかぶさる枝などのまったく気づかなかった障害物にぶつかって、完全にコースをそらされるのはめずらしいことではない。それが視線のはるか上に位置していたからである——しかし、ちょうど銃弾が実際に飛翔する弧の途中に。

偏流調整

風の強い日に風船を放したら、どうなるだろう？　風が風船をさらっていく。銃弾は風船より重く、かなりの速度で銃身から撃ちだされるが、その風はそれでもそいつをさらっていく。あるいは少なくとも、たとえ狙いが完璧でも標的をはずすそこそこの可能性があるほど、じゅうぶん遠くコースをそらすことになる。

だからジェシーは、正確な風向きと風速を教えてもらうのにジェイスンにたよったのである。あるいは、もっと具体的にいえば、風の影響を相殺するために、正確にどの方角へ何度、狙いを調整する必要があるのかを教えてもらうために。

ほかの要素もある。たとえば、「スピン・ドリフト」がある。これは、弾道のある地点で、一般的には速度が超音速から遷音速へと低下したときに、時計回りに右へそれる銃弾の生来の傾向である。おもちゃの独楽《こま》で遊んだことがあるなら、独楽がある一点まで遅くなると、「すりこぎ運動」つまり、ぐらぐらしはじめ、それからより大きな弧を描いて回転し、そして倒れることを知っているだろう。高速の銃弾は、独楽のように回転していて、同じことをするのである。

しかし、スピン・ドリフトは、一〇〇〇ヤード（約九〇〇メートル）かそれ以上のひじょうに長い距離の射撃でしか要素にならない。コリオリの効果も同様だ。地球の自転が、地上の事象にたいする空気中の弾丸の移動におよぼす影響である。これらや、ほかのもっと秘密の考慮すべき事柄については、のちの章でふたたび取り上げることにしよう。ここで考察している射撃のほとんどでは、上下の仰角調整と左右の偏流調整が中心的な要素であり、射撃を行なうときのX軸とY軸である。

さて、これでおわかりだろう。ライフルを標的に直接向け、完璧に狙いをつけても、的をはずすことになる。重力と摩擦が銃弾を引きずり下ろし、風があちらかこちらに押しつける。理論的には、完璧な狙いは、風も大した引力もない深宇宙では通用する。この地球では、自分を殺すことになる。

射撃の技術で大切なのは、完璧な狙いではない。それは完璧な不完全な狙いを作りだす技術である——重力や風などの環境の力が、不完全な射撃を改悪して、その不完全さを帳消しにし、その結果、完璧になるような、一連の正しい不完全さを持った狙いを。

あなたはまちがった狙いをつけなければならない——ちょうど正しく。

それをするために、スコープのなかほどに置かれたふたつの調整つまみ、つまり転輪がある。上には仰角調整の転輪が、右には偏流調整の転輪が。仰角調整の転輪には目盛りがついていて、特定の距離の相殺をするためにスコープを調整できる。偏流調整の目盛りは風の補正をするために左右の調整ができる。いずれも分角（MOA）、あるいは、より一般的には、分角の分数で目盛りがついている。分角とは一度の六十分の一のことだ（通常は左側に、焦点を合わせるための三つ目のノブもある。その機能は、双眼鏡や望遠鏡といった光学機器の焦点を合わせるのと同じだ。最近のスコープはほとんどが、前方にズーム制御機構を持っていて、十倍から二十二倍までズームできる。しかし、このふたつのつまみは、実際には照準点を調整するわけではなく、視覚映像の鮮明さを調整するにすぎない）。

これらの転輪は、上等なカメラのリングやつまみのように、指ではっきりと感じ取れる、明確なカチカチという音をたてるので、目をスコープから離さなくても、純粋にカチカチの感触だけで正確な調整が可能だ。

しかし、大事なことがある。ほとんどの状況では、これらのつまみはそのままにしておくこと。とくに偏流調整のつまみは。つまみをいじって、一発ごとにスコープを再調節するかわりに、ほとんどの場合、鏡内目盛り《レティクル》で修正することで、手作業で相殺することになる。

鏡内目盛りで修正する

現場に出る前に、あなたはライフルを「零点規正」する。つまり、スコープの調節をライフルと弾薬、そして特定の射距離、たとえば一〇〇ヤードに完璧に合わせるのだ。適正に零点規正された狙撃銃で、もし三〇〇ヤードの標的を狙うのなら、準備はできている。

それで、もし標的がもっと遠かったら、あるいは、それをいうなら、標的がもっと近かったらどうする？　通常は、鏡内目盛り《レティクル》で調整する。

鏡内目盛りは、スコープの十字線の高精度版で、ミル・ドットと呼ばれる一連の小さな印がついている。この印は、視野を垂直と水平に走っていて、精確な測定の尺度をあたえてくれる。ミルとは、ミリラジアンの略で、角度の尺度であるラジアンの一〇〇〇分の一である（「度」を考えてもらいたい。同じものではないが、全体の概念をとらえるにはじゅうぶん近い）。

ほとんどの場合、射撃の調節を行なうときには、頭のなかで調節して、それから風を相殺するために、特定の数のミル・ドット分、右にかまえるか、左にかまえ、仰角を相殺するために、特定の数のミル・ドット分、上にかまえる（遠くに）か、前にかまえる（近くに）。たとえば、「風を相殺するためにひとつ半、右にかまえる」場合、それはライフルをかすかに左へ動かして、狙っている点が、十字線のどまんなかではなく、中心の一・五ミル・ドット右に見えるようにすることを意味する。これこそがまさに、八〇〇ヤードの狙撃のために、ジェイスンがジェシーにあたえた指示である。

ときには転輪で仰角調整をして、かまえで風を相殺するかもしれない。多くの場合、それさえせずに、単純に鏡内目盛りで全部相殺する。

ここへきて、あなたはたぶん、「なぜだ？」と不思議に思っているだろう。もし狙撃手のスコープがそんなに細かく目盛りがついた精確な機器ならば、そのまま全部、転輪で調整すればいいじゃないか？　精確な距離を測定するために標的にレーザーを照射して、精確な風をできるかぎり判断し、それから、完璧な（つまり完璧に不完全な）射撃のために、すばらしい武器システムを全部転輪で調整すればいいではないか？

もし狙撃というものが、ずっとその場に座って一発の完璧な射撃を準備し、それからその完璧な一発を放ち、荷造りして国に帰ることがすべてだとしたら、そう、それはうまくいくかもしれない。

しかし、そういうふうにはいかない。

ジェシーがはじめて敵を倒した一発は、典型的な一発必中の状況だった。しかし、いつもそういくとはかぎらない。それどころか、ほとんどの場合、そうはいかないのだ。もしあのホールインワン射撃ができれば、すばらしいことだ。それで熟練の射撃の名手になれる――しかし、かならずしも熟練の狙撃手にはなれない。戦争の分野では、多くの場合、重要なのは二発目である。

狙撃学校ではものすごい量の情報を頭のなかに取りこむが、どんなに吸収し、射場で練習しようと、けっしてじゅうぶんではない。学ぶことは、やることと同じではないからだ。人は戦争の現実に投げこまれてはじめて、〈キリング・スクール〉の最終段階を修了する。戦闘に参加すると、技量は学んだものから熟知したものになる。骨の髄に染みこんで、本能の本質になる。

第四海兵連隊第三大隊がバグダッドに入るころには、ジェイスンとジェシーの技量は、あきらかに学んだものから熟知したものに変わっていた。

アメリカ軍がバグダッドに到着したらなにが起きるとわが軍の軍事計画立案者たちが予想していたのか正確にはさだかではないが、おそらくそれは実際に起きたことではなかっただろう。サダム・フセインが失脚し、圧政の締めつけが取りのぞかれ、祝賀すべき解放の最初の興奮が去ると、街は崩壊した。略奪や混乱、無作為な市民の暴力が街中に広がった。いまにして思えば、この〝解放〟後の混沌とした日々は、それから何年も先にやってくるものを強く暗示していた。ジェイスンとジェシーにわかっていたのは、自分たちが都市の混乱をかかえこんでいて、秩序を維持するために最善をつくさねばならないということだけだった。何日か前には、彼らは成功した軍事作戦の先陣を切る戦士だった。いまや彼らは、混乱した異国の都会の都市警察だった。

フセインの立像が倒されてからおよそ一週間後のある日、彼らふたりは、行政府地区にある十五階建てのビルのてっぺんから街を見張っていた。突然、彼らは眼下で騒動が起きていることに気づいた。どこかの馬鹿者が、AK-47を持って通りに駆けこんできて、無作為にそのしろものをぶっ放していた。あたりは人でごった返していた。人々が死のうとしている――アメリカ兵ではなく、普通の生活を送るために一生懸命がんばっている平凡なイラク市民が。まるで二〇〇三年中期のイラクで、なにか〝普通〟なものがあるかのように。

ジェイスンはその日、観測手をつとめていた。彼はその男の距離を一八〇ヤード(約一六〇メートル)と判断し、その情報をジェシーにつたえ、彼は一発で男を始末した。一発必中。典型的だ。

その数週間後の五月三日、ジェイスンとジェシーはまたしても監視役をつとめていた。今回は、およそ五十数階上の、バグダッドでも有数の高いビルの屋上から。停電していたので、ジェイスンは三十六階分の階段を歩いて昇り、それからそのあとさらに十七階分の階段を歩いて昇らねばならないことに気づいたのを、鮮明におぼえている。完全装備とM40と弾薬をかついで五十階を駆け上がるのは、気弱な人間には向いていない。「つまり――おれたちが――あのいまいましい

ＰＩＧの卵を——何カ月もかついで——走りまわったのは——このためだったんだな」彼はあえぎながらいった。

このころには、バグダッドの混乱は悪化していた。またしても彼らは眼下で発生した場面を目にした。今回は、少人数の集団がＡＫで銃弾をばらまいていた。指導者らしき男は青いトラックスーツを着ていた。

ジェイスンは即座に自分がなにを見ているのかわかった。彼らはジェイスンの出身地から世界を半周してきたかもしれない。さらに、ここは、世界でも屈指の新しい文化ではなく、世界でも屈指の古い文化の中心地かもしれない。しかし、都市は都市だ。ジェイスンは街角で育った。ギャングのリーダーは見ればわかる。これはどこかの知らない男がただ近所を恐怖に陥れているわけではないし、男は自由の戦士でもなかった。下にいるのはギャングのボスだ。そしてもし彼らがあいつを止めなければ、たくさんの人が死ぬことになる。

今回は、ジェシーが観測手で、ジェイスンがライフルについていた。ジェシーは彼に距離をつたえた。四四六ヤード（約四〇〇メートル）。ジェイスンは首謀者を照準に捉えて、一弾を放った。

なにも起こらない。

彼は照準を確認して、もう一発撃った。

なにも起きない。

ジェシーはスプラッシュを見ていたか？——つまり、銃弾が地面にぶつかったときに上がる、あきらかな土煙、あるいはほこりの雲を？　彼は見ていなかった。ふたりは銃弾がどこへいったのか皆目見当がつかなかった。

ジェイスンは零点規正が狂った可能性も大いにあることに気づいた。彼らはその日、アムトラックに飛び乗ったり、飛び降りたりしていて、ちょうど五十階分以上の階段を駆け上がってきたところだった。その種のことでは、銃はかなり手荒くふりまわされる。彼は方向角をつかむ必要があった——そして、どこか人ごみから離れたところでそれをやらねばならなかった。

彼はジェシーに叫んだ。「ビルの反対側へまわろう。距離四四六ヤードのなにかを見つけてくれ。銃を零点規正しなけりゃならん」

彼らは屋根の向こう側に走っていって、ジェシーは目標にレーザーを照射しはじめ、眼下の約四三〇ヤードのところに立っている貯水槽をすぐに見つけた。「あったぞ！」と彼は叫んで、そいつを指さした。

デルガードは貯水槽の中心に照準を合わせて、バーン！　一発放った。ピシッ！　ほこりが構造物のてっぺんからぱっと上がった。巨大な標的で、彼はそのどまんなかを狙っていたというのに、そのしろもののいちばんてっぺんをかろうじてかすめただけとは！

彼はちょっとそれを見つめた。零点規正がこれほど大きく狂うことはありえない。それに、四四六ヤードはかなりの距離だが、まちがいなく彼の射撃がはるか遠くはずれるほどは遠く離れてはいない。

そこで彼は気づいた。角度だ。「しまった！」と彼はつぶやいた。

そして、スコット・マクティーグのことを考えた。

海兵隊には、カリフォルニア州の海兵隊山岳戦訓練センターに、専門の高角射撃課程があった。その教育課程はニック・アーヴィングが後年カリフォルニアで参加した民間の課程と基本的に同一だったが、これは上級の課程で、ジェイスンは経歴のもっとのちになるまでそれを経験することはなかった。また、このテーマを取り扱う上級狙撃訓練計画はほかにもあった――しかし、ジェイスンにそれを修了させている時間がなかった。イラク戦争が起きようとしていて、海兵隊は狙撃手を必要としていた。だから、彼はここにいた。その時点で、バグダッドの金融街の中心にある摩天楼の高みに陣取っていた彼が、高角射撃に必要な技術についてなにかを聞いた唯一の機会は、彼がまだ三度目の教化訓練を経験していた当時の沖縄だった。

海兵隊の狙撃小隊では、先任担当HOGは、先任偵察員と呼ばれる。先任偵察員は、宿舎の割り当て、誰がどのチームに行くか、そしてあらゆる訓練の責任者である。彼は若い者たちに自分が知っているあらゆること、思いつけるあらゆることを教えて時間の多くを費やす。ジェイスン自身も、将来フサイバで自分の小隊の先任偵察員になったときに、それとまったく同じことをやることになる。沖縄では、彼らの先任偵察員はスコット・マクティーグだった。

マクティーグは、ほこりにまみれた高角射撃の教範を持っていて、その六カ月間のある時点で、それを授業に追加することにした。それほど徹底したものではなく、マクティーグ自身もそれを完璧に使いこなしてはいなかった。そのため、PIGたちは公式は習ったが、その物理学は実際には理解していなかった。しかし、ジェイスンの画家の頭は、場面全体を鮮明な３Ｄで視覚化することができた。彼がやろうとしていることは、基礎の三角法だった。欠けている要素であるXの値をもとめるための。彼には、それを視覚化できるかぎり計算することができた。この数学は抽象問題ではなかった。たんなる数字ではなかった。ＡＫ－47を持って地上にいるあの男は、たくさんの人間を殺そうとしていた。

ジェイスン・デルガードは数学を解きはじめた。

彼は高いビルのてっぺんにいた。その高さをざっと四〇〇ヤードとしよう。一方、彼の標的は地上にいて、建物から建物の高さの半分ぐらいの距離、つまり二〇〇ヤード離れている。わかりやすくするために、建物の高さを4、そして建物の底部から標的までの距離を2としよう。

建物のてっぺんから、標的がいる高さまで撃ち下ろせば、高さの点では、４の距離になる。しかし、ジェイスンが立っている場所から、標的の場所までの水平距離――ジェイスンはビルの底部の真上に立っているので、つまりビルの底部から標的までの距離――は2しかない。したがって、どれほど遠くまで撃ち下ろすかはべつとして、彼は2の距離までしか撃たないことになる。彼が建物の底部の地表面に立っていたら、まさにそうであったように。

これは重要なことだ。ビルから標的までの水平距離は、重力が銃弾に影響をおよぼしている距離だからだ。これが重力の効果を緩和しなければならない距離であるということは、彼がスコープの転輪を動かして仰角を調整しなければならない距離だった。

しかし、偏流の調整はちがう。彼が立っている場所から地表面の標的までの銃弾の実際の飛翔経路は、2ではなく4だからだ――実際にはそれよりもう少し長い。実際には三角形の斜辺にそって撃つからで、むしろ4・46に近くなる。そして、風は、銃身を離れた瞬間から、その全距離を移動するのにかかる時間のあいだずっと、その銃弾を押しつづけるので、これが風の影響を緩和しなければならない距離だった。

いいかえれば、光学的にいえば、彼の標的は約四四六ヤード離れていた――これが偏流調整しなければならない距離だった。しかし、弾道の点から見ると、標的はむしろ二〇〇ヤード離れていた――これが仰角調整のための値だった。

彼は標的の実際の距離にもとづいて、四四六ヤードで偏流調整をすると、仰角の調整（重力を相殺する量）を、ビルから標的まで測定した距離である二〇〇ヤードで計算した。

ただし、わたしが「彼はすばやく偏流を調整した」というのは、大幅に単純化しすぎた表現だ。思いだしてもらいたいが、彼らのM40A1狙撃銃には、〈ユナーテル〉のスコープがついていた。〈ユナーテル〉は当時もっとも進んだ狙撃用スコープだった――六〇年代には。これは基本的にはカーロス・ハスコックがヴェトナム戦争で使ったスコープで、海兵隊はちょうどこれを廃止して（製造していた会社は二〇〇八年に店をたたむことになる）、かなり優秀な装備である、もっと進んだ〈シュミット＆ベンダー〉をかわりに使おうとしていた。しかし、それは数年先の話だった。〈ユナーテル〉は彼らが当時、まだ使っていたスコープだった。ジェイスンがいうように、「いちばん古くて、いちばん野蛮で、まるでスコープのディーゼルエンジンだった。ケンタッキー式偏流調整をずいぶんやらなきゃならなかった」

ケンタッキー式偏流調整とは、経験と勘による当て推量のことだ。

「わたしの射撃はどれもとくにすばらしいものではなかった」とジェイスンはいう。「大切なのはそのことではなかったからね。一発必中という考えかたは、このすごく神秘的な雰囲気につつまれている。でも、一発必中はきわめてむずかしく、ごくまれで、通常は本当にまぐれなんだ。現実の話をしようじゃないか。一発目をはずしたあとで、どうなったか話してくれ。そのときどうするかを教えてくれ。なぜなら、それが狙撃手であるということだからだ。現実の戦闘では、それがわれわれのやることだ」

狙撃は、重圧下での問題解決だ。標的が射程にそって動いていて、そこに座って転輪で偏流調整する時間がなかったら、どうするか？　鏡内目盛りを自由に使いこなして、戦場で起きていることをスコープのミル・ドットの世界に置き換えられるようにならねばならない。いいかえれば、臨機応変に修正して、うまくいかせるように。

ケンタッキー式偏流調整だ。

彼はもう数発、撃って、貯水槽にいくつか穴を開けた。水が貯水槽の中心の穴から噴きだすのを見ると、準備はできた。

「よし、いこう」と彼はジェシーにいった。

彼らは屋上の反対側へ駆け戻った。思ったとおり、あのトラックスーツ姿の馬鹿野郎はまだあちらにいて、AKで近隣住民を恐怖におとしいれ、人々に叫んでは、鉛弾を界隈にばらまいていた。AKは恐ろしく精確な銃ではないが、全自動射撃の発射速度は毎分一〇〇発で、毎秒二発に近い。それは多くの損害と多くの悲劇、そして多くの死をもたらす。

ジェイスンは男に照準を合わせて、即座に撃った。

男は紐が切れたあやつり人形のように倒れた。

数週間前のジスル・ディヤラではじめて敵を倒した一発とまったく同じように、つぎに起きたことは、まったく予想外で、デルガードは自分の目が精確な情報をつたえていることをほとんど信じられなかった。倒れたつぎの瞬間、男はまた起き上がったのだ。

ジェイスンは思った。〝いったいどうなっているんだ?〟自分があの男に命中させたことはわかっていた。彼は衝撃を目にし、男が倒れるのを見ていた。背中の腎臓のあたりから血が噴きだすのも見えた。では、なぜあいつは起き上がっているんだ? そして、どうやって起き上がったんだろう?

またしても、ハリウッドは完璧な映画の死を用意している。そこでは男を撃つと、相手はそのまま倒れ、倒れたままでいる――しかし、かならずしもそういうふうにいくわけではない。死は奇妙なやつだ。よく映画(「暴力的な」ものでさえ)やテレビ(「リアルな」ものでさえ)で描かれているのを目にするような、従順なものでも、予測どおりでも、おだやかでもない。

死には独自のルールがある。死は野放図だ。

だから、この男は、七・六二ミリ弾で腎臓に致命傷を負いながら、また起き上がり、そしてジェイスンが見つめていると、ゆっくりとまた横になって、足を組み、それから胸の上で腕を交差させて、そのミイラのような姿勢で、静かに死んだ。

「あんなに途方もないものはなかった」ジェイスン・デルガードは思い返して首を横に振った。「男はわたしが命中させた瞬間、すでに死んでいた。しかし、そのままでは死ななかった――時間をかけて死ぬ準備をした。それから死んだんだ」

もちろん、厳密にいえば、計算を全部、頭のなかでやる必要はない。なんといっても、いまは二一世紀だ。最近ではどの狙撃訓練計画も、狙撃ソフトウェアの使いかたを学生に教えている。〈アップル〉がかつていっていたように、「そのためのアプリがあります」

それでも、本当にその技術を知っている人間なら誰でも、指と肉と筋肉で知るまでは、わかったとはいえないことを知っている。お手軽なやりかたでは、ある程度のところまでしか行かない。

ニック・アーヴィングは弾道計算機の大ファンではない。「わたしは、その計算機を使いこなすのが人生で唯一の任務みたいにふるまう射撃の名手たちを見てきた」と彼は批評している。「射撃競技ならそれもいいかもしれない――しかし、そいつらに戦場で自分を守ってもらいたいとは思わないだろうな」

彼は自分のヒーローであるカーロス・ハスコックを引き合いに出して、〈白い羽根〉やほかの彼のような者たちは基礎の数学を使って、彼らがやったことをやったと指摘する。

「基礎の数学はあの連中を裏切らなかった」と彼はいう。「わたしを裏切ったこともないし、つぎのやつも裏切らないだろう。計算機にたよっていたら、バッテリーが突然切れたときどうするんだ?」

ニックは、アフガニスタン南部のマルジャに展開中、例のない弾道学の難題に直面したとき、その基礎の数学を使う機会があった。

ある日の任務で、彼がうつぶせになって監視していると、かなり遠くのほうに機関銃を持った敵戦闘員が角をまわってくるのを見つけた。ニックはその男の距離を約五〇〇ヤード（四五〇メートル）と見積もり、ごく簡単に倒せると思った。

ニックは〈ダーティー・ダイアナ〉の照準をつねに射距離三〇〇ヤード（二七〇メートル）に調整してあった。彼の標準的な必殺の一弾の平均射距離である。三〇〇ヤード以下の射撃をする必要があれば、ちょっと手前にかまえる。この場合のように、それ以上なら、ちょっと上にかまえる。

彼は男をスコープに捉え、追加の二〇〇ヤード分、上にかまえた。つまり、照準線がスコープの鏡内目盛りで二ミル高くなるように、ライフルをかすかに上げた。

彼は一弾を放った。

はずれだった。しかも、少しではない。ニックはスプラッシュを目にし、銃弾がゆうに二ミル以上低く、おまけに一ミル左に着弾したのを見てびっくりした。彼は手がかりをもとめてあたりを見まわし、市街地の地形がまったく水平ではないことに気づいた。戦闘員はより高い地面に立っていて、高度差がニックの奥行き感覚に影響をおよぼし、男が実際より近くにいるように思わせていた。

男は五〇〇ヤード離れているのではなかった。ゆうに〇・五マイル（約八〇〇メートル）かそれ以上遠くにいた――しかも、かなりの風が作用していた。

まちがいなく史上もっとも偉大なゴルファーであるジャック・ニクラウスは、ショットの九〇パーセントはそれを準備することにあり、残りの一〇パーセントが実際にショットを放つことだといった。射撃術でも同じことだ。一〇パーセントが遂行で、銃弾を使う外科医になることだ。残りの九〇パーセントはすべて、場面を見わたし、計算を行なって、計画することである。

ニック・アーヴィングにとってそれは、いいかえれば、チェスによく似ていた。

まず彼に必要なのは、標的までの距離を知ることだった。そうすれば、スコープの転輪で調節できるか、あるいはどれだけ上にかまえる必要があるのかわかる。

ニックはメートルで計算するのを好んだ。四〇インチは、だいたい一メートルに相当するが、股間から頭のてっぺんまでの標準的な寸法である。インチをミリメートルに換算するには、二五・四を掛ける。四〇掛ける二五・四は一〇一六になる。それからその数字を、男がスコープのなかでどれぐらいの背丈か（股間から頭のてっぺんまで）で割る。たとえば、男が鏡内目盛りで股間から頭のてっぺんまで二ミルの背丈に見えたとしよう。一〇一六を二で割れば、五〇八になる。これがメートルでの距離である。

昔ながらのやりかたにこだわるあるレインジャー隊員は、これを簡略化する方法を彼に教えた。「おまえたち、これを素早くやりたいか？」と彼はいった。「そいつを切り落とすんだ」

なによりも、この種の計算を紙の上でやるのは実用的ではない。狙撃手は、時間の九九パーセントを夜間行動する。それに、紙片とペンを取りだす時間が誰にあるだろう？

古株のレインジャー隊員は、端数を切り捨てることで、ものごとを簡略化することを彼に教えた。一〇一六をきりのいい一〇〇〇に切り捨て、それを背丈の定数に使う。もし男がスコープのなかで一ミルの背丈に見えたら、ニックは相手が一〇〇〇メートル先にいることがわかる。二ミルの背丈なら、距離五〇〇メートルだ。実際には五〇八メートル先かもしれないが、それでじゅうぶんに近い。照準を合わせている胸には命中しないかもしれないが、腹か胸骨にあたる。ここではみごとな手際などどうでもいい、相手を倒したいだけだ。

幅と頭の高さにも公式があった。五〇〇、二〇〇。一〇〇〇、五〇〇、二〇〇。これらが彼らの三つの定数だった。

もちろん、ニックはペンと紙を持ってそこに座り、この計算すべてを瞬時にやったわけではなかった。彼はすでにこの計算を千回も、一万回もやっていた。意識しなくても指がどこへいくかわかっているピアノ演奏家のように、あるいは向かってくる投球のスピードを即座に判断して、それに合わせてバットのスイングを自動的に調節するメジャーリーグのスラッガーのように、彼はこれとそっくり同じ射撃を準備したことを思いだせ、「よし、どうすればいいかは精確にわかっている」といえるほど、徹底的にあらゆる射距離、あらゆる風の条件、あらゆる角度で訓練を受けていた。

ニックは風にもだまされたことに気づいていた。彼のいる場所と、標的のいる場所のあいだで、小川が街を抜けて流れていた。小川は左から右へ流れていた——しかし、彼の銃弾は標的の一ミル左に着弾したことから、風は右から左に動いているのがわかった。

彼は一ミル右にかまえ、それから二ミル上に持ち上げた……さらにほんの少し。

彼は一弾を放った。

その一方で、彼が撃っていた戦闘員は、ニックの初弾が近くの地面に命中したのを見ていた。ニックが小さな土ぼこりが上がるのを見て、それがつぎの一発にとってなにを意味するのかを分析している一方で、男もそれを見つめ、それが自分にとってなにを意味するのかを解析していた。男はニックの方向を見上げ、目をすがめた。疑いなく、一弾が飛んできた場所をつきとめられるか確かめているのだ。これは男の側の致命的な計算ちがいだった。男には一弾が飛んできた場所を判断する時間の贅沢などなかった。首をもたげて遠くへ目をすがめたころには、ニックの二発目の七・六二ミリ弾は男の方角に旅のなかほどまできていた。

ニックは銃弾が半マイルに達する一瞬前に、銃弾の尻がきらりと光るのを目にした。〝しまった〟と彼は思った。〝はずれている〟彼には銃弾がたどる通り道がはっきりと見えた。その通り道は、銃弾を男のほんの少しだけ右に運んでいくだろう。彼の射弾ははずれつつあった。するると、最後のコンマ何秒かで、銃弾が、開放水面に達して帆を広げる帆船のように、あの右から左への風を捉えた——そして、つぎの瞬間、標的に接触した。

男は倒れ、地面に倒れる前に死んだ。彼は起き上がりも、足を組みも、煙草に火をつけもしなかった。

この種のとっさの計算の好例が、二〇〇四年にイラク西部に展開したさいのある夜、ジェイスン・デルガードの身に起きた。彼と狙撃チームは街中で静かなLPOP（聴音所および監視所）任務についていて、突然、大きな爆発音を聞いた。彼らはそこにきてわずか数週間で、これはそこで聞いた初めての爆発のひとつだった（このころはまだ即製爆弾の事件はそれほどありふれたことではなかった）。

彼らは階下に駆け下りて、なにが起きたのかを見に行くために通りに走りでた。ジェイスンが音の聞こえてきた方向に向かいはじめると、一台の車が自分の方向に突進してくるのが見えた。ジェイスンがスコープで見られるようにライフルを持ち上げると。車にひとりの民間人が乗っていて、自分たちのほうへまっすぐ向かってくるのが見えた。この男がなんだかわからないがたったいま起きたことから逃げているのはほとんどまちがいないように思えた。街には外出禁止令が敷かれていて、爆発現場から猛スピードで遠ざかることはおろか、いまは誰ひとり街角に出てはいけないことになっていた。

つぎの瞬間、男は通りすぎた。ジェイスンはもうひとつの狙撃チームを道路の少し先に配置していて、無線で彼らを呼びだした。「シエラ4！　シエラ4！　こちら、シエラ3！　どこかの馬鹿が車でまっすぐそっちに向かっている。即席のVCPをやってもらいたい」VCPとは車輌検問所の意味で、車を止めて、男をよく調べるということだ。

「了解！」と向こうのチームはいった。ジェイスンは通りのどまんなかに出て、車が約二〇〇メートル先のかすかな隆起の向こうに姿を消すのを見守った。

数秒が経過した。それから彼はもうひとつのチームが怒鳴るのを無線で聞いた。「おい、こっちはやつを止めようとしたんだが。そっちのほうへ戻っていくぞ！」

あきらかに、男は向こうの狙撃手たちを見て、いそいでUターンすると、ジェイスンのほうへ猛然と引き返しはじめたのだった。男は最初に猛スピードで通りすぎたときジェイスンを見ていなかったので、彼がここにいることに気づいていなかった。自分が海兵隊の狙撃手相手に度胸比べをしていることに気づいていなかった。

ジェイスンはライフルを上げて、銃床を肩に当てると、西部劇の保安官のように通りの端に立って待った――ただしこれは六連発ではなく、有効射程八〇〇メートルの四四インチ高速ボルトアクションM40狙撃銃だった。

〝やれよ《ゴー・アヘッド》〟とジェイスンは思った。〝楽しませてくれ《メイク・マイ・デイ》〟

車は隆起を越えて戻ってきて、彼のほうへうなりをあげて突進しはじめた。

ジェイスンは銃弾を真正面から車のボンネットに叩きこんだ。これは「車を止めるよう勧告する」という明々白々なメッセージのように思えた。

男は車を止めなかった。それどころか、ジェイスンはエンジン音が大きくなり、男がさらに加速するのを耳にした。

ジェイスンはM40のボルトをふたたび押しこんだが、二発目を装塡したときには、車はすでに彼の横を走り抜けていった。彼は男を逃すまいと、ライフルといっしょにくるりと向きを変えた。

車が反対方向に急速に遠ざかっていくなかで、彼は発砲した。

彼のふたりの観測手は、M4ライフルを持って左右に立っていて、ふたりとも同じように銃をぶっ放したが、車は三人からぐんぐん遠ざかっていった。

車はさらに二ブロックかそこら走りつづけたが、それから突然、減速して、路肩に乗り上げ、止まった。

〝やったぞ〟とジェイスンは思った。〝おれたちのひとりがあの糞野郎に命中させたんだ！〟

彼らが車のほうへ走っていくと、男が運転席のドアを開け、両手を高く上げて出てきた。「撃たないでくれ！」と男はいった。「お願いだから撃たないで！」それから縁石の上でしゃがんで、両手を上げたままそこに座った。

ジェイスンとほかの者たちはまだ一ブロック離れていた。男は彼らに向かって叫びはじめた。「もう撃たないでください！　撃たないで！」完璧な英語を話している。彼らは銃を向けたままやっと男のところにたどりつくと、立ち止まった。男は両手をゆっくり下ろして、煙草に火をつけると、しゃべりはじめた。

「すみません！　すみません！　わたしはなにもしていないんです。すみません！　わたしには娘たちがいます。娘たちがいるんです。お願いです、殺さないでください。娘がふたりいるんです」男は完全に誠実に思えた。

〝なんてこった〟とジェイスンは思った。〝おれたちは理由もなくこの男を撃っちまったんだ。ちょっと説明が必要になるだろうな〟

少なくとも、彼らは実際には男に命中させていなかった。

ジェイスンは腹を立てていた。爆弾が爆発して、彼らのアドレナリンは流れだしていた。この男はなぜ車を止めなかったんだ？　とにかく、外出禁止時間をすぎて、いったいなにをやっていたんだ？

ちょうどそのとき、男が自分の脇の下を指さしていった。「わたしは撃たれました！　撃たれました！　お願いですから、病院につれていってください。撃たれました！」

ジェイスンが見ると、たしかにその言葉どおり、脇から出血していた。M4を持った連中のひとりが一発命中させたにちがいない。

彼らは車のほうへ行って、調べはじめた。そして、トランクの蓋に弾痕がひとつあり、銃弾がトランクをまっすぐに貫通して、車内に入り、右の後部座席を抜けて、ちょうど肩の近くで運転席に入っているのを発見した。銃弾が貫通した座席のクッションが見えた。それは七・六二ミリ弾が開けた穴だった――のちにそれは病院で男から弾を摘出したときに確認された。

それはジェイスンの弾だった。

トランクを開けたとき、彼らは携帯電話の部品やSIMカード、ワイヤーカッター、絶縁用テープの山も発見した。即製爆弾を爆発させたのはこの男だった。彼らはのちに、男が以前、破壊活動の廉《かど》でアメリカ軍に逮捕されていたが、結局、釈放されていたことを発見した。

「よしきた、糞野郎」とジェイスンはいった。「もうその愛想を引っこめてもいいぞ」

男は病院に短期滞在したあと、グアンタナモ収容所へ向かった。

ジェイスンはとっさに放った一発が実際に男に命中するとは期待していなかった。それは純粋な本能と筋肉の記憶のなせるわざだった。

ジェイスンは、「わたしの射撃はどれもとくにすばらしいものではなかった」といった。たぶんそうかもしれないが、この一発は本当にみごとなものだった。

アレックス・モリスンも二〇〇九年晩夏にカンダハルのすぐ北の地域で本当にみごとな一発を放った。彼とほかに数十名のSEAL隊員は、麻薬取締局のFAST（海外展開顧問支援チーム）とともにそこにいた。これらのFASTチームには通常、元軍人が配置される。その多くが元SEAL隊員だ。そして、彼らの任務はとてつもなく危険なので、SEAL小隊のように訓練され、装備があたえられる。彼らは典型的な妨害作戦のためにアレックスやほかのSEAL隊員たちとそこにきていた。既知の敵施設を奪取して、一日そこに居座り、どれだけの損害をあたえられるか、どれだけタリバンの経済の流れを妨害できるかを確かめる作戦だ。

彼らは夜明けとともに潜入した。だだっ広い地域に隣接する川に面した、ならんだふたつの施設を占領する。彼らは地面に降り立った瞬間から、散発的な銃撃を受けていた。正午には、銃撃は東西南北のあらゆる方角から彼らに向かって飛んでくるようになっていた。

アレックスはこの作戦に狙撃銃を持ってきていなかった。かわりに、SCARヘヴィーとも呼ばれる新型の突撃銃マーク17を持っていた。「SCAR」とは特殊作戦部隊戦闘突撃銃の略で、「ヘヴィー」は、「ライト」バージョンが発射する五・五六ミリ弾ではなく、七・六二ミリ弾を使用することを意味する。彼は窓や壁のような表面を貫通するために作られた特殊な固い弾芯の銃弾を使っていた。

SEALの狙撃手はアフガニスタンではSRをあまり使っていなかった。射撃は通常、かなりの長距離で、彼らはあの大きな三〇口径ライフルの到達力を好んだからである。普通は、ひとりの狙撃手が三〇口径を携行し、全員がそれを不規則に交替で使った。彼らがSCARヘヴィーの最初の発送品を受け取ると、狙撃手は全員、SR-25から〈ナイトフォース〉スコープをはずして、SCARヘヴィーに装着した。この突撃銃で、彼らは八〇〇ヤード（七二〇メートル）の射距離まで命中弾を得ていた。

彼らのISR（有人機やプレデター無人機などの情報源から入ってくる情報監視偵察）は、白いミニバンが走りまわっていることをつたえていた。戦闘員を拾って、アメリカ兵のまわりを大回りし、それからまた戦闘員を下ろしていると。このミニバンは最大限の戦術的優位をたもつために、タリバン兵を再配置していた。

ほとんどの状況では、どこかに重要な弱点があり、もしその弱点を片づければ、残りの状況は崩壊しはじめるものだ。木こりはそのことを知っている。川を下る大量の丸太が流れで停滞するときは、通常、一本の重要な丸太が全体をその場にせき止めていて、いったんそれを引き抜くと、集団の残りはばらける。彼らはそれを、要《かなめ》の丸太と呼んでいる。

このミニバンは要の丸太で、アレックスはそれをそこから引き抜くつもりだった。

無線機から声が聞こえた。「バンが出た……」そして数分後に、「よし、バンが戻った」

ふたつの建物にはさまれた路地から反対側をのぞくと、白いミニバンが止まるのがちらりと見えた。彼の真北の、二五〇ヤード（約二二五メートル）ほど先で、彼にたいして直角に位置していたので、彼は助手席側を見ていた。

彼は無線機に話しかけた。「おい、バンを見張っているか?」

答えが返ってきた。「ああ、そっちの真北だ、約二五〇」

大当たりだ。彼は同乗者の肩に十字線を重ねると、引き金を引いて一弾を放ち――バーン!――銃弾が車の側面に命中するのを見た。

スコープで見守っていた彼は、奇怪な光景が展開するのを目にした。最初に同乗者が痙攣をはじめた。コンマ何秒か後、運転手が前のめりになってハンドルにぐったりともたれかかった。それから痙攣が止まった。ふたりとも動かなかった。

アレックスはまちがいなく要の丸太を引き抜いた。彼の射撃は、男たちを両方とも同時に倒していた――一発の銃弾でふたりの男を。

狙撃手が行なわなければならないもっとも重要な計算は、ときに射撃自体の技巧ではなく、射撃のタイミングと、引き金を引くべきか否かの決断に関係する場合もある。〇・五マイル以上の狙撃を成功させてからほどなく、ニック・アーヴィングがマルジャである日、経験したように。

レインジャー部隊で狙撃手をつとめる前に、人は実際のレインジャー隊員を何年もつとめなければならない。それには、ドアを蹴り開けることや、室内の掃討、近接戦、その種のことがふくまれる。

ニックは狙撃手なので、もっと遠くの距離で活動していた。彼の平均的な射撃は射距離約三〇〇ヤード（約二七〇メートル）で、極端に遠いわけではないが、近距離ではとうていない。しかし、この日、彼は異常な近距離の状況に置かれることになった。

彼が小隊とともに任務に出ていると、ひとりの男が彼らに向かって歩いてきた。ゆっくりと、ごく慎重に、完璧な「自爆ベストでおまえたちを吹き飛ばしてやるぜ」歩きをしながら。ニックはこのころにはこれとそっくりの自爆犯が自分自身を吹き飛ばすのを少なくとも五、六回、見ていた。彼は自分がなにを見ているのかわかっていた。

小隊のほかの連中は、男に止まれと叫んだ。男は彼らに向かって歩きつづけた。

ニックはほかの連中に、先へ進んで、この場を離れ、任務を続行しろといった。自分と観測手は留まって、あの男を見張るからと。ふたりは小隊が移動して、ほかの連中が一〇〇ヤードほど離れるまで、あとに残った。観測手は数ヤード後ろに留まった。

いまや、ニックとベストの男だけが一対一で話していた。

ニックの部隊はその夜、すでに十回以上の銃撃戦をやっていた。正直なところ、彼は、釘づけにされて撃たれるのに心底うんざりしていて、この男を相手にする気にはあまりなれなかった。彼は無線で連絡を入れた。

ニックがこの展開で行なった射撃のほとんどで、彼はわざわざ連絡を入れなかった。その必要はなかった。少なくともこの時点では、ＲＯＥ（交戦規定）は、レインジャー部隊狙撃手にとってかなり寛大だった。もし男が武器を持っていたら、ニックは自由に自分の判断を使えた。しかし、この男は見える武器を持っていなかった。そこにいる誰にも、男が重大な肉体的危害をくわえようとしていることは明々白々だった。自爆ベストで全員を吹き飛ばすことは、「重大な肉体的危害」と見なしうるように思えた。だが、しかし。

「三〇ヤードの地点に男がいて、こっちに向かって歩いてくる。止まれの命令を無視している。ベストを着ているらしい。射撃の許可を」

「了解した」と答えが返ってきた。「そいつを倒せ」

ニックはパシュトゥーン語で男に呼びかけつづけた。男はそのままゆっくりと歩いて近づきつづける。あの「うるさいおれはおまえを殺すんだ」という目つきでニックを見つめながら。

ニックは男の目に赤いレーザーの点を向けた。男は平気なようだった。

ニックはそこでレーザーの点を男の胸に向け、「おい、こいつは脅しじゃないぞ」といった。男は英語を理解していたのかもしれないし、していなかったのかもしれないが、だいたいの意味を理解できなかったはずはなかった。とくに、赤い点が胸に照射され、陸軍のレインジャー隊員が二五ヤード（約一八メートル）先で自分にライフルを向けているのに。

ニックは男を説得して立ち止まらせたら、撃たないと決めていた。もし観測手とふたりで、男の手を自分たちの見えるところでなにも触れないようにさせておき、両腕を広げて地面に横たわらせることができれば、男を逮捕できるだろう。

男はなおも近づきつづけた。

〝おいおい〟とニックは思った。〝吹き飛ばされるのはまっぴらごめんだぜ〟ニックはさらにもう数回、パシュトゥーン語で止まれと呼びかけた。

男は近づきつづけた。

「わかったよ」とニックはいった。彼はだいたい六メートルが近づかせる限界だと思った。「わたしは若くて、自信過剰だった」と彼はいう。「たぶん六メートル先の爆発にも生き残れると思ったんだろうな。もちろんだが」と彼はつけくわえる。「生き残れなかったかもしれないがね」

男が六メートルの地点にきたとき、ニックは男の胸を真正面から撃ち、男はベストを起爆させる暇もなくその場で倒れた。

これはニックがかつて放ったもっとも近い一発だった。

数学は必要なかった。

【カバー写真】

Alamy / PPS 通信社

【著者】ブランドン・ウェッブ　(Brandon Webb)

元アメリカ海軍特殊部隊SEAL隊員。現役時代にはSEALチーム・スリーに所属し、戦闘時の勇敢な行為に対して海軍海兵隊称揚章を授与されるなど、多数の功労表彰を受ける。また海軍特殊戦センターの教官として、特殊戦狙撃手の養成課程を世界最高の水準に高め、『アメリカン・スナイパー』のクリス・カイルや、『アフガン、たった一人の生還』のマーカス・ラトレルなど、数多くの名狙撃手を送りだした。著書に《ニューヨーク・タイムズ》紙のベストセラーとなった回想録The Red Circleなどがある。

【訳者】村上和久　(むらかみ・かずひさ)

英米文学翻訳者。早稲田大学卒。主な訳書にトール『太平洋の試練』、シノン『ケネディ暗殺』、ファインスタイン『武器ビジネス』、キャヴァラーロ・他『ザ・スナイパー』、ロビンズ『カストロ暗殺指令』など多数。そのほか著書に『イラストで見るアメリカ軍の軍装　第二次世界大戦編』がある。

キリング・スクール
特殊戦《とくしゅせん》狙撃手養成所《そげきしゅようせいじょ》
上

2018年5月30日　第1刷

著者…………ブランドン・ウェッブ、ジョン・デイヴィッド・マン

訳者…………村上和久《むらかみかずひさ》

装幀…………コバヤシタケシ

発行者…………成瀬雅人
発行所…………株式会社原書房

〒160-0022 東京都新宿区新宿 1-25-13
電話・代表 03（3354）0685
http://www.harashobo.co.jp
振替・00150-6-151594

印刷…………新灯印刷株式会社
製本…………東京美術紙工協業組合

ISBN978-4-562-05573-9, Printed in Japan